백마고지 브라보

장편소설

백마고지 브라보

최 종 수

2012
역 민 사

1

1952년 10월 12일 아침, 가을 하늘은 희고 투명하게 빛나고 있었다. 떠오르는 태양빛에 먼 산은 은은하게 그림자 같은 능선을 보여주고 있었고, 시원스레 펼쳐진 넓은 들판은 제 모습을 온전히 드러내기 시작했다.

산에서 불어오는 산들바람은 낮게 깔리며 들판의 가을풀을 가볍게 흔들고 있었다. 부지런한 아침 새들은 들판과 산 사이를 오가며 높고 낮게 날았다. 새들이 점처럼 사라지고 바람마저 그치면 온 세상에는 정적이 감돌았다.

오전 9시, 정적은 한 순간에 깨졌다. 곳곳에 배치된 수십 문의 105밀리, 155밀리 야포가 일제히 포문을 열고 백마고지를 향해 포탄을 퍼붓기 시작했다. 수천 발의 포탄이 고지 위에 쏟아졌다. 작렬하는 폭음과 지축을 흔드는 진동이 고지를 송두리째 까뭉개고 있었다.

포격은 두 시간 이상 계속되었다. 고지는 굉음에 휩싸인 채 포연과 흙먼지로 뒤덮여 숨쉴 공간조차 없어 보였고, 개미 한 마리 살아남을 것 같지 않았다. 햇빛은 포연을 뚫고 들어가지 못 했고, 어두운 고지의 부서진 참호 속에 적들은 숨어 있었다.

백마고지 아래 넓은 벌판 한 쪽 끝에는 진격을 앞둔 국군 보병들이 대기하고 있었다. 장병들은 빼앗긴 고지를 다시 찾기 위해, 지금이 내가 살아있는 마지막 순간일지도 모른다는 비장감 속에, 포연이 뒤덮인 고지를 바라보고 있었다.

포격이 멈추고 진격 명령이 떨어졌다. 병사들은 천천히 그러나 단호하게 고지를 향해 한 걸음씩 나아갔다. 각자 소총 한 자루를 두 손에 들고, 대검 하나 수통 하나 탄창 몇 개를 허리에 차고, 수류탄 서너 개를 가슴에 주렁주렁 매달고 있었다.

장교고 부사관이고 사병이고 계속되는 전투에 제대로 먹지 못하고 자지 못 해 몸은 비쩍 말라 있었고, 얼굴은 새카맣게 그을려 있었다. 흙먼지와 핏자국으로 얼룩진 군복은 군데군데 찢어져 있었고, 철모도 심하게 긁혀 있었다.

장병들의 걸음이 점차 빨라지고 허리도 조금씩 굽혀지기 시작했다. 평지를 지나 비탈길에 이르렀다. 산기슭은 일주일째 계속되는 포격으로 바위는 부서지고 흙은 온통 파헤쳐져 있었다. 민둥산에 마른 풀줄기만 얼기설기 널려 있었다.

4부, 5부 능선에 오를 때까지 적의 저항은 없었다. 6부쯤 오르자 적의 총격이 시작되었다. 아군 병사들은 각자 바위덩이, 무너진 참호, 시체더미 같은 엄폐물 뒤에 몸을 숨기고 기회를 노려 한 걸음 한 걸음 위로 기어 올라갔다.

포연은 걷혀가고, 눈으로 적을 식별할 수 있게 되었다. 적들은 수천 발의 포격 속에서 많이도 살아남아 강력히 저항하고 있었다. 7부쯤 오르자 쌍방의 무수한 총탄이 날아다니고 수류탄이 쉴 새 없이 터졌다.

아군 병사들은 거친 숨소리를 내쏟으며 충혈된 눈초리로 고지 위를 노려보다가 방아쇠를 당기고 수류탄을 집어던졌다. 몸을 감추었다가 엄호를 받으며 돌격하고, 다시 몸을 감추었다가 기어 올라가기를 반복했다. 이곳저곳에서 쓰러지는 병사들이 늘어났다.

정상은 조금씩 다가오고 있었다. 비탈에 붙어 엄폐물에 몸을 감추고 있던 병사들이 일제히 몸을 일으키며 빗발처럼 쏟아지는 총탄 사이를 뚫고 적진을 향해 돌격해 들어갔다.

"이야아아아~!"

2

김일도는 1929년 9월 함경북도 청진에서 태어났다. 3대독자 외아들이면서 4남매의 막내였다. 얼굴이 동그랗고 눈썹이 진하고 귀엽게 생겼다. 세 명의 누나는 모두 인물이 좋아 주변에서 미인 삼자매라는 말을 듣고 있었다.

일도의 부모님은 청진 시내 한쪽 끄트머리에서 20년 가까이 <평화양복점>을 운영하고 있었다. 솜씨 좋은 재단사와 상냥한 안주인이 운영하는 양복점에는 손님들의 발길이 끊이지 않았다. 양복점 뒤에는 대추나무가 있는 살림집이 있었다. 이 가정에는 항상 화기애애한 분위기가 넘쳐났다.

큰누나가 열아홉 살, 막내 일도가 아홉 살 때였다. 어느 날 밤 외출하신 아버지가 늦게까지 돌아오지 않았다. 식구들은 처음에는 그냥 늦으시나보다 했다. 그러나 밤이 깊어도 돌아오지 않자 가장 행동거지가 가벼운 막내누나가 밖에서 기다린다고 집을 나섰다.

"악! 아버지! 아버지!"

막내누나의 찢어지는 비명소리가 대문 밖에서 터져 나왔다. 식구들이 모두 깜짝 놀라 뛰어 나가보니 양복점 앞에 아버지가 피투성이가 되어 쓰러져 있었다.

"여보! 여 여 여 보!"

충격으로 어머니는 말을 더듬었다. 여럿이 아버지를 안아들고 허겁지겁 방안으로 모셨다. 입에서 쏟아져 나온 피가 옷 앞섶에서 이미 상당히 굳어 있었고 의식이 없었다.

식구들이 아버지를 붙들고 흔드는 사이 끝내 의식을 못 찾은 아버지는 유언 한 마디 남기지 못 하고, 마지막으로 식구들 얼굴 한 번 제대로 보지 못 하고 숨을 거두고 말았다.

어머니는 거의 넋이 나간 상태에서 이웃의 도움을 받아 장례를 치렀다. 장례가 끝나고 집안일이 어느 정도 정리되자 어머니는 아이들에 대한 단속을 철저히 하기 시작했다. 아이들은 누구도 해떨어진 후에는 외출금지였으며, 특히 일도는 낮에도 혼자서는 먼 곳에 가지 못하도록 했다.

어머니의 가슴에는 남편에 대한 그리움이 날이 갈수록 깊어만 갔다. 사랑하는 남편, 한없이 의지가 되던 남편, 친정아버지의 못다한 소원도 이루어 주겠다던 남편, 그 남편을 잃은 어머니의 가슴은 늘 무너지기 직전이었다.

그러나 어머니에게는 돌보아야 할 아이들이 있었다. 아이들 때문에 어머니는 슬픔과 외로움을 보일 수가 없었고, 의연한 모습을 보여야 했다. 그러나 아이들은 역시 아이들이었다. 별 것 아닌 일에 투정을 부리기도 하고, 저희들끼리 장난질치기도 했다.

아버지가 돌아가신 지 한 달이 조금 지난 어느 날이었다. 어머니가 복숭아밭에서 갓 딴 복숭아를 한 바구니 사가지고 돌아오는 길에 누군가에 의해 메주만한 돌로 머리를 맞아 돌아가신 시체로 발견되었다.

복숭아밭에서 일도네 집으로 오는 길은 평지라 사방에서 오가는 사람이 다 보이는데 어머니가 살해된 곳만 사람 키보다 조금 높은 작은 언덕이 가리고 있어 오가는 사람이 보이지 않는 곳이었다. 살인자는 분명 이곳 지리에 아주 밝은 사람임에 틀림없었고, 아마 어머니가 아는 사람일지도 모른다는 추측도 할 수 있었다.

아버지의 사인은 독살이고, 어머니의 죽음은 타살임에 틀림없었지만 사인을 밝히고 범인을 색출한다는 것은 아이들에게는 엄두도 못 낼 일이었다. 또 일제의 경찰이 이런 일에 발 벗고 나서서 해결해 줄 리도 없었다.

남은 아이들은 어떻게든 살아야 했다. 주변 사람들과 친척들의 헌신적인 도움으로 전에 아버지 밑에서 일을 배운 재단사 부부가 와서 양복점을 맡아 하게 되었고, 아버지의 먼 친척 되는 아저씨 한 분이 사랑방에 와서 계시게 되었다.

네 남매는 극도의 공포에 빠져 있었다. 밤에는 모두 한 방에서 잠을 잤고, 넷 중에 적어도 하나는 밤중에 식은땀을 흘리며 헛소리를 하다가 잠을 깼다. 그러면 나머지 아이들도 모두 잠에서 깨어나 다시 잠들지 못하기 일쑤였다.

부모님이 돌아가신 후 열아홉 살의 큰딸이 가장이 되었다. 큰딸도 무섭기는 마찬가지였지만 언제까지나 무서움 속에서 떨 수만은 없었다. 모진 각오를 자신과 동생들에게 끊임없이 주입시켰다.

"굳세게 살아야 한다. 반드시 이 원수를 갚아야 한다."

김일도의 집은 바닥을 모르는 무거운 침묵 속으로 끝도 없이 가라앉고 있었다. 하루하루 아무런 목표도 방향도 없이 살아가고 있었다. 일도는 막내누나와 아저씨와 함께 학교에 갔다 오면 짖지도 않는 삽살개 두 마리를 쓰다듬어 주는 것이 하루 일과였다.

이때 큰누나에게 혼삿말이 들어왔다. 부모님이 모두 돌아가시고 슬픔과 고통 속에 잠겨 있는 집안의 맏딸로서 이런 때에 혼인을 한다는 것이 도저히 말이 안 되는 이야기였다. 그러나 혼인이야말로 이 어려움에서 벗어날 수 있는 길이라는 주변 사람들의 간곡한 권유가 있었고, 큰누나도 그 말에 어느 정도 공감이 갔다.

신랑감의 원래 고향은 충청도 옥천이었다. 그의 아버지가 고향 일대에서 한량노릇으로 재산을 탕진하자 부인은 울화병으로 일찍 죽고 말았다. 그 후 아버지는 두 아들을 데리고 서울로 왔다.

삼부자는 서울에서도 살기가 여의치 않았다. 마침내 큰아들은 아버지 곁을 떠나 열차를 훔쳐 타고 정처 없이 북쪽으로 가다가 신의주에서 어느 토건회사에서 일을 하게 되었다. 그곳에서 성공을 거두어 돈도 좀 모으고 살림도 차렸다.

아버지와 작은아들은 정어리가 많이 잡히는 청진에 가면 먹고 살길이 있을 것이라는 소문을 듣고 청진으로 흘러들어 갔다. 그러나 청진에서도 살기 어렵기는 마찬가지였다. 날씨는 춥고, 바람은 세고, 사람들은 투박하고, 일은 고달팠다.

아버지와 동생이 고달프게 산다는 소식을 들은 큰아들이 청진으로 왔다. 큰아들은 신의주의 토건회사에서 일한 경험을 토대로 청진 외곽에서 채석장을 경영하여 사업이 크게 번창했다.

그 무렵에 작은아들이 우연히 김일도의 큰누나를 보고는 첫눈에

반해 혼인하겠다고 죽기 살기로 고집을 부렸다. 마침내 양복점 옆의 포목점 안주인이 중신을 서게 되었다.

김일도의 큰누나는 처음에는 신랑감이 체구가 너무 마르고 사람이 좀 가벼워 보여 썩 마음에 내키지 않았다. 그러나 시아버님과 시아주버님 될 분들을 보고는 믿을 수 있는 사람들이라고 생각하고 마음을 정했다. 조선의 수도 경성 사람들이고, 청진에서도 실력 있는 사업가들이라는 것도 시댁의 강점이었다.

큰누나의 입장에서는 부모 없는 고아에 동생들만 주렁주렁 달린 자기에게 이만한 혼처도 쉽게 나타날 것 같지 않았다. 큰누나는 혼인을 승낙하면서 딱 한 가지 조건만 제시했다. 자신은 장녀이고 부모님이 돌아가셨으므로 동생들을 모두 데리고 있어야 한다는 것이었다. 시댁 쪽에서는 아무래도 상관없는 조건이었고, 그런 조건을 내거는 신부가 오히려 대견스럽게 보이기까지 했다.

이렇게 해서 맺어진 신혼부부는 주변의 축복을 받아가며 성대한 결혼식을 올렸다. 원산의 명사십리로 신혼여행을 다녀오고, 신부의 요청에 의해 신부 부모님이 쓰시던 양복점 안채에서 새살림을 시작하였다.

시아버님은 일도를 무척 귀여워했다. 가끔 작은아들 집으로 와서 '사돈 총각 집에 있는가.' 하고 일도를 불러내서는 이곳저곳 다니며 신기한 이야기도 많이 들려주었다. 일도의 큰누님은 그런 시아버님이 너무 고마웠다.

부모님을 졸지에 잃고 어찌 살아야 할지 막막할 때에 비하면 지금은 마치 꿈속만 같았다. 큰누님은 시댁에 큰 은혜를 입고 있다는 생각을 가지지 않을 수 없었다.

3

1945년이 되었다. 장마가 막 끝나고 무더위가 시작되는 7월 중순이었다. 큰매부 형제가 함께 일본에 갔다 돌아오더니 그날 밤 식구들을 다 모이게 했다.

두 사람의 얼굴은 심각했고, 심지가 약한 큰매부의 얼굴은 백짓장처럼 하얗게 질려 있었다. 무슨 일이 있음에 틀림없었다. 시아주버님이 다짜고짜로 선언했다.

"당장 여기를 떠나 서울로 가야겠소. 아무래도 일본은 곧 망할 것 같고, 이웃 나라들의 움직임이 심상치 않다는 말이요. 나도 잘 모르겠지만 엄청난 일이 곧 닥칠 것 같소. 불안해서 여기 있을 수 없으니 한시도 지체 없이 빨리 떠나야겠소."

시아주버님의 뜻은 확고했다. 도대체 당황하거나 서두르는 것하고는 거리가 먼 성품인 그가 이렇게 황망하고 화급하게 결정을 내렸을 때에는 무엇인가 집히는 것이 있음에 틀림없었다.

일도 사남매는 고향인 청진을 갑자기 떠난다는 것이 기가 막히는 일이었으나 감히 말 한마디 꺼낼 수 없었다. 막내누나가 자기는 청진을 떠날 수 없다고 투덜대다가 큰누님의 날선 한 마디에 잠잠해졌다.

"너는 가만히 있어라."

김일도의 사남매는 언제 다시 돌아올지 모르는 기약 없는 고향과의 작별에 심한 가슴앓이를 하였다. 그들은 고향의 거리와 산천을 하나라도 더 가슴에 새겨 넣으려고 애쓰며 안타까운 마음을 달랬다.

청진의 검푸른 바다, 대추나무집, 양복점, 청량한 공기, 멀리 보이는 산줄기, 그리고 이웃 사람들, 그것들을 다시 못 볼지도 모른다는 서글픔에 가슴이 미어졌다.

하루는 큰누님이 동생들을 모두 데리고 오후 늦은 시각에 바닷가로 나갔다. 바람이 조금 불고 푸른 하늘 사이로 붉은 노을이 찬란하게 펼쳐져 있었다.

사남매는 말없이 황금색 모래를 밟으며 바닷가를 걸었다. 온갖 추억이 되살아나는 청진 바닷가의 작별 산책이었다. 청진의 바다는 항상 검푸르렀으나 이 순간은 아예 검은 색이었다. 걸음을 멈추고 모래밭에 나란히 앉았다. 사남매는 울먹였다.

"정든 고향아, 잘 있거라. 우리는 간다. 언제 다시 올지 모르겠구나. 아버지 어머니 저희는 떠납니다. 두 분 그리워 어찌 합니까. 고향 그리워 어찌 산단 말입니까."

곧바로 서울로 떠날 준비가 시작되었다. 시아주버님의 일처리는 빈틈이 없었다. 이런 일이 닥칠 것을 미리 예상했던 것 같았다. 집문서와 땅문서는 가지고 가기로 했다. 세간은 꼭 필요한 것만 집에 남겨두고 웬만한 것은 모두 채석장 일꾼들과 이웃에게 넘겨

주었다.

시아주버님은 부인과 제수씨에게 허리에 찰 전대를 식구수대로 만들도록 했다. 언제 장만했는지 손가락 두 개만한 금덩어리를 두 개씩 전대에 넣어 허리에 차도록 했다. 현금과 그밖의 귀중품들은 적당히 나누어 각자의 가방에 넣었다. 식구들은 시아주버님의 지시대로 신속하고 은밀하게 움직였다. 그들은 모두 시아주버님을 철석처럼 믿고 있었고, 정말 천지개벽이 곧 닥치는 줄로만 알았다.

청진을 떠나는 날은 7월 하순의 어느 날이었다. 하늘에는 구름이 잔뜩 끼어 있었고 그다지 덥지 않았다. 큰집의 다섯 식구, 작은집의 여섯 식구, 모두 열한 명의 대가족이 이사를 떠나는 날이었다. 이른 아침을 먹은 대가족은 채석장에서 쓰던 트럭 짐칸에 천막을 치고 바닥에는 가마니를 두세 겹 깔고 비상식량과 가방과 보따리만 실었다.

열여섯 살의 준수한 청년이 된 일도는 트럭 짐칸 한쪽 구석에 앉아 있었다. 시아주버님이 큰소리로 출발을 알리자 불현듯 차에서 뛰어내렸다. 그리고는 부모님 산소가 있는 방향을 향해 큰절을 올렸다. 누님들도 줄줄이 따라 내리더니 부모님 누워 계신 곳을 향해 큰절을 올렸다. 막내딸은 기어이 울음을 터뜨리고 말았다.

그들은 왜 이리 쫓기듯 청진을 떠나야 하는지 이유도 모르고 숨 가쁘게 트럭을 달려 원산에 도착했다. 타고 온 트럭에 웃돈을 얹어주어 원산에서 유람선 하나를 빌려 타고 해안선을 따라 최고 속도로 달려 속초에 도착했다. 속초에서 다시 털털거리는 고물버스를 타고 흙먼지 뒤집어쓰며 험준한 산을 몇 개 넘고 큰 다리를 몇 개 건넜다.

서울에 도착한 날은 8월 3일이었다. 서울에 도착했을 때 일행은 완전히 녹초가 되어 있었다. 서울 동쪽 변두리의 어느 허름한 여관에 임시로 거처를 정하고 나서야 대가족은 목적지에 도착했다는 안도감에 깊은 숨을 토해냈다. 곧바로 모두 쓰러져 깊은 잠에 빠져들었다. 며칠 후, 그들은 그렇게 달렸던 것이 옳은 판단이었음을 알게 되었다.

불과 엿새 후인 8월 9일에 소련은 일본에 선전포고를 하고 네 개의 방면으로 조선에 대한 공격을 개시했다. 또 엿새 후인 8월 15일에 일본이 항복했다. 8월 16일에는 소련군이 청진에 상륙했고, 8월 20일에는 원산에 상륙했다. 남한에는 미군이 진주했다.

불과 며칠 상관에 세상은 뒤집어졌고, 청진은 공산군의 점령 아래 들어간 것이다. 9월에 들어서면서 미군과 소련군의 남한과 북한의 점령 상태는 더욱 공고해졌으며, 일반인들의 38선 월경은 자유롭지 못 하게 되었다.

큰집과 작은집의 식구들은 도대체 세상이 어떻게 돌아가는지 가늠조차 할 수 없었다. 시아주버님 자신도 어떻게 이런 일이 벌어지고 자기가 그런 결정을 내리고 빨리 움직였는지 도저히 이해할 수 없다고 말했다.

"이런 것을 운명이라고 하나 보다."

그런 운명에 의해 그들은 서울에 왔고, 해방을 맞이했고, 청진은 다시 가기 어렵게 되었다.

큰집은 미아리 고개 넘어 북한산 줄기 끝자락에 널찍하게 자리를 잡고 다시 채석장을 시작했다. 작은집인 일도의 큰누님네는 원효로에 자리를 잡고 양조장을 시작했다. 큰집, 작은집 모두 사업

16

이 잘 되어 살림살이가 아주 넉넉해졌다.

일가의 유일한 어른으로서 모든 식구들의 마음의 안식처였던 시아버님이 '한 평생 잘 살다가네.' 라는 유언 한 마디를 남기고 돌아가셨다. 일도의 둘째누님은 결혼하여 분가해 나갔고, 막내누님은 양조장의 공장장과 결혼하여 함께 살았다.

별 걱정이 없게 된 일도의 큰매부는 정치에 뛰어들어 권력을 잡고 이름을 한 번 날려보고 싶은 야망이 생겼다. 정치를 하려면 대중 앞에서 연설을 해야 했다. 문제는 목소리였다. 그의 목소리는 가늘고 높고 약했다. 한 이웃 사람의 표현이 정확했다.

"최사장님 목소리는 모기소리 같이 앵앵거려요."

목소리를 키우기 위해 큰매부는 발성 훈련을 시작했다. 이틀 후부터 목이 잠겼지만 훈련을 계속해야 어느 순간에 목이 탁 트인다는 말만 믿고 있었다. 그럴 때는 식초가 좋다는 말을 듣고 식초를 매일 여러 번 조금씩 마셨다. 어느 날, 빙초산에 사과즙을 섞은 가짜 식초를 아주 좋은 양조 식초라고 속아 사서 그것을 마시고 목에서 피를 토했다.

빙초산에 식도가 상하고, 몇 모금은 기도로 넘어가 이미 무리가 가있던 성대를 손상시키고 말았다. 식도는 시간이 지나면서 어느정도 회복되었지만 성대는 다시 회복될 수 없는 기관이라 남은 평생을 쉰 목소리로 살아야 했다. 큰매부는 정치에 대한 꿈을 접어야 했고, 권력에 대한 욕망도 포기해야 했다.

4

일도는 서울에 와서 고등학교를 졸업하고 양조장 일을 돕고 있었다. 큰누님은 양조장 일을 돕고 있던 일도를 대학에 보내기로 마음을 먹었다. 일도에게 내년 봄에 대학에 갈 준비를 하라고 했다.

일도는 극구 사양했으나 누님은 부모님을 생각하라고 딱 잘라 말했다. 큰매부도 쉰 목소리로 부탁 겸 명령조로 한 마디 거들었다.

"처남이 대학을 나오면 저 애기들을 더 잘 돌봐줄 거 아닌가."

일도는 그 말을 거역할 수가 없었다. 1949년 3월에 일도는 서울 신촌에 있는 대학교 법학과에 입학했다. 가족들이 모두 기뻐하며 축하해 주었다.

막상 대학에 들어가 보니 공부는 뒷전이었다. 하루도 빠짐없이 몰려다니며 술만 퍼마셨다. 일도는 주량이 많지 않아 술자리를 별로 즐기지 않았지만 선배들과 동기들이 끌고 다니는 바람에 일주일이면 반은 술을 마시고 귀가했다.

술을 마시면서 하는 이야기들은 온통 정치와 사상과 시국에 관한

18

것들뿐이었다. 민주주의, 공산주의, 자본주의, 사회주의에 대해 찬반과 우열 토론이 격렬했고, 정권의 배분이 어떤 형태로 이루어지는가 하는 것도 초미의 관심사였다.

그 해 6월에 상해 임시정부 주석이었던 지도자가 암살당하자 권력은 한 곳으로 집중되는 양상을 보이기 시작했고, 학생들도 정권에 대해 보다 구체적인 시각으로 바라보게 되었다.

일도가 보기에는 토론의 주제는 당연히 남북 문제여야 했다. 남과 북의 대치 현황과 작년에 있었던 제주도와 호남에서의 사건들도 주요 사안이어야 했다. 그러나 대부분의 학생들은 그 문제는 제쳐놓고, 권력 투쟁에만 더 많은 관심을 두고 있었다.

일도는 아직 자신의 사상이나 철학이 확고하지 못하고, 정신력도 충분히 성숙되지 못 했다고 스스로 평가했다. 따라서 1학년에는 친구들과 어울리며 이런 저런 경험을 쌓고, 2학년부터는 고시공부를 열심히 하여 졸업 전에 고시에 합격한 다음, 정의가 실현되는 사회를 만드는 데에 성심성의껏 힘을 보태기로 마음을 정했다.

일도는 신입생 1년 동안은 여행으로 많은 시간을 보냈다. 남한의 이곳저곳을 다니며 견문을 넓히고 사색을 했다. 한반도 동북쪽 끝에서 낳고 자란 일도는 한반도의 서남쪽 끝이 특히 궁금했다. 한없이 긴 시간을 기차를 타고 가 본 목포 지방은 청진과는 전혀 다른, 따뜻하고 부드럽고 색깔도 다른 해안선과 섬의 바닷가였다.

일도는 여행을 다녀 본 결과, 서정적 감성이 풍요해짐을 실감했고, 이 나라 이 땅의 다양한 풍토와 지리에 대해 많은 지식을 얻게 되었다. 이 나라는 참으로 가난한 나라지만, 앞으로 열심히 노력한다면 살기 좋은 나라가 될 수 있는 천혜의 자연 조건과 사람들의 품성이 있다는 확신이 섰다.

그러나 한편으로, 무언가 심상치 않은 공기가 사람과 사람 사이, 지역과 지역 사이에 흐르고 있는 것 또한 확실히 감지되었다. 그것이 무엇인지는 딱 잡아 말하기 어려웠지만 한 마디로 요약한다면, 그것은 시국에 대한 불안감이었다.

이북 출신인 일도로서는 공산화 되어 있는 고향을 상기하지 않을 수 없었고, 남북 간의 대치 상태는 큰 부담이었다. 남한에서의 이념투쟁은 외형적으로는 끝났지만 잠재 요소는 상존하고 있었으며, 언제 어디에서 어떤 형태로 재발될지 예측할 수 없었다. 분명히 앞으로 큰 사단이 한 번 일어나기는 일어날 것 같은데 그것이 무엇인지 알기에는 지식이나 경험이 모두 부족했다.

마음이 답답해진 일도는 어느 날 미아리 큰댁에 갔을 때 시아주버님에게 넌지시 자신의 생각을 말하고 가르침을 청했다. 시아주버님은 물끄러미 일도를 바라보더니 한 마디 던졌다.

"저희 매부보다 낫군."

일도의 시황에 대한 애매한 불안과 모호한 추측과는 상관없이, 대학교와 사회에서는 여전히 정치와 사상에 관한 말과 운동들이 난무하고 있었다. 그리고 그 순간에도 38선 주변에서는 팽팽한 군사적 긴장감이 감돌고 있었고, 소규모 충돌도 수시로 일어나고 있었다.

5

1950년 6월 25일 일요일 새벽이었다. 조선민주주의인민공화국 군대 9만 명이 11개 전선에서 일제히 38선을 넘었다. 6·25 한국전쟁이 일어난 것이다. 인민군은 다섯 시간 만에 개성을 점령하고 파죽지세로 남조선으로 진군했다.

용의주도하고 기민하게 진격하는 자신감에 찬 인민군을 국군이 막는다는 것은 애초부터 불가능했다. 무기, 병력, 정신상태 등 모든 면에서 인민군은 철저하게 준비가 되어 있었던 반면에, 국군은 어느 것 하나 제대로 갖추어진 것이 없었기 때문이었다.

6월 26일, 공산군의 기습공격에 놀란 미국을 비롯한 서방국가들에 의해 유엔 안보리가 긴급히 소집되었다. 안보리는 북한군의 침략을 격퇴하기 위한 모든 지원을 제공한다는 결의안을 통과시켰다. 이 결의안으로 미군 투입은 일단 합법적 근거를 마련했다. 이후, 16개국이 전투부대 파병, 5개국이 의료 지원, 20개국이 물자 지원 등 모두 41개 국가가 유엔군을 지원했다.

인민군은 6월 26일과 27일에도 소련제 T-34 탱크를 앞세우고 무서운 속도로 남진을 계속했다. 국군은 춘천 지역의 6사단과 극히 일부 전선에서만 선전을 하고 있었고, 나머지 거의 모든 전선에서 우왕좌왕하며 지리멸렬하게 패퇴했다.

대한민국 정부는 6월 27일에 대전으로 이전했다. 그럼에도 불구하고, 라디오에서는 오히려 국군이 북진을 하고 있다는 허황된 뉴스만 거듭 방송되고 있었다.

6월 28일 새벽, 국군은 인민군의 남하를 지연시킨다고 한강 인도교와 철교를 폭파했다. 라디오 방송을 들으며 반신반의 하고 있던 많은 서울 시민들이 미처 피난을 못 가고 그대로 서울에 남겨졌다. 28일 오전에 인민군이 서울에 들어오기 시작했고, 오후에는 서울을 완전히 점령했다. 전쟁 발발 불과 사흘 만에 대한민국 수도 서울은 인민군의 손에 떨어지고 만 것이다.

피난을 못 간 대부분의 서울 시민들은 이제는 죽었구나 하고 집안에서 꼼짝도 안 했다. 그러나 일부 자발적인 시민들은 손에 손에 인공기를 들고 인민군을 열렬히 환영했다. 서울 시민들의 성분도 참으로 분석하기 어려운 시기였다.

서울에 들어온 인민군은 완전한 승리자의 모습으로 보무도 당당하게 시가지를 행진했다. 그러나 인민군은 곧바로 한강을 건너 패주하는 국군을 추격하지 않고, 사흘 동안 서울에서 머뭇거렸다. 이 사흘간의 말미는 양쪽 모두에게 불가사의한 시간이었다.

이 시간에 국군은 한강 이남에 방어선을 구축할 수 있었고, 퇴각하던 국군 부대들이 완전 붕괴를 면하고 재정비할 시간을 벌 수 있었다. 인민군이 사흘의 시간을 주지 않고 곧바로 한강을 건너 패주하는 국군을 압박했다면, 전쟁의 승패는 이때 결판이 날 수도 있었다.

7월 1일부터 한강을 건너기 시작한 인민군은 마침내 7월 3일에 탱크를 앞세운 주력 부대가 한강을 건넜다. 한강 남안에 방어선을 구축하고 있던 국군은 안양과 과천 등지로 퇴각했다. 국군은 궤멸된 부대를 재편하고, 미군의 지원이 올 때까지 시간을 벌기 위해 지연전을 펼치며 후퇴했다.

7월 7일, 유엔 안보리는 유엔군 사령부의 설치 및 사령관의 임명에 관한 권한을 미국에 부여하는 결의안을 가결시켰다. 7월 14일에 한국 대통령은 국군의 군사 작전권을 유엔군에게 위임한다는 서한을 유엔군 사령관에게 보냈고, 7월 18일 유엔군 사령관은 이를 수락한다는 문서를 보냈다. 이로써 대한민국 국군은 미군이 주도하는 유엔군의 지휘를 받게 되었다.

7월 19일, 정부는 대전에서 다시 대구로 이전했다.

6

김일도의 식구들은 피난을 가지 못 했다. 아예 피난을 갈 엄두를 내지 못했다. 큰매부는 빙초산 사건 이후 음식을 잘 먹지 못하는 데다가 신경쇠약 증세까지 겹쳐 몰골이 말이 아니었다. 아직 아이들도 너무 어렸다. 큰딸은 열두 살, 두 아들은 겨우 네 살, 두 살이었다.

큰누님네 다섯 식구는 환자와 애들이라 피난을 못 가도 어쩔 수 없는 일이라고 치더라도, 막내누님 내외와 일도는 사정이 달랐다. 젊은 사람들인지라 앞으로 어떤 일이 닥칠지 알 수 없었다. 그렇다고 무작정 피난을 떠날 수도 없었다. 역시 일단 집에 남아 다음 사태를 지켜보기로 했다.

피난처를 하나 마련했다. 살림집은 일본인들이 살던 적산가옥敵産家屋으로 작은 지하실이 하나 있었다. 그 지하실에 막내매부와 일도가 숨어 지내기로 했다. 입구를 이중삼중으로 철저히 위장하고 낮에는 내려가 숨고 밤에만 올라오기로 했다.

미군기의 폭격은 시도 때도 없이 계속되고 있었다. 폭격이 없을 때 서울은 그야말로 적막강산이었다. 거리에 인적은 완전히 끊기고 집집마다 절박한 공포감만 팽배했다. 밤이 되면 모두 불을 켜지 않음으로 서울 전체가 깊은 암흑에 빠져 들었고, 폭격 맞은 건물만 몇 곳 불타고 있어 도시가 더욱 흉흉해 보였다.

전쟁의 공포는 총소리나 대포소리 같은 시끄럽고 요란한 소리로 부터 유발되는 것이 아니었다. 완전한 적막과 고요 속에 숨쉬기 조차 어려운 극단적인 공포가 있었다. 여름인데도 불구하고 낮에는 개도 짖지 않았고 새도 울지 않았다. 밤에는 쥐와 고양이도 조용했다. 짐승들마저 정적 속에서 공포에 질려 있는 것이었다.

공포의 절정은 매일 밤 자정에 이루어졌다. 자정이 되면 아득히 먼 곳에서 일제사격 소총소리와 잠시 후에 확인 사살 하는 듯한 권총소리 두세 방이 들려왔다. 매일 밤 다섯 번 반복되었다. 실제로 총살을 하는 것인지, 주민들에게 겁을 주기 위한 위협인지 알수가 없었다. 그러나 그 시간만 되면 누구나 머리카락을 쥐어뜯는 공포에 빠져들었다.

어느 날 밤, 큰누님이 일도를 구석방으로 불러 방안에 촛불만 하나 켜고 둘이 마주 앉았다. 중대한 이야기를 할 모양이었다. 침묵이 한참 지난 다음에 큰누님이 입을 열었다.

"일도야, 너는 우리 부모님이 무엇을 하셨고 어떻게 돌아가셨는지 아느냐?"

"저는 제가 본 것 밖에는 모르고 있습니다."

다시 침묵이 흘렀다. 촛불이 조금 흔들렸다.

"일도야, 우리는 북선에서 내려왔다. 그런데 우리 고향 사람들이 쳐들어와 이 난리가 났구나. 아무래도 이제는 너도 모든 것을 상세히 알아야 할 때가 온 것 같구나."

일도는 흔들리는 촛불에 비치는 단아한 누님의 얼굴만 쳐다보고 있었다.

"우리 아버님은 한 때 만주에서 독립운동을 하셨고, 후에는 은밀하게 독립군에게 군자금을 보내주셨단다. 나도 독립운동에 관한 것은 자세히 모른다. 어머니께서 말씀해 주셔서 그런 일이 있었다는 것만 알고 있었다. 그리고 그 동안 너에게 말을 안 한 것은 어머니가 너에게 말하지 말라고 하셨기 때문이었다. 너도 독립운동을 하겠다고 나설까봐 두려웠고, 우리 부모님은 독립운동은 당대에서 끝나기를 바라셨기 때문이었단다."

"그러셨군요."

일도는 한숨 쉬듯 겨우 한 마디를 입 밖으로 냈다.

"그런데 우리 아버님이 독립운동을 하신 것은 우리 외할아버님, 그러니까 우리 아버님의 장인 때문이었다는구나."

"그렇습니까? 그것이 무슨 말씀입니까?"

일도가 놀라 되물었다.

"그 사실은 아버님이 돌아가시자 바로 어머니가 아주 조심스레 나에게 얘기해 주셨고, 절대로 누구에게도 말하지 말라고 다짐에 다짐을 받아두셨던 일이다. 진사進士였던 우리 외할아버님이 말년에 독립운동을 하셔서 우리 외가가 아주 풍비박산이 났다는 것만 알고 있으라고 하셨다."

일도는 묵묵히 듣기만 했다.

"외할아버님이 만주에서 독립운동을 하시니까 외할머님이 무남

독녀인 우리 어머니를 데리고 친척의 소개로 낯선 함경도 땅 이원으로 오셨단다. 이원에서 다시 이곳 청진으로 이사를 오셨다가 어머니가 주변 사람들의 소개로 아버지와 혼인을 하시게 되었단다. 그때 우리 아버지는 어머니의 인품에 반했다고 말씀하셨단다."

일도의 가슴 깊이 외가의 가계家系가 새겨지고 있었다.

"장인어른이 나라를 위해 독립운동을 하시다가 고생고생 끝에 만주 벌판에서 쓸쓸히 돌아가시고, 처갓집은 아주 몰락해 버리고, 남은 두 모녀의 고달픈 삶을 본 아버님이 장인어른의 뒤를 이어 독립운동을 하겠다고 어머니에게 맹세를 하셨다는구나."

일도의 가슴 밑바닥에서는 뜨거운 불덩어리가 타오르고 있었다. 큰누님은 일도의 얼굴이 일그러지는 것을 물끄러미 바라보고 있더니, 말머리를 돌렸다.

"우리 부모님은 정말 억울하게 돌아가셨단다. 그것은 다 나 때문이었다."

목소리는 낮았지만 많이 떨리고 있었다.

"청진에서 왜놈 형사와 일제 앞잡이 한 놈이 우리 부모님을 돌아가시게 했단다."

일도는 부모님 죽음에 관한 진실을 알고 싶을 때가 한두 번이 아니었으나 언젠가 알게 될 때가 오리라고 믿고 기다렸다. 그런데 지금 큰누님이 일도의 추측과 예상을 훨씬 뛰어넘는 우리 집안 역사에 대해 말해주고 있는 것이다.

"너 혹시 청진에서 우리 양복점에도 드나들던 왜놈 앞잡이 허가라는 놈을 기억하느냐?"

"예, 알지요. 그 키 크고 눈 작은 사람 말이지요."

"그래, 그 놈하고 왜놈 형사가 부모님을 죽였다. 아버지는 왜놈들 손에 돌아가셨고, 어머니는 그 허가 놈의 마수에 돌아가셨다."

큰누님이 단호하게 말했다.

"전에 만주에서 활동하던 독립군 한 사람이 경성에서 일경에 잡혔다는구나. 그 사람이 모진 고문 끝에 청진에 독립자금을 대준 사람이 있다고 자백을 했다는구나. 그 정보를 듣고 청진의 왜놈 형사와 그 앞잡이 허가 놈이 공을 세우기 위해 자금댄 사람을 찾으려고 혈안이 되었단다. 결국 우리 아버지에게 혐의를 두었다는구나. 그런데 아버지는 끝까지 부인하고 증거도 잡을 수가 없자 그놈들은 다급해졌단다. 상부에서는 자꾸 다그치고, 마구잡이로 잡아가 적당히 고문이나 하다가 내보내자니 민심만 나빠지고 별 소득도 없을 것 같아 이러지도 못 하고 저러지도 못 하고 시간만 보내고 있었단다. 그러다가 아버지가 앞으로 독립자금을 대지 못 하게 하고, 독립군과 동네사람들에게 겁을 주고 실적도 남길 요량으로 아버지를 소리 소문 없이 죽이기로 저희끼리 결정하고 상부에 보고하고는 승낙을 받았다는구나. 그래서 그놈들은 아버지를 불러내 의심한 것에 대해 사과한다고 하며 술이나 한 잔 하자고 하고는 술에 독을 타 아버지를 살해한 것이다."

큰누님은 여기까지 말하고 흔들리는 촛불만 물끄러미 바라보고 있었다. 한참 만에 다시 말을 이었다.

"그놈들은 아버지를 죽이고도 아무 일도 없었다는 듯이 태연했다. 그놈들이 의도했던 대로 우리 동네 사람들은 모두 쉬쉬하면서 겁을 내 일제에 더욱 고분고분하게 되었단다. 우리 아버지만 그렇게 허망하게 그놈들에게 소중한 목숨을 내주시고 말았던 거다."

큰누님은 잠시 쉬었다. 일도는 깊은 한숨을 내쉬었다.

"어머니는, 그건 내 탓이었다. 그 허가 놈이 그전부터 나를 따라다녔단다. 그 놈이 자기 마음대로 되지 않아 한참 속을 태우고 있을 때 아버지가 돌아가셨단다. 그 허가 놈은 그 다음에도 계속 나에게 집적댔단다. 어머니가 우리를 철저히 단속하자 허가 놈은 이번에는 너를 볼모로 삼아 어머니를 협박하기 시작했다는구나. 나를 자기한테 안 주면 너를 없애버리겠다고 했다는구나."

큰누님은 점점 목소리가 높아지고 있었다.

"그때 나는 어머니로부터 그 사실을 들어 알고 있었다. 어머니는 그놈이 어떤 협박을 해도 절대로 나를 그놈에게 보낼 수 없다고 펄쩍 뛰셨고, 나도 그놈에게 가겠다는 마음을 도저히 가질 수가 없더구나. 그러나 그놈이 정말 너를 해칠지도 몰라 어머니와 나는 항상 불안했단다. 아버지를 해친 그놈들은 능히 그럴 수 있는 놈들이었다."

큰누님은 깊은 한숨을 내쉬었다.

"그때 만일 나 하나만 참고 그 허가 놈한테 갔었다면 어머니는 돌아가시지 않았을 텐데 말이다."

희미한 어둠 속이었지만 두 사람의 눈에는 부모님과 청진이 훤하게 다 보였다.

"그 허가란 놈은 사람도 아니었다. 아버지를 죽이는데 일조를 해놓고 나를 어찌 해보려는 생각을 어떻게 하느냐 말이다. 사람이라면 그런 짓은 못 한다. 절대로 못 한다."

큰누님은 많이 떨고 있었다.

"일도야, 너 우리집 사랑방에 계시던 아저씨 기억하느냐?"

"예, 물론 기억하지요."

"나는 아저씨에게 아버지를 돌아가시게 한 것과 똑 같은 비상을 구해달라고 부탁했다."

"누님!"

"아저씨가 말없이 고개를 끄덕이더니 며칠 후에 비상을 구해다 주셨단다. 나는 허가 놈에게 그믐날 밤에 물레방앗간에서 만나자고 했다. 그놈은 뛸 듯이 기뻐하더구나. 그러나 나는 물레방앗간에 가지 않았다. 놈을 있는 대로 약을 올린 다음에 유인해야 독을 먹이기 쉬울 것 같았기 때문이었다. 아닌 게 아니라 다음날 우리집에 와서는 미친놈처럼 행패를 부리더구나. 나는 너무 겁이 나서 약속 장소에 못 갔다고 말하고 사흘 뒤에 같은 장소에서 만나자고 한 번 더 약속을 했다. 그러나 나는 또 거기 가지 않았다. 그런데 다음 날 그놈이 어머니마저 그 지경으로 만든 거다. 나는 한 번만 더 약속을 하고는 그놈에게 비상을 먹이려고 했는데 화가 치밀 대로 치민 그놈이 그렇게 빨리 어머니를 해친 거였다. 그놈은 너를 없애는 것보다 어머니를 없애는 것이 더 효과가 있을 거라고 생각했던 거다. 결국 나는 내 잔꾀에 빠져 어머니를 돌아가시게 한 거다."

"누님!"

"어머니는 그렇게 어이 없이 처참하게 돌아가셨다. 나는 설마 그놈이 어머니까지 해치리라고는 상상도 못 했다. 세상에는 그런 일도 벌어지더구나. 그런데 말이다, 우리가 감추느라고 감추고 있었지만, 혹시 그놈이 우리 어머니가 누구의 딸인지 알고 있었는지도 모르겠다는 생각이 들더구나. 그러니까 왜놈들이 뒤를 봐주겠거니 믿고 그렇게 겁 없이 어머니를 참혹하게 해칠 뱃장을 부린 것이 아닌가 싶다."

누님은 잠시 호흡을 가다듬었다.

"어머니마저 돌아가신 다음에 우리가 어떻게 살았는지는 너도 잘 알게다. 그때 나는 정말 막막했다. 나도 죽고 싶었다. 그러나 너희들 때문에 죽을 수도 없더구나."

"누님!"

"나는 오직 그놈에게 내가 가지고 있는 비상을 먹일 궁리만 했다. 그 놈은 그 다음에도 우리집을 기웃거리면서 지나다녔다. 나는 마침내 그놈에게 보름날 밤에 만나자고 했다. 그놈은 긴가민가하면서 돌아갔다. 나는 물레방앗간에 안 갔다. 그 놈이 또 우리집에 와서 온갖 행패를 부리려는 것을 내가 다음날 은경사에서 만나자고 했다. 그놈은 내가 하자는 대로 하더구나. 내가 마침내 모든 것을 포기한 것으로 생각했던 모양이었다. 다음날 아침에 나는 은경사로 가서 부처님 앞에서 빌었다. 부처님, 저는 오늘 저녁 독을 마십니다. 어머니의 원수를 갚기 위해 저놈과 함께 독을 마십니다. 그러면 저는 죽을지도 모릅니다. 저 죽는 것은 원통치 않으나 어린 동생들은 어찌 합니까. 부처님, 같이 독을 마셔도 저놈은 죽게 하고 저는 살게 하여 주십시오. 부처님, 부처님, 간절하게 비옵니다. 나는 부처님께 간절히 기원을 드리고 으스름한 저녁에 그놈을 데리고 산신당 뒤의 암자로 갔다. 비상을 탄 술과 안주 몇 가지를 마련한 술상을 펴놓고 같이 한 잔 마시자고 했다. 그놈이 의심하지 않을 정도로 나도 술을 마셨다. 내가 술을 같이 마시니 그놈이 의심을 안 하고 벌컥벌컥 잘도 마시더구나. 술 병 두 개를 다 비우고 나니까 그 놈이 내 몸을 덮치려고 하였다. 내가 끝까지 저항하니 그놈이 눈을 부릅뜨고 덤벼들더구나. 다음 순간에 그놈과 내가 함께 피를 토하고 쓰러졌다. 밖에 있던 아저씨가 바로 뛰어 들어와 나를 토악질을 시키고 스님이 준비한 약초를 먹이고 하여 나는 겨우 살아났다. 아저씨와 스님은 그놈을 들어내 절 뒤 으슥한 기슭에 묻었다고 하셨다."

일도는 할 말을 잃고 있었다.

"일도야, 어머니의 원수는 내가 그렇게 갚았다. 그러나 나는 사람을 죽이고 말았구나. 아무리 원수이고 죽어 마땅할 놈이라도 내가 사람을 죽였다는 것이 가슴에 맺히기는 하는구나. 그래도 후회는 없다."

누님은 다시 한숨을 내쉬었다.

"그리고 나는 너희 매부를 만나 혼인을 했다. 하루는 너희 매부가 어디서 무슨 이야기를 들었는지 우리 부모님이 어떻게 돌아가셨느냐고 묻더구나. 나는 말을 안 했다. 그랬더니 어느 날 시아주버님과 너희 매부가 함께 나에게 묻더구나. 그날 나는 모든 사실을 형제분에게 다 말씀드렸다. 두 분은 아무 말씀이 없으시더구나. 한 달쯤 후에 아주버님이 나를 불러 앉히시더니 자기 형제가 우리 아버지 원수를 대신 갚아주었으니 그리 알라고 하시더구나. 나는 너무 놀라고 고마워 말없이 고개만 떨구고 있었단다."

일도는 상상도 할 수 없는 이야기들이었고, 감당하기에 너무나 벅찬 이야기들이었다.

"너희 매부 형제분이 그 왜놈 형사를 찾아내 처단할 때 그 왜놈이 살려달라고 애걸하면서 지금까지 내가 한 얘기를 모두 실토했다는구나. 그러나 두 분은 용서할 수 없는 죄라 하며 그놈을 처단하고 청진 앞바다에 물고기 밥이 되게 하셨다는구나. 돌이켜보면 그 분들도 나 때문에 사람을 죽이게 된 것이 아니겠느냐. 그리고 술에 독을 타 사람을 죽였다는 이야기를 들은 너희 매부는 그때부터 술에 대해 관심을 가지기 시작했다는구나."

큰누님은 원통함과 자책감과 고마움을 가슴속에 모두 함께 지니고 있었던 것이다.

"일도야, 지금까지 내가 한 이야기가 우리 부모님의 내력이고 우리가 겪은 고초다. 오늘 이야기는 그만 해야겠다. 내가 조금 피곤하구나."

"예 누님, 편히 쉬십시오!"

큰누님은 안방으로 건너가고 혼자 남은 일도는 어둠 속에 우두커니 앉아 있었다. 자신은 독립운동가의 후예로서 일제에 항거해야 했고, 억울하게 돌아가신 부모님의 원한도 풀어드려야 했으나, 이제는 그럴 기회도 없고, 의미와 대상도 모두 소멸되어 버린 것이다.

원수는 왜놈들인데, 그놈들은 바다 건너 도망가 잘 살고 있고, 불과 몇 년 사이에 어이없게도 고향 사람들이 쳐들어와 전쟁이 벌어지고 있으니 도대체 이 사실을 어떻게 받아들여야 할지 몰랐다.

또 처갓집의 원한을 풀어주기 위해 위험을 무릅쓰고 살인까지 저지른 매부 형제분에게는 어떻게 보답해야 한다는 말인가. 일도의 머릿속은 하얗게 비어만 갔고, 그날 밤은 잠들 수가 없었다.

7

일도네 식구들은 여전히 숨죽이며 하루하루를 지내고 있었다. 큰 매부는 온 종일 앉거나 누워 있기만 했고, 아기들은 밖에 나가 놀지도 못 하고 칭얼대기만 했다. 일도와 막내매부는 낮에는 지하에 내려가 숨어 있다가 밤에만 올라왔다. 누님들은 며칠에 한 번 시장에 가서 먹을거리나 마련해 오고, 전황을 귀동냥으로 얻어 듣는 것이 전부였다.

소문에 의하면 국군은 한없이 밀리고 있고, 인민군은 국군을 계속 따라 내려가고 있다는 것이었다. 그러자니 서울에 남아 있는 인민군은 별로 없고, 그 남아 있는 인민군 몇 잡겠다고 미군은 저렇게 폭격을 해대고 있다는 것이다. 폭격으로 시내가 전부 부서졌다고도 했다.

조선반도 전체가 곧 인공 치하에 들어갈 것이라는 얘기도 있고, 머지않아 미군이 대대적 반격을 할 것이라는 소문도 있었다. 어느 것 하나 신빙성 있는 이야기가 아니었고, 그렇다고 전혀 터무니

34

없는 헛소문도 아닌 것 같았다.

인민군이 서울에 들어온 지 열흘쯤 지나자 일도집 근처에도 인민군이 나타났다. 그들은 반동분자, 미제 앞잡이, 부르주아 자본가 등을 색출하기 시작했다. 공무원, 군인, 경찰 등이 우선 색출 대상이었다.

그들을 색출해 내는데 앞장선 사람들은 가난하고 억눌렸던 사람들이었다. 그들은 사상에 투철한 사람들이라기보다는 이런 기회를 이용하여 자신들이 비참하게 살던 시절의 복수를 하고 극적인 신분 상승을 꿈꾸는 사람들이었다.

인민군과 그 추종자들이 찾는 사람들은 모두 피난을 가고 없었다. 남아 있던 사람들은 거의 별 특징이 없는 사람들이었다. 일도의 큰매부는 그래도 자본가에 속했지만 그는 동네에서 별로 인심을 잃지 않았고, 그 동네에는 그를 고발할 만큼 극렬한 사람도 없었다. 더구나 그는 쉰 목소리에 신경쇠약으로 누워 있는 중환자였다.

인민군이 두 번 집을 뒤지고 갔다. 환자와 애기들과 여자들만 있는 것을 보고는 뭐라고 투덜거렸다. 그런데 그들이 쓰는 말이 함경도 말이었다. 큰누님과 막내누님은 무서움과 반가움이 뒤섞이며 가슴이 찢어지는 것 같았다.

인민군들이 집을 뒤지는 동안 나머지 식구들은 숨이 멎는 줄 알았다. 지하실에 숨은 일도와 막내매부가 발각이 되면 모든 것이 끝나기 때문이었다. 인민군들은 지하실이 있으리라고는 생각도 못했는지 집안을 둘러보고는 별일 없이 물러갔다. 인민군이 들이닥쳤던 두 번의 그 짧았던 순간이 집안 식구들에게는 몇 년은 되는 시간 같았다.

7월 중순부터 인민군은 주민들을 학교 운동장에 불러 모아놓고 사상과 조국통일에 대한 정신교육을 하기 시작했다. 일도네 집에서는 큰누님과 막내누님, 큰딸이 교육에 참석했다. 정신교육을 두 번째 받은 날 밤이었다. 아무래도 앞일이 걱정이 된 큰누님이 일도와 마주 앉았다.

"일도야, 앞으로 어떻게 했으면 좋겠느냐?"

일도는 대답할 말이 없었다.

"네가 걱정이구나. 너를 어찌 해야 할지 모르겠다."

"누님, 저는 언제까지라도 큰누님 곁에 있겠습니다."

"그럴 수도 있겠지. 그러나 그것이 가장 잘하는 일인지는 모르겠구나."

"그럼 어찌 해야 합니까?"

"그걸 나도 모르겠다. 너 혼자라도 피난을 가느냐, 아니면 여기 숨어 있느냐다. 피난을 가자니 위험하구, 피난을 가지 않자니 불안하구나."

"제 생각에는 피난을 가지 않는 것이 나을 것 같습니다. 사정이 좋아질 때까지 지하에 숨어 지내면 어떨까요."

"언제까지 그렇게 숨어 지낸단 말이냐."

"인민군이 상당히 내려간 것 같은데, 그렇다면 피난은 더 위험할지도 모릅니다. 여기 숨어서 버텨 보는 것이 나을 것 같습니다."

"내 생각도 그렇다. 그래, 지하실에 숨는 것으로 하자."

큰누님은 일단 방향을 정하고 나니 마음이 조금 가라앉는 듯했다. 이어 한탄을 쏟아냈다.

"그런데 이게 무슨 팔자란 말이냐. 어찌 이렇게 살아야 한단 말이냐. 부모님을 그렇게 잃고, 좀 살 만해지니까 남선으로 나와야 되고. 해방도 되고 또 좀 살 만해지니까 네 매부가 저리 되고. 그 다음에는 또 난리라니. 몇 년 사이에 이게 도대체 무슨 일이냐 말이다."

큰누님은 일도와 이야기를 마치고 안방으로 건너갔다. 일도와 내린 결론을 남편에게 말하자 남편은 뜻밖에도 다른 의견을 내놓았다.

"아니요. 이 전쟁은 언제 끝날지 모르오. 전쟁이 길어지면 결국 인민군이 집집마다 다시 들이닥칠 것이오. 처남이 인민군한테 잡히면 다 끝장이오. 처남은 피난을 보내고 동서는 지하에 숨도록 합시다."

큰누님은 남편을 한참 바라보았다. 아니, 이 양반이 언제 그런 걱정까지 하고 있었단 말인가.

"일도 혼자 어떻게 피난을 간단 말입니까."

"처남은 잘 해낼 거요."

"언제 떠나라는 말입니까."

"한시라도 빨리 떠나는 게 낫겠지."

매부는 한숨짓듯 그렇게 말하고 입을 닫았다. 침묵이 한참 흘렀다. 큰누님은 결심을 하지 않을 수 없었다.

"알았어요, 그렇게 하지요."

큰누님은 동생 내외와 일도를 불렀다. 네 사람이 침통한 표정으로 앉았다. 큰누님이 비장하게 입을 열었다.

"일도야, 아무래도 네가 피난을 떠나야겠다."

"큰누님, 저는 피난을 가지 않겠다고 말씀드렸습니다."

"아니다. 떠나거라."

큰누님의 단호한 말에 일도는 대꾸를 할 수가 없었다.

"언제 어디로 떠나란 말씀입니까?"

"지금 떠나고, 너희 매부 고향인 충청도 옥천으로 가도록 해라. 거기서 매부네 문중을 찾아 미아리 어른 함자를 대고 도움을 받을 수 있으면 도움을 받도록 해라. 만일 거기도 여의치 않으면 그때는 네가 알아서 처신해라."

큰누님의 말투는 싸늘했다. 이어 막내누님에게 필요한 물품들을 이것저것 가져오라 하고 큼직한 배낭에 일도의 피난짐을 싸기 시작했다. 빠진 물건이 없나 확인하고 또 확인하면서 하나하나 정성을 다해 쌌다.

지금 떠나면 잘못하면 살아서 다시 못 볼지도 모른다. 일제 때도 살아남았고, 이남으로 넘어올 때도 무사했는데, 이번에는 정말 앞날을 기약할 수가 없었다.

준비가 다 끝나자 일도는 안방으로 들어가 힘없이 앉아 있는 큰매부에게 절을 올렸다. 잘 보이지는 않지만 큰매부의 얼굴에는 비통함이 어려 있었다.

큰매부는 지금까지 일도를 처남으로 보지 않고 친동생으로 여기고 있었고, 저 어린 것들을 앞으로 돌보아 줄 후견인으로 여기고 있었다. 그런 처남을 사지로 내모는 것 같아 가슴이 아팠다. 잔뜩 쉰 목소리로 한 마디 던졌다.

"잘 다녀오게."

부모님 원수까지 갚아주고, 우리 남매들을 그렇게 보살펴주고 아껴주신 매부 곁을 이렇게 기약 없이 떠나야 하는 현실에 일도는 가슴이 미어졌다.

"부디 빨리 회복하시어 건강하십시오. 다녀오겠습니다."

큰매부는 '음! 음!' 하고 헛기침만 하며 슬픔을 달랬다.

일도는 안방을 뒷걸음으로 물러나왔다. 일도를 따라 나온 큰누님은 빨리 떠나라고 하고 마지막으로 손을 한번 마주잡고는 안방으로 다시 들어가 버렸다. 방으로 들어온 큰누님은 남편 옆에서 기어코 울음을 터뜨리고 말았다. 큰매부는 부인의 등을 두드리며 깊은 한숨만 거듭거듭 내쉬었다.

막내누님 내외가 일도를 동네 어귀까지 따라 나왔다. 일도가 자꾸 들어가라고 하니 막내누님은 들어가고 막내매부만 한참을 더 따라 가다가 일도가 떠미는 바람에 걸음을 멈추었다. 막내매부는 어둠 속으로 사라지는 일도를 향해 겨우 손만 흔들어 줄 뿐이었다. 장마철 구름이 잔뜩 낀 하늘은 어두웠다. 그야말로 칠흑 같은 어둠이었다.

8

일도는 무조건 사람을 피해 남쪽으로 내려가야 한다는 생각밖에
없었다. 장맛비가 다시 추적추적 내리고 있었다. 비와 어둠은 그의
몸에 착 달라붙어 바싹바싹 죄어오고 있었다. 외로웠다. 외로움이
라는 감정을 이때 처음 느꼈다.

　누님들이 챙겨준 배낭을 지고 우비를 입고 골목길을 몇 개 꺾어
작은 하천을 따라 한강을 향해 도둑고양이처럼 살금살금 낮게 걸어
갔다.

　곧 한강을 만났다. 한강은 어둠 속에서 더욱 검게 펼쳐져 있
었다. 마포에서 여의도로 강을 헤엄쳐 건너가려 했지만 아무래도
여의도 비행장에 누군가 있을 것만 같았다. 조금 더 내려가 강을
건너기로 했다.

　강가 갯벌 옆에 길게 자란 잡풀 사이에 몸을 감추고 소리 없이
강을 따라갔다. 새벽이 가까워오는지 어둠속이었지만 그래도 사물
의 형체는 알아볼 수 있었다.

강 쪽에 여러 사람의 모습이 어른거렸다. 얼른 몸을 낮추고 신경을 곤두세웠다. 이 밤중에 강가에 사람들이 모여 웅성거린다는 것이 이상했다. 조심조심 다가가 보니 나룻배도 몇 척 보였다. 사람들이 나룻배로 한강을 건너려고 하는 것이었다.

사람들이 나룻배를 타려고 뱃삯을 내고 있었다. 일도도 얼른 사람들 틈에 끼어 돈을 사공에게 건네주고 배에 올라탔다. 일도는 힘들이지 않고 한강을 건너게 되어 다행이라고 생각하며 뱃전에 바짝 붙어 앉았다. 배에 탄 사람은 누구도 말이 없었다. 배는 소리 없이 장맛비 속의 한강을 가로지르고 있었다.

배 옆으로 무엇인가 어른어른 떠있는 물체들이 있었다. 자세히 보니 나무토막 같은 것으로 얼기설기 뗏목을 만들거나 드럼통을 두 개 엮어 그 위에 사람이 한두 명씩 타고 앉아 강을 건너고 있었다.

갑자기 '엄마! 엄마!' 하고 찢어지는 비명이 들리고 물을 때리는 소리가 거칠게 났다. 동시에 '애, 애!' 하고 다급하게 부르는 날카로운 소리도 들렸다. 뗏목 하나가 어떻게 된 것이었다. 소리로 보아서는 엄마와 딸 둘인 것 같았다. 그러나 그것도 순간일 뿐 한강은 다시 조용해졌다.

일도는 어떻게 해서라도 저 사람들을 도와주어야 한다는 마음은 있었지만 아무 것도 할 수가 없었다. 누구도 꼼짝 하지 않았다. 일도는 뱃전만 꽉 붙들고 비명소리가 났던 쪽의 새카만 강물만 응시하고 있었다.

나룻배는 아무 일도 없다는 듯이 어둠과 빗속의 한강을 흔들흔들 미끌어지고 있었다. 강물에 떨어지는 빗소리와 삐그덕거리는 노 젓는 소리만 소곤거리듯 들릴 뿐이었다.

세 모녀의 익사는 너무나 어두운 가운데 너무나 짧은 시간에 벌어진 일이었다. 차라리 한 조각의 나쁜 꿈이었다고 불러야 할 사건이었다.

배가 강 건너에 닿았다. 사람들은 누가 먼저라 할 것도 없이 줄을 맞추어 걸어갔다. 그것은 사람의 무리가 아니고 유령의 무리였다.

들리는 것은 부스럭거리는 진흙 강변의 잡풀을 밟는 내 발자국 소리뿐이고, 보이는 것은 앞서 가는 유령의 희미한 뒷모습뿐이었다. 가느다란 빗방울이 몸과 얼굴을 핥고 있었다. 머리카락은 모두 곤두서고 온몸에 소름이 돋았다. 가끔 풀뿌리가 발에 걸렸다.

벼락이 쳤다. 그래도 유령 무리의 음영은 아무런 변화를 보이지 않았다. 여기는 강가의 허허벌판이다. 재수가 없으면 벼락을 맞을 수도 있다. 그러나 유령들은 빗속을 느린 속도로 걷기만 하고 있었다. 빗줄기가 폭우로 변하였다. 그제야 유령들은 바삐 움직이기 시작했다.

폭우 속에 희미하게 먼동이 터오고 있었고, 왼쪽으로 작은 언덕과 집 몇 채가 보였다. 사람들이 서둘러 집안으로 숨어 들어갔다. 일도는 한쪽 끝에 있는 헛간 같은 곳으로 들어가 구석에 자리를 잡았다. 몸이 조금 풀리는 것 같더니 곧바로 잠에 빠져들었다.

얼마나 잤을까. 밖을 내다보니 이미 날은 훤하게 밝았고 사람은 아무도 보이지 않았다. 모두 떠난 것이었다. 잠시 그대로 앉아 지난 하루를 돌이켜 보았다. 도무지 현실 같지 않았다.

집 떠난 지 하루도 안 되었는데 벌써 집에서 편하게 지내던 시절이 간절하게 그리워졌다. 이 무슨 생고생이고 날벼락이란 말인가.

내가 무얼 잘못 했다고 이 고생을 해야 한단 말인가.

집으로 돌아갈까 생각을 했다. 차라리 집에서 잘만 숨어 지내면 이 고생은 면할 것 같았다. 그리고 더 안전할 것 같기도 했다. 그러나 그럴 수는 없었다. 집에 돌아가 식구들을 불안에 떨게 할 수는 없었다. 어떻게든 안전한 곳으로 가서 내 한 몸을 잘 지켜야 했다.

앞서 떠난 사람들은 곧 따라잡을 수 있었다. 비는 아주 그치고 세상은 환해졌다. 행렬이 멈추었다. 아침밥을 해먹으려는 것이었다. 마치 소풍이라도 나온 듯 했다. 애들은 조잘거리고 밥하는 부모 주위를 뛰어다니며 놀았다. 일도도 누님들이 싸준 밥과 반찬으로 맛있게 밥을 먹었다. 아직 세상은 태평하고 평화로웠다.

일행은 다시 피난길을 떠났다. 어디선가 비행기 두 대가 나타나더니 피난민 상공을 두세 번 선회했다. 피난민들은 계속 길을 가며 비행기를 올려다보았다. 선회를 마친 비행기가 길을 따라 피난민 뒤쪽에서 낮게 날아왔다. 피난민들은 요란한 비행기 소리에 귀를 두 손으로 막았다.

그때였다. 비행기 양 날개 밑에서 불꽃들이 터졌다. 동시에 길 위로 총알들이 파고들며 땅을 뒤흔들었다. 사람들이 모두 걸음을 멈추었다. 기총소사였다. 비행기는 멍청하게 서있는 사람들을 쓰러뜨리며 순식간에 저 앞쪽으로 사라졌다. 아우성과 비명이 여기저기에서 동시에 터져 나왔다. 사람들은 쓰러지고 죽고 피를 흘리고 외마디소리를 지르며 이리 뛰고 저리 뛰었다.

비행기가 다시 나타나 피난민 꼬리를 향해 낮게 날아왔다. 누군가 '엎드려!' 하고 목 터지게 소리를 질렀다. 어떤 사람은 엎드리고 또 어떤 사람은 뛰고 아이들은 울부짖었다. 다시 한 번 기총 소사가 쓸고 지나갔다. 사람들은 또 쓰러지고 비명을 질렀다. 비행기는 순식간에 사라졌다.

일도는 비행기가 피난민 끄트머리를 향해 낮게 날아올 때 이미 심상치 않음을 느꼈다. 재빨리 길에서 벗어나 옆으로 굴러 논두렁에 최대한 몸을 웅크리고 엎드렸다. 이런 대피 요령은 매부 형제분이 일정 때 겪은 경험을 바탕으로 일도에게 가르쳐 준 바 있었다. 불이고 물이고 폭격이고 간에 위험한 것으로부터는 무조건 멀리 도망가 몸을 숨기라는 것이었다.

비행기는 다시 나타나지 않았다. 구덩이에 처박혀 있던 일도는 길 위로 기어 올라왔다. 처참한 광경이 펼쳐져 있었다. 길 위에 널려진 시체는 적어도 십여 명은 되었고 울부짖는 아이들도 대여섯 명은 되는 듯했다. 무언가 불에 타고 연기도 솟아오르고 있었다.

가족을 잃은 사람들의 고통어린 통곡을 뒤로 하고 살아남은 사람들은 다시 주섬주섬 짐을 챙겨 걷거나 손수레를 끌고 떠나기 시작했다. 일도도 옷을 툭툭 털고 배낭을 야무지게 둘러메고 행렬과 함께 다시 걷기 시작했다.

일도는 너부러진 시체들과 울부짖는 가족들을 몇 번 뒤돌아보았다. 그러나 무엇을 어떻게 해야 할지 몰랐고, 몇 걸음 옮기고부터는 다음에는 비행기 소리가 들리기만 해도 일찌감치 안전한 곳으로 피해야겠다고 다짐을 했다.

일도 옆에는 아저씨 한 사람이 지게를 지고 걷고 있었다. 일도에게 하는 말인지 자신에게 하는 말인지 목멘 소리를 한 마디 내뱉었다.

"나 혼자 살자고 다섯 살 배기 외아들을 길 위에 팽개치고 나만 논두렁에 숨었단 말이요."

밤이 되었다. 일행은 어느 마을에 들어섰다. 일도는 빈집 아무 방에나 들어가 한 쪽 구석에 쓰러졌다. 그러나 일도가 들어간 집은 빈집이 아니었고, 그 방은 빈 방이 아니었다. 일도가 들어간 방에는 할아버지 한 분이 어둠속에 앉아 있었다. 할아버지가 자기를 뚫어지게 바라보고 있는 줄도 모르고 일도는 그대로 잠들어 버렸다.

피난민은 큰 무리를 지어 다니지 않았다. 열 명 안팎의 작은 무리로 나뉘어져 길을 재촉했다. 큰길에는 가끔 인민군의 차량이 지나갔고 그때마다 피난민들은 얼른 길옆으로 숨었다. 인민군은 피난민들에게는 관심이 없어 보였다. 그들은 미군 비행기를 피하면서 남쪽으로 내려가는 것만이 목표로 보였다.

그 동안에 일도가 배운 교훈은 비행기 소리나 차 소리가 나면 무조건 길에서 뛰어 달아나 숨어야 한다는 것이었다. 그리고 비행기는 미군이고, 차는 인민군이라는 것도 함께 배웠다.

9

일도는 피난민 행렬로부터 떨어져 나와 혼자가 되었다. 저 앞에
여러 사람이 걸어가는 것이 보였다. 일도는 얼른 비탈로 올라가
엎드려 살펴보았다. 인민군 부대가 걸어서 이동하고 있었다.

인민군과 함께 지게에 짐을 싣고 이동하는 사람들이 있었다.
인민군에 강제로 붙잡혀 끌려 다니며 짐꾼이 된 사람들이었다.
인민군에게 잡히면 저렇게 되는 것이다.

오산을 지났다. 아직도 포성이나 총성은 들리지 않았다. 국군이
있는 곳으로 가든지 옥천으로 가야 한다. 대전을 지나 옥천인데
이런 상태로 어떻게 거기까지 간단 말인가. 일도는 정말로 앞날이
아득했다.

가지고 온 식량도 다 떨어졌다. 일도는 먹을 것이 떨어지고 잠을
제대로 잘 수 없자 생존의 절박함을 느꼈다. 빈집을 찾아 잠을 잤
고, 사람이 사는 집을 발견하면 숨어서 살펴보다가 먹을 것을 돈을
주고 샀다. 먹을 것이 워낙 모자라는 때라 사기도 쉽지 않았다.

아무래도 낮에 다니는 것은 불안했다. 낮과 밤을 바꾸어 행동하기로 했다. 밤에는 인민군도 다니지 않으니 길로 내려와 걷고, 날이 밝으면 빈집이나 헛간 같은데 숨어서 자고 마땅치 않으면 산기슭의 바위 밑에서 잤다. 어느 집에서 들고 나온 돗자리가 요고 우비가 이불이고 배낭이 베개였다.

장마가 끝나고 폭염이 계속되어 낮에는 자기도 힘들었다. 큰매부 형제분이 일제시대 때 겪었다는 고생도 지금 자신이 겪는 고생에 비하면 아무 것도 아닐 것 같았다.

날씨가 그다지 덥지 않은 어느 날 밤 길을 걷고 있었다. 무서움을 잊기 위해 나지막하게 노래를 불렀다. 청진에서 사돈 어르신이 술 한 잔 드시면 가끔 부르던 노래였다. 제목은 몰랐으나 가사와 멜로디는 기억이 났다.

짜증을 내어서 무엇 하나
성화를 부려서 무엇 하나
인생 일장춘몽인데
아니 노지는 못 하리라
닐리리야 닐리리야 니나노
얼싸 좋다 얼씨구나 좋다

한두 번 부르다가 설움이 복받쳐 올라 더 이상 노래를 부를 수가 없었다. 홀로 노래를 부르고, 중얼거리고, 그러다가 무수한 별이 보이는 여름 밤하늘을 올려다보며 길을 걸었다. 오직 남쪽을 향해 끝없이 길을 걸었다.

처음 맡아 보는 기분 나쁜 이상한 냄새가 났다. 무슨 냄새일까.

걸음을 옮길수록 냄새는 짙어졌다. 썩는 냄새였다. 무엇이 썩길래 이렇게 독한 냄새가 넓게 퍼져 있을까 생각하던 일도는 등골이 오싹해졌다.

사람 시체 썩는 냄새, 그것일 수밖에 없었다. 죽은 짐승이 썩는 냄새라면 이렇게 널리 퍼져 있을 수가 없었다. 얼마나 많은 사람들이 죽어 썩기에 이렇게 냄새가 진동하는 것일까. 거의 달리다시피 한참을 가서야 냄새가 덜 나는 것 같았다.

일도의 이성은 서서히 마비되어 갔다. 도덕은 소멸되었고 생존을 위한 본능만 남았다. 도둑질이 유일한 생존의 원칙이 되었다. 아무런 가책이나 후회도 없었다. 오로지 많은 음식만 훔쳐내면 그것으로 만족이었다. 그러나 육신의 고달픔은 도둑질한 음식만으로는 해결되지 않았다.

어느 민가에 들어가 돈을 많이 주고라도 음식과 잠자리를 얻어보기로 했다. 위험부담이 커서 지금까지는 시도조차 해보려고 하지 않았지만 이제는 별 수 없었다. 한적한 곳에서는 인민군을 본 적이 없으니 외진 곳에는 인민군이 없을 것 같았다.

산길을 헤매다가 마땅한 집을 하나 찾았다. 한낮까지 살펴본 결과 할머니 한 분만 산다는 것이 확실했다. 마당에서 '계십니까?' 하고 여러 번 부르니 방안에서 '뉘시오?' 하는 할머니 목소리가 들렸다.

일도는 할머니에게 자초지종을 다 밝히고 신세를 좀 지자고 했다. 사례는 충분히 하겠다고 했다. 할머니는 좀처럼 표정을 보이지 않고 대답도 없었다. 일도가 계속하여 사정을 하니 건넌방에 들어가 쉬고 있으면 밥이나 해줄 테니 한 술 뜨고 떠나라는 것이었다.

일도는 그리 하겠다고 대답하고 들어가 누웠다. 피로가 엄습해 오며 깜빡 잠이 들었다. 할머니가 식사를 하라고 깨우는 바람에 일어났다. 할머니는 밥만 차려주고는 방을 들여다보지도 않았다.

밥을 배불리 먹은 일도는 다시 잠이 쏟아지기 시작해 또 쓰러져 잤다. 밖에서 무슨 인기척이 들리는 듯 했으나 꿈결로 알았다. 갑자기 할머니가 일도를 세차게 흔들어 깨우며 바로 떠나라고 했다. 아들이 방금 인민군을 데리러 갔다는 것이다.

자기는 어느 부잣집 식모였고 아들은 주인영감 사이에서 낳은 자식인데 세상에 대한 불만이 커서 이번 난리에 인민군 쪽에 붙어 마을 사람들을 잡아가는데 앞장서고 있다는 것이었다. 그러나 차마 청년을 잡혀 보내기 싫어 일러주는 것이니 어서 피하라는 것이었다. 아들이 오면 적당히 대답하겠다고 했다.

일도는 곧바로 산으로 뛰었다. 풀뿌리에 걸리고 바위에 긁히면서 뛰었다. 한참을 정신없이 뛰는데 저 뒤쪽 먼 곳에서 총성이 딱 한 방 들렸다. 할머니 집이 있는 방향이었다. 그 총성이 무엇을 뜻하는지 알 수 없지만 혹시 할머니에게 좋지 않은 일이 생기지 않았을까 하는 불안감을 떨칠 수가 없었다.

다시 산길을 헤매기 시작한 일도는 음식을 아끼기 위해 작은 동물이라도 잡아먹어야 했다. 엄청난 인내와 노력과 행운 끝에 그가 잡은 것은 개구리 두 마리와 들쥐 한 마리였다. 개구리 뒷다리는 어떻게 씹어 먹었지만 들쥐는 차마 먹을 수가 없어 그냥 도로 놓아주고 말았다.

집을 떠난 지 열흘 가까이 되는 것 같았다. 그런데 아직 대전도 못 왔다. 어느 때는 제대로 남쪽으로 가고 있는지도 알 수 없었다.

일도의 육체는 극도로 피곤해져 있었고, 정신은 아득한 절망에 빠져 있었다. 차라리 큰길로 내려서서 인민군의 포로가 돼버릴까 하는 생각도 했으나 그럴 수는 없다고 머리를 흔들었다.

어느 날 밤이었다. 먼 하늘 구름 끝에 붉은 빛이 아스라이 어려 있었다. 지금까지 볼 수 없었던 빛이었다. 그것은 대전 시가지의 불빛이 구름에 반사되는 빛이었다. 이제 대전에 온 것이다. 일도는 깊은 안도의 숨을 내쉬었다.

대전에 도달한 것은 아침나절이었다. 일도는 지금까지 해 온 것처럼 야산 기슭에 숨어 밤이 올 때까지 기다렸다. 어두워지자 대전 시내로 슬며시 들어가 길거리에 다니는 몇 안 되는 사람을 유심히 관찰했다. 전쟁터의 절박한 두려움에 질린 모습은 아니었으나, 그렇다고 정상적인 모습도 아니었다. 모두 허깨비 같다는 느낌이 들었다.

어느 골목의 허름한 여인숙에서 이틀을 쉬며 원기를 많이 회복했다. 일도는 주인아저씨에게 가욋돈을 주고 옥천으로 가는 길과 이곳의 형편을 물어 보았다. 아저씨는 대전으로는 국군이 지나가지 않고 미군이 후퇴했다고 했다. 막 여인숙을 나서는데 주인이 일도의 등 뒤에 대고 한 마디 했다.

"그런데 말여, 미군이 내려갈 때 청년들은 다 따라갔어. 댁 같은 젊은 사람들은 여기 없어. 조심허여. 허긴 지금은 미군도 없고 인민군도 안 보이기는 하지만 말여. 그래도 인민군이 가끔 돌아다닌 다니께 눈에 띄지 않게 조심허여."

일도는 다시 밤길을 걸어 이틀 만에 옥천에 다다랐다. 이곳이 큰매부 형제분의 고향이라 생각하니 반가웠다. 별 특징이 없는 시골 마을이었지만 왠지 친밀감이 느껴졌다.

옥천에서 큰매부네 종가를 찾는다는 것이 얼마나 허망한 기대였는지 곧 깨달았다. 큰매부네 문중을 아는 사람은 아예 만날 수가 없었고, 혹시 문중 사람을 찾는다 해도 도움을 줄 형편이 될 것 같지도 않았다. 각자 자기 몸 하나도 건사하기 힘든 이때 누가 누구를 도와준단 말인가.

일도는 옥천 오일장터의 후미진 구석 어느 집 담 밑에 쭈그리고 앉았다. 부모님 생각이 나고 가족 생각이 났다. 이제부터 어디로 가서 무엇을 어떻게 해야 한단 말인가. 이곳을 지나 후퇴한 군대는 국군도 아니고 미군이라고 하지 않았는가. 그러면 국군은 도대체 어디에 있고 나는 어디로 가야한단 말인가.

일도는 절망 속에서 한없이 그렇게 앉아 있었다. 이것은 끝이 보이지 않는 고난이었다. 온몸이 쑤시고 저려 왔으며 가슴은 날카로운 것이 파고드는 듯 아파왔다. 담벼락에 머리를 기대고 고통 속에서 멍청하니 앉아 있었다.

캄캄한 밤이 될 때까지 그렇게 앉아 있었다. 그러나 언제까지 그렇게 있을 수는 없었다. 마음을 정하고 행동을 개시해야 했다. 무슨 수를 어떻게 쓰던 살아남아야 했다. 김일도도 인간이기에 절망보다는 살아야 한다는 생존 본능이 더 강하게 작용했다.

10

남쪽으로 내려갈수록 빈집이 많아졌고 먹을 것은 더 귀해졌다. 일도는 눈치껏 구걸과 구입과 도둑질로 먹을 것을 구해 하루하루 연명해 가며 대구 쪽으로 가고 있었다.

아침부터 무섭게 더운 어느 날, 일도는 기진맥진했고 허기에 정신도 오락가락 했다. 눈에 보이는 마을에 무턱대고 들어갔다. 마을은 비어 있었다. 아무 집에나 들어가 한 쪽 구석에 찌그러져 잤다. 저녁에 너무 배가 고파 잠이 깨었다.

집을 샅샅이 뒤졌다. 곡식 한 톨 없었다. 옆집으로 가서 또 뒤졌다. 역시 아무 것도 없었다. 미친놈처럼 이집 저집 뒤지고 다녔으나 먹을 것은 아무 것도 없었다.

밖으로 나갔다. 밭이 있었다. 여기저기 밭을 헤치기 시작했다. 자라다 만 무를 몇 개 찾아냈다. 일도는 흙을 털고 생무를 어적어적 씹어 먹었다. 무가 이렇게 달다는 것은 이때 처음 알았다. 일도는 다시 아무 집에나 들어가 또 쓰러졌다. 여기서 굶어죽으나 폭격 맞아 죽으나 인민군에게 잡혀 죽으나 죽는 것은 마찬가지라고 중얼거리다가 잠이 들었다.

다음 날 탈진한 상태에서 무의식적으로 남쪽으로 내려가던 일도는 빈 마을을 또 발견하고 들어섰다. 참으로 사람이 죽으라는 법은 없었다. 마을은 비어 있었지만 어느 집 광에서 고구마 자루를 하나 찾아낸 것이다. 썩은 것도 많았지만 당분간 먹을거리 걱정은 안 해도 되었다. 고구마와 물만 있으면 버틸 수 있었다. 날고구마를 몇 개 씹어 먹은 일도는 이제 좀 살 것 같았다.

고구마를 담은 배낭을 등에 지고 물병을 옆구리에 차고 일도는 새로운 기분으로 다시 피난길에 나섰다. 마을을 지났고 사람들도 보았고 인민군도 보았다. 그러나 일도는 그 누구의 눈에도 뜨이지 않고 숨어 다닐 수 있는 능력을 이미 갖추고 있었다.

어느 마을에 들어가 몇 개 남지 않은 고구마를 깎아먹은 다음에 잠을 자고 있었다. 은은하게 웅웅거리며 땅이 울렸다. 처음에는 잠결에 무슨 소리인지 몰랐다. 다음 순간 눈을 번쩍 뜨고 일어났다. 대포소리였다. 분명히 대포알이 땅에 떨어지는 소리였다. 집밖으로 나섰다. 저 멀리 앞산 너머에 포탄이 떨어지는지 연기가 피어오르고 있었다.

일도의 입가에 미소가 스쳤다. 드디어 전선에 온 것이다. 다시 말해 국군이 있는 곳까지 온 것이다. 국군만 찾으면 피난은 끝나는 것이다. 그러나 이곳은 전투 지역일 테니 인민군이 도처에 깔려 있을 것이다. 그들 눈을 잘 피해야 한다. 여기서 붙잡히면 십년공부 나무아미타불이다.

마을에 오래 머물러 있는 것도 위험했다. 집밖으로 나와 포탄이 떨어지는 곳으로 방향을 잡았다. 마을을 막 벗어나는 순간 무엇인가 움직이는 것이 보였다. 일도는 산기슭을 향해 뛰었다. 이 지역은 인민군 점령지이고 조금 전에 본 것은 인민군이 분명했다.

산을 향해 달리는데 뒤에서 인민군 4~5명이 모습을 드러내고 쫓아오고 있었다. 총소리가 터졌다. 언저리에서 흙이 튀고 '피용!' 하고 총알이 나르는 소리가 들렸다. 돗자리가 배낭에서 빠져나가고, 물통이 허리에서 떨어져 나갔다. 얼마나 달렸을까. 쫓아오는 기색이 없었다.

놀란 가슴을 달래며 산속을 헤매던 일도는 바위틈에 끼어 누웠다. 배고픔도 느끼지 못 했다. 그저 온몸이 늘어질 뿐이었다. 그대로 잠이 들었다.

정신을 차린 것은 한밤중이었다. 속이 뒤집히는 것 같았다. 먹은 것은 없고 긴장한 탓에 위장이 놀란 듯했다. 허리춤에는 물통도 없었다. 사방은 고요했고 산 아래 마을에서는 불빛 하나 보이지 않았다.

일도는 손가락 하나 까딱할 기운도 없었다. 이대로 이름 모를 산중에서 기진하여 죽는구나 싶었다. 눈이 가물가물 감겨오는 일도는 죽은 듯이 쓰러져 있었다.

쓰러져 있는 김일도의 뇌리에 한강 건널 때 물에 빠져 죽은 모녀의 비명소리, 길에서 기총소사에 맞아죽은 어른 아이들, 아들이 죽었다고 중얼거리던 아저씨, 자기에게 밥 한 끼 해주었다고 총에 맞아 죽었을지도 모르는 외딴집 할머니에 대한 기억이 또렷하게 되살아났다.

잠시 후 일도의 기억력은 점차 희미해져 머릿속에는 아무것도 떠오르는 것이 없었고, 전신의 기력은 완전히 쇠잔해져 다시 정신을 잃고 말았다. 날이 밝고 해가 높이 떴어도 그는 움직일 줄 몰랐다.

일도가 엎드려 있던 땅이 또 울렸다. '쿵 쿵 쿵 쿵 쿵 쿵!' 포탄이 떨어지는 소리였다. 일도는 일어섰다. 다리가 휘청거렸지만 일어서야 했다. 몸을 낮추고 우선 아래 마을부터 살펴보았다.

아, 이게 웬일인가. 인민군들이 이 산으로 올라오고 있는 것이 아닌가. 대포가 저 아래 마을을 때려 마을은 온통 연기에 휩싸여 있고, 그곳에 있던 인민군들이 포탄을 피해 이 산으로 올라오고 있었던 것이다.

일도는 또 다시 반대편으로 기어 내려갔다. 차라리 인민군에게 투항하고 싶었다. 그러나 지금 상태로 보아서는 인민군에게 투항해도 그 자리에서 쏴 죽일 것만 같았다. 도망가야 했다. 인민군이 없는 곳으로 도망가야 했다.

저 앞쪽에 더 높은 산이 있었다. 그곳으로 가야 했다. 일도는 필사적으로 높은 산을 향해 달려갔다. 시냇물을 하나 건너고 약간 경사진 평지를 달렸다.

산 밑에 다다랐을 때는 숨이 턱밑까지 찼고 다리는 제멋대로 꺼떡거렸다. 산으로 기어 올라갔다. 어느 정도 오른 다음 몸을 감추고 내려다보니 인민군은 보이지 않았다.

먼 곳에서 격렬한 총소리가 들렸다. 국군과 인민군이 전투를 벌이고 있는 것이다. 멈추었다가 또 총소리가 나고, 한참 조용했다가 또 요란스러워졌다.

일도는 정신을 차리려고 했으나 눈꺼풀이 자꾸 내려오고 몸이 옆으로 기울어졌다. 나무 몇 그루만 듬성듬성 서 있는 벌거숭이 산이지만 물 흐르는 소리가 들려 계곡으로 가까스로 기어 내려갔다. 손가락만한 가는 물줄기가 흐르고 작은 웅덩이가 있었다. 손으로 물을 떠 마시니 조금 정신이 드는 듯했다.

물속에서 헤엄치는 송사리들이 일도의 눈에 들어왔다. 일도는 수건을 꺼내 물속에 넓게 담갔다가 두 귀퉁이씩 잡고 살그머니 들어올렸다. 송사리가 두세 마리 걸려 올라왔다. 일도는 그대로 입어 털어 넣고 서너 번 씹고 삼켰다. 몇 번을 건져 올려 송사리를 십여 마리 씹어 먹었다.

아직도 총소리는 계속되고 있었다. 일도는 총소리를 들으며 또 누웠다. 배가 찢어지듯이 뒤틀렸다. 조금 전에 먹은 송사리가 잘못된 것이었다. 견딜 수 없이 배가 아팠다. 바지를 벗고 쭈그리고 앉았다. 먹은 것이 없으니 나올 것도 없었다. 설사 물똥만 몇 방울 떨어지다 말았다. 복통은 멈추지 않았다.

일도는 가물가물하는 정신 속에 홀로 서 있는 나무 밑 잔돌 위에 쓰러졌다. 나뭇가지와 나뭇잎 사이로 하늘이 조각조각 보였다. 지나간 시간들이 눈앞에 펼쳐졌다. 청진 바다가 보이고, 원효로 양조장이 보였다. 세 누님의 얼굴도 보였다.

"아, 아버지 어머니. 소자 일도는 여기서 죽나 봅니다. 부모님 곁으로 가나 봅니다."

고통도 없었다.

"그래, 죽는 거야, 이렇게 죽는 거야."

꺼져가는 의식 속에서 일도는 무감각하게 죽음을 기다리고 있었다. 사방은 고요했다. 눈을 감은 일도의 맥박과 호흡은 점점 느려지고 있었다.

"으앙!"

쨰지는 간난아이의 울음소리가 느닷없이 일도의 귀를 때렸다. 일도는 깜짝 놀랐지만 일어날 기운이 없었다.

"으앙 앙 앙 앙 앙!"

울어대는 아기 울음소리는 더욱 커지며 높아졌다. 일도는 가까스로 몸을 일으켜 실눈을 뜨고 사방을 둘러보았다. 바위와 풀밖에 없었다.

아기 울음소리는 더욱 사납게 일도의 귓속을 파고들었다. 이 산골짜기에 웬 아기가 있다는 말인가. 아무리 둘러보아도 우는 아기는 없었다. 일도는 다시 옆으로 쓰러져 눈을 감았다. 아기는 계속 자지러지게 울어대고 있었지만 일도는 몸을 일으킬 수가 없었다.

일도의 정신은 다시 암흑을 향해 서서히 기울어지고 있었다. 영혼마저 꺼져가는 마지막 순간에 일도의 머릿속에서 아기 울음소리가 어디서 들어본 듯하다는 기억 한 조각이 살아나고 있었다. 정말 많이 들어본 울음소리였다.

생명마저 꺼져가는 순간이었다. 가물가물하는 기억의 한 조각만이 일도의 일신에서 살아있는 마지막 부분이었다. 그때였다. 그 기억 조각이 생명 보존 본능에 의해 팍 살아나며 누구의 울음소리인지 떠올랐다. 동수의 울음소리였다. 큰누님의 막내아들 두 살짜리 동수의 울음소리였다.

"앙 앙 악 악 악 악!"

일도는 정신이 번쩍 들었다. 그 어린 것이 나보고 죽지 말라고 악을 바락바락 써대며 까무러치게 울어대는 것이었다. 일도는 두 팔로 버티고 두 다리에 힘을 주고 일어서려고 했으나 픽하고 옆으로 쓰러지고 말았다.

전쟁이 나기 전, 어린 조카들은 생명이 무엇이며 인간이 왜 살아야 하는가를 가르쳐주는 존재들이었다. 그들을 바라보고 그들과 놀아주는 것은 기쁨 바로 그 자체였다. 그러나 지금은 외삼촌이 죽든지 내가 울다가 죽든지, 둘 중의 하나가 죽어야 끝날 것이라고 작은 조카가 울어대는 것이었다.

"악 악 헉 헉 크억 크억!"

"그래, 뚝 그쳐라. 동수야! 외삼촌은 안 죽는다! 절대로 죽지 않는다!"

일도는 일어섰다. 그리고 남쪽으로 방향을 잡고 허우적거리며 걸었다. 산을 끼고 인민군의 배후를 멀찌감치 돌았다. 멀고도 힘든 길을 무아지경 속에서 걸었다. 총소리 대포소리도 들리지 않았고, 아기 울음소리도 들리지 않았다. 사람도 군인도 보이지 않았다. 일도는 흔들흔들, 휘청휘청 한 발 한 발 힘겹게 걸어가고 있었다.

저 앞에, 저녁 하늘 아래 낮게 걸려 있는 태극기가 보였다. 일도는 펄럭였다 늘어졌다 하는 태극기를 향해 걸었다. 뿌옇게 흐린 시야 속에서 군인들이 보이고 차도 보였다.

군인 두 사람이 다가오고 있었다. 군인이 물었다.

"넌 누구냐?"

"군인이 되게 해 주세요."

일도는 간신히 대답하고는 그 자리에 쓰러져 정신을 잃었다. 그곳은 국군 보충대였다.

11

대대 초소 위병의 등에 업혀 의무대 침대에 눕혀진 일도는 이틀을 죽은 듯이 잤다. 온몸에서 썩는 냄새를 풍기며 인사불성으로 잤다. 냄새를 참다못한 옆의 부상자가 불편한 몸을 이끌고 일도의 속옷까지 모두 벗겨내고, 물을 떠다가 일도의 손발을 씻겨주었다.

연방 심한 욕을 퍼부어 가면서 일도를 씻었다. 일도의 손발을 씻은 물은 새카만 먹물이었다. 일도는 그것도 모르고 잤다. 잠에서 깨어나 이틀 더 몸조리를 한 일도는 헌병대로 가서 신상조사를 받은 다음, 신병 중대로 넘겨졌다.

중대 본부의 군인은 일도의 신상명세서를 대충 훑어보고 아까부터 하던 일을 계속했다. 그는 종이에 무엇을 썼다가 고치기를 반복하며 연신 고개를 이리저리 꼬고 있었다.

하명을 기다리며 서 있던 일도는 그 군인이 무엇을 하는지 슬그머니 보게 되었다. 표 같은 것에 인원을 이리저리 옮기고 숫자를 맞추고 있었다. 복잡한 표시가 있는 것을 보니 상당히 머리를 써야 할 일인 것 같았다. 저 일이 끝나야 일도의 일을 처리해 줄 모양이었다.

일도는 기다리기도 지루하여 저도 모르게 머리를 조금 더 디밀고 그 표를 들여다보았다. 한참을 보니 무엇인가 조금 알 것 같기도 했다. 일도는 이리저리 하면 될 것 같은데 그 군인은 그렇게 안 하고 땀만 흘리고 있었다.

분명 급하고 중요한 일 같은데 너무 오랜 시간을 들여 어렵게 일을 하는 것 같았다. 일도는 끼어들어서는 안 될 줄 알지만, 무엇인가 해야만 할 것 같아 한 마디 했다.

"제가 좀 해보면 안 될까요?"

그 군인은 그렇지 않아도 자기 서류를 기웃거리는 이 지원병 놈을 단단히 혼내주려고 마음을 먹고 있었는데, 감히 제가 좀 해보겠다고 나서니 기가 막혔다.

그 군인은 고개를 천천히 세우고 일도를 무섭게 노려보았다. 그 눈초리가 얼마나 무서운지 일도는 피가 멎는 줄 알았다. 그러나 뜻밖에도 말투는 부드러웠다.

"그래? 해 봐."

일도는 그 종이에 쓰여 있는 숫자와 기호를 이리저리 분석해 보고는 연습장에다 몇 번 계산과 정리를 해 보았다. 마침내 깨끗한 종이 한 장에다가 자기가 계산하고 정리한 것을 옮겨 적었다.

일도가 완성된 서류 한 장을 넘겨주자 그 군인은 그것과 자기가 지금까지 했던 것을 비교해 보았다. 누가 보아도 일도가 만든 것이 작품이라면, 그가 만든 것은 낙서였다.

그 군인은 일도가 만든 서류에 몇 가지를 고치고 두세 번 더 확인한 다음에 저쪽에서 전화통에 대고 소리만 벅벅 지르는 군인에게 갖다 주었다. 종이를 받아든 군인이 전화를 끊으며 신음을 토해냈다.

"이게 뭐야, 이거 누가 했어?"

종이를 갖다 준 군인이 일도를 가리켰다.

"어이, 너 이리 와 봐."

일도는 엉거주춤 그 군인 앞에 섰다.

"이거 자네가 만들었나?"

"예."

서류를 갖다 준 군인이 서류를 받은 군인에게 일도의 신상명세서를 건네주며 낮은 소리로 뭐라고 소근거렸다. 상관인 듯한 그 군인은 이야기를 들으면서 서류와 일도를 번갈아 살펴보았다.

"그래? 그럼 김중사가 우선 쟤를 데리고 쓰시오. 신원조사 한 번 더 확실히 하고."

"예, 알겠습니다."

서류를 준 군인은 중대 선임하사였고, 서류를 받은 사람은 중대장이었다. 중대장은 그 짧은 순간에 '쓸 만한 놈이구나.' 라고 판단했다. 서울에서 여기까지 단신으로 피난을 왔고, 이북 출신이고, 대학교에 다니고 있고, 집안 형편도 괜찮고, 머리도 명석한 놈이라고 보았기 때문이었다.

일도는 군번도 없이 군복만 하나 얻어 입고 김중사의 조수로 일을 하기 시작했다. 며칠 지나자 김중사는 말로만 지시하고 계산하고 서류를 꾸미는 일은 거의 일도가 하게 되었다. 일도는 서류들을 어떻게 하면 가장 효율적으로 작성할 수 있을까에 몰두했다.

서류 내용과 부대의 분위기로만 보아도 국군과 인민군은 정말 피터지게 싸우고 있고, 매일 아군에서 엄청난 사상자가 발생하고 있다는 것을 알게 되었다. 부대 안에서 그의 눈에 보이는 것은 부상자와 시체, 그리고 군복 입은 아귀들뿐이었다. 수시로 들어오는 햇병아리 신병들과 자기만이 아직은 인간인 것 같았다. 신병들과 자기가 저런 아귀가 되는 것은 잠깐일 것 같았다.

　　부대가 이동을 했다. 일도는 짐보따리를 잔뜩 짊어지고 김중사를 따라다녔다. 이동 중에 김중사는 일도에게 군대의 조직과 체계, 군인이 가져야 할 정신 자세, 전투 요령 등을 가르치고 사격 훈련도 좀 시켰다.

　　군은 군단·사단·연대·대대·중대·소대·분대의 순서로 조직되어 있었다. 군단은 2~3개 사단, 사단 이하는 각기 3개의 하부 조직을 가지고 있었다. 사단은 3개 연대, 연대는 3개 대대, 대대는 3개 중대 식으로 이루어졌다. 포병대는 별도로 편성되어 있었고, 사단은 대개 10,000~12,000명 정도로 구성되어 있었다.

　　계급은 이병·일병·상병·병장까지가 사병이고, 하사·중사·상사가 부사관, 소위·중위·대위·소령·중령·대령이 장교, 준장·소장·중장·대장을 장군 또는 장성이라 하였다.

　　분대장은 대개 병장·하사, 소대장은 소위·중위, 중대장은 중위·대위, 대대장은 소령·중령, 연대장은 대령, 사단장은 준장·소장이 맡았다.

　　김중사가 끝으로 한 마디 물었다.

　　"너 싸움 할 줄 아냐?"

　　"모릅니다. 싸움을 해 본 적이 없습니다."

"그럼 군인을 어떻게 하나?"

일도는 대답을 못 했다. 김중사가 입맛을 쩍 다셨다.

"닥치면 하겠지 뭐. 안 그러냐?"

"수영은 좀 하고, 태권도가 2단입니다."

"그나마 다행이군."

이것이 김일도가 받은 군사교육의 전부였다. 부대 이동이 끝나자 김일도는 대한민국 육군 소위가 되었다. 중대장이 대대장에게 상신하고, 대대장은 연대장에게 보고하고, 연대장은 대대장이 알아서 하라고 지시했다. 요식 절차만 간단히 거치고 육군본부에서는 김일도에게 군번과 계급을 부여하고, 현 부대의 인사과 소속으로 발령을 내렸다.

일도는 피난길을 헤매는 동안 결심한 바가 있었다.

"나는 이 나라의 정치적 사상적 싸움에는 상관하지 않겠다. 그러나 누님들과 조카들을 위해서는 군인이 되어서라도 그들을 지킬 것이다. 큰매부와 막내매부도 다 내 가족이다. 그들도 지킬 것이다."

12

8월 초에 국군은 낙동강 전선까지 밀려 있었다. 여기에서 밀리면 대구가 떨어지고 대구가 떨어지면 부산까지 밀리는 것은 시간문제였다. 바꾸어 말하면 낙동강 전선이 무너지면 전쟁이 끝나고 한반도 전체가 공산화되는 상황이었다.

공산측에서 보면 소련의 공산 혁명 성공, 중국 본토의 공산화 통일에 이어 한반도의 적화 통일마저 달성하면 세계 공산화의 대망은 이루어지는 것이나 마찬가지였다.

북조선 인민군은 세계 공산화의 일익을 담당하고, 한반도의 통일을 자기 손으로 이루어 보겠다는 원대한 목표가 있었다. 그 목표를 위해 수년간 은밀하게 준비하고 노력한 결과가 이제 결실을 맺을 단계에 이른 것이다. 인민군은 최후의 공세를 가하여 여기서 전쟁을 끝내고자 했다.

반면에, 안이한 정신자세와 외세에 의존하고, 인민군의 기습 공격에 거의 대비가 없었던 국군은 부족한 인원, 열악한 장비에 패배

의식까지 겹쳐 붕괴 직전이었다. 미군의 지원으로 가까스로 버티고 있었지만 언제까지 버틸 수 있을지는 알 수 없었다.

그러나 무참한 패배와 참담한 후퇴 속에서도 일부 정신을 수습한 군 지휘관들과 목숨을 아끼지 않는 장병들이 있었다. 그들은 이대로 무너질 수 없다는 의지와 각오로 필사적인 저항을 벌이고 있었다.

인민군도 낙동강 전선에서 치열한 공방전을 벌이고 있을 무렵에는 병력 부족과 길어지는 보급선으로 어려움을 겪고 있었다. 시간이 길어지면 길어질수록 인민군에게 득이 될 것은 없었다.

인민군은 병력이 부족하자 주민들을 강제 징집하여 인민의용군을 편성했으나 그들은 전의도 없고 경험도 없는 병사들이었다. 의용군은 독전대督戰隊의 총에 맞아 죽으나 국군 총에 맞아 죽으나 마찬가지라는 체념 속에서 인민군에 끌려 다니다가 허망한 죽음을 맞거나 포로가 되는 경우가 대부분이었다.

낙동강 전투는 전쟁 발발 이후 최초로 전선의 형태를 갖추고 벌어진 전투였다. 전선의 북면은 국군 5개 사단이, 서면은 미군 3개 사단이 맡고 있었다. 인민군은 장비와 인원이 부족한 국군이 있는 쪽을 집중적으로 공략했다. 한 곳이 무너지면 걷잡을 수 없는 상황이 벌어지므로 국군은 사력을 다해 전선을 지키고 있었다. 전반적인 전황은 대체로 국군에게 불리했다.

국군 제 1사단이 대구 북쪽 낙동강 서북부 전선의 다부동 일대에서 인민군의 공세를 막고 있었다. 다부동은 60여 호의 작은 마을이었으나 대구로 이어지는 길목으로 지형상 중요한 지점이었다.

인민군 3사단, 13사단, 15사단의 3개 사단이 국군 1사단을 궤멸시키기 위해 가차 없이 공격해 들어오고 있었다. 1사단은 20킬로미터에 달하는 정면의 전 전선에서 세 배가 넘는 인민군을 상대로 죽기를 각오하고 싸우고 있었다.

8월 13일 밤, 오랜만에 비가 내리고 사방은 칠흑 같이 어두웠다. 인민군은 포대의 지원 없이 침묵 속에 은밀하게 낙동강을 건너 328고지에 접근하고 있었다. 아군 진지 불과 50~60미터 앞까지 다가온 적군은 일제히 '만세!'를 외치며 돌진해 들어왔다.

장병들이 총을 쏘고 수류탄을 던졌으나 눈 깜짝 할 사이에 인민군은 진내에 들이닥쳤다. 피아를 분간할 수도 없는 캄캄한 어둠 속에서 적과 아군이 뒤섞여 찌르고 후려치는 혼전이 벌어졌다. 쇠붙이가 부딪칠 때마다 불꽃이 튀었고, 여기저기서 비명은 높아갔다. 국군은 결국 328고지를 상실하고 말았다.

8월 14일 아침에 국군은 특공대를 침투시켜 적의 배후를 교란하고, 항공 지원을 받으며 반격을 개시했다. 하루 종일 참혹한 전투가 계속되었고, 해가 질 무렵에 328고지를 재탈환했다.

328고지 일대는 네이팜탄의 화염에 불타고 포탄에 맞아 갈기갈기 찢어진 인민군의 시체로 뒤덮여 있었다. 바위산은 온통 핏물로 검게 물들어 있었고, 나뭇가지마다 창자와 팔다리가 너절하게 걸려 있었다.

한여름이라 시체는 빨리 부패했다. 시체마다 손가락 한 마디만한 파리들이 새까맣게 달라붙어 있었고, 구더기가 우글거리며, 썩는 냄새는 천지간에 진동했다. 국군 장병들은 썩어 문드러져 진물이 질질 떨어지는 피아 장병의 시체를 포개 산병호를 보강하고 곧 다가올 야간전투에 대비했다.

노무자들이 주먹밥을 운반해 장병들에게 나누어 주었다. 주먹밥을 받아드는 순간 밥이 새까맣게 변해 버렸다. 시체에 붙어 있던 파리떼가 날아와 달라붙은 것이다. 병사들은 시체의 진물과 피와 흙먼지로 범벅이 된 손으로 파리떼를 쫓아가며 파리똥이 덕지덕지 않은 쉬어터진 주먹밥을 입안으로 우겨 넣었다.

그런 요기마저 제대로 할 수 없었다. 적의 요란한 포격이 시작된 것이다. 산병호 앞에 포개놓은 시체더미가 박살이 나면서 살점들이 튀어 오르고, 여기저기서 부상당한 병사들의 비명소리가 터져 나왔다. 장병들은 주먹밥을 입안에 쑤셔 넣고, 썩은 살점과 구더기를 온몸에 뒤집어 쓴 채 한 쪽 구석에 쪼그리고 앉아 포격이 끝날 때만을 기다리고 있었다.

밤이 되자 파리떼 대신 모기떼가 극성을 부렸다. 장병들의 노출된 피부는 물론이고 헤진 전투복 구멍마다 모기들이 파고들어 피를 빨아 온몸이 퉁퉁 부어올랐다.

만신창이 몸에 지칠 대로 지친 장병들은 절박한 공포 속에서 처참한 죽음이 자신에게 덮칠 때만 기다리고 있었다. 지옥이라 한들 이곳보다 더 무섭고 견디기 어렵지 않았을 것이다.

전투는 8월 15일에 이어 16일까지 계속되었다. 수적으로 열세인 1사단은 두 곳을 제외하고는 나머지 전선이 모두 붕괴 직전이었다. 기력이 다한 1사단 장병들에게 남은 일이란, 전원 옥쇄하고 모두 같은 날을 제삿날로 받는 수밖에 없었다.

1사단이 무너지면 연쇄적으로 다른 사단도 무너질 수밖에 없었다. 그렇게 되면 전투가 끝나고 아예 전쟁이 끝날 수도 있었다. 위기일발의 순간이었다. 급기야 미 지상부대의 투입과 미 공군의 융단폭격이 결정되었다.

16일 오전에도 1사단은 죽을힘을 다하여 간신히 전선을 지키고 있었다. 전선이 언제 무너지느냐 하는 절체절명의 최후의 순간이었다. 오전 11시 58분, 일본에서 출격한 미 공군 B-29 5개 편대 98대의 폭격기가 3,234개 900톤의 폭탄을 인민군 지역에 퍼부었다. 가로 5.6킬로미터 세로 12킬로미터의 직사각형이 완전히 쑥대밭이 되었다.

인민군은 국군과 근접전을 벌이기 위해 이미 상당히 전진 배치되어 직격탄을 맞지는 않았지만 이 폭격으로 막심한 타격을 입고 사기가 크게 꺾였다. 몰사되어 붕괴 직전에 있던 1사단의 각 전선은 겨우 한숨 돌릴 여유가 생겼다.

다음날인 17일 하루 동안 전열을 재정비한 인민군은 18일에 다시 병력과 화력을 총동원하여 전 전선을 한 입에 집어삼킬 듯이 덤벼들었다. 다시 한 번 살이 터지고 피가 튀는 아비규환의 생지옥이 전개되었다. 기습에는 기습, 역공에는 역공, 돌격에는 돌격으로 맞서가며 쌍방이 사상자의 수를 늘려갔다.

1사단의 각 전선에서는 얼마나 죽었는지 얼마나 다쳤는지 알 수 없었고, 파악할 시간도 없었다. 모자라면 그때그때 보충 자원으로 급히 틀어막기에 급급했다. 총도 쏠 줄 모르는 사병들이 투입되기도 했다.

제 1사단 사단장이 전투 현장을 바라보며 말없이 손가락으로 한 곳을 가리키면, 국군 장병들은 그곳으로 가서 싸웠다. 싸워서 승리하여 그곳을 점령하든지, 아니면 싸우다가 죽었다.

8월 19일, 대한민국 정부는 대구에서 부산으로 이전했다.

13

김일도 소위는 8월 20일에 1사단으로 전출되었다. 군인이 무엇인지도 모르던 김일도가 자원입대한 지 한 달도 못 되어 대한민국 육군 소위가 되어 1사단 소속 소대장이 된 것이다.

고향에서의 어린 시절, 서울에서의 고등학교 시절과 양조장 시절, 짧은 대학 시절, 그 시간들의 종착점이 이 죽음의 현장이었다. 인생이 무엇인지, 전쟁이 무엇인지 알기도 전에 죽음부터 알게 된 것이다.

일도는 누구를 원망하지도, 처지를 한탄하지도 않았다. 다른 많은 젊은이들처럼, 내 목숨과 내 가족과 전우를 위해, 그리고 정의를 위해 싸우다 죽을 뿐이라고 단순하게 결론을 내렸다. 싸울 때는 죽음을 두려워하지 말고, 후회할 행위는 하지 말자고 다짐을 했다.

김일도는 8월 22일부터 다부동 전투에 투입되었다. 처음 전투에 참가한 소대장 김일도는 전투에 대해 아무 것도 모르니 고참 문 하사가 하라는 대로 할 수밖에 없었다.

문하사는 신참 소대장을 곧 바로 죽음으로 내몰고 싶지 않았고, 전투가 거의 끝나가는 이 판에 아까운 소대장 하나 더 죽일 필요는 없다고 판단했다. 문하사는 소대장에게 엎드려 전황만 파악하라고 하고는 분대별로 나누어 전투를 벌이고 있었다.

김일도의 소대는 산비탈을 기어올라 적 진지를 격파하는 임무를 띠고 있었다. 소대의 3개 분대는 희생을 최소로 줄이며 적의 턱밑에 붙어보려고 했다. 그러나 적도 만만치 않았다. 수류탄과 총격으로 아군의 접근을 막고 있었다. 오히려 틈만 보이면 언제든지 밀고 내려와 박살을 낼 태세를 갖추고 있었다.

생애 처음으로 겪어보는 처절한 전투 현장에서 일도는 감당하기 힘든 공포와 전율을 느꼈으며, 피난 때와는 또 다른 절박함에 휩싸였다. 눈앞에서 소대원들이 진격을 하다가 하나둘 픽픽 쓰러지고 있었다. 김일도 소위는 머리가 돌아버릴 것 같았고, 온몸이 경직되어 뻣뻣하게 굳어 있었다.

김일도는 소대원 전원이 죽음을 무릅쓰고 싸우는데 엎드려 있을 수만은 없었다. 그렇다고 뛰쳐나가 보아야 그 즉시 적탄에 맞아 죽을 것은 뻔했다. 문하사 말대로 상황을 잘 파악하여 다음 전투에서나 어찌 해 볼 방도를 강구해야 할 것 같았다.

엄폐물 뒤에 숨어 눈만 빠끔이 내밀고 고지 위의 적들을 살펴보았다. 머리통이 하나 보였다. 총을 겨누고 긴장을 풀고 어깨의 힘을 빼고 호흡을 멈추고 신중히 방아쇠를 당겼다. 명중이었다. 총알을 머리에 맞고 뒤로 발랑 자빠지는 적을 분명히 보았다.

적이 또 하나 보였다. 이번에도 신중하게 겨누고 방아쇠를 당겼다. 이번에는 가슴에 총알을 맞은 적이 앞으로 고꾸라졌다. 옆에 같이 엎드려 있던 일병 하나가 감탄하였다.

"와, 우리 소대장님 대단하다!"

이때 문하사가 다가왔다. 일병이 생글생글 웃으며 자랑스레 외쳐댔다.

"문하사님, 우리 소대장님 사격 솜씨 대단해요."

낙천적인 성격의 일병이었다. 문하사가 소대장을 바라보자 김일도는 멋쩍은 표정을 지었다. 일도가 차분하고 꼼꼼하다는 것은 어려서부터 누구나 다 알아주는 사실이었다.

김일도의 소대는 그날 기어코 적의 진지 하나를 격파하고, 적을 후퇴시키는 전과를 거두었다. 그날부터 전세는 국군 쪽으로 기울어지기 시작했다. 24일에는 드디어 1사단이 낙동강 방어선의 서북쪽을 안정시켰다.

김일도는 사흘간의 전투에서 적 다섯 명을 저격하여 사살하는 전과를 올렸다. 첫 참전 기록으로는 대단한 전과였다. 그러나 일도는 많은 사람을 죽였다는 사실에 마음이 편치 않아 속이 니글거렸다.

소대원들은 신임 소대장을 믿게 되었고, 분대장들은 현명하게 행동한 소대장을 다시 보게 되었다. 소대장이 죽거나 다치지 않은 것만 해도 그들에게 큰 위로가 되었다.

다부동 전투에서 크나큰 희생을 치른 끝에 적에게 심대한 타격을 주고 승리를 거둔 1사단은 다부동 일대를 미군에게 넘겨주고 이동했다. 그러나 전투가 그것으로 끝난 것이 아니었다. 인민군이 다부동을 포기하지 않고 다시 총공세를 펼친 것이었다.

인민군의 공세는 9월 2일부터 시작되었다. 인민군의 강력한 공세에 밀려 미군은 단 하루만에 1사단으로부터 넘겨받은 지역을 모두 잃고 오히려 10킬로미터를 후퇴하여 다부동 마을까지 잃어버리고 말았다.

다부동을 잃음으로 다시 대구가 위협 받게 되었다. 대구의 인구는 본래 30만 명이었으나 이때 피난민으로 70만 명까지 늘어났다. 대구를 적에게 내줄 수는 없었다. 1사단은 반드시 다부동 일대를 다시 탈환해야만 했다.

14

김일도 소위는 짧은 기간이지만 확실한 실전 경험을 가졌다. 그 동안 그가 얻은 교훈은 나와 부하들은 죽지 않아야 하고, 적은 무조건 많이 죽여야 한다는 단순한 사실이었다.

김일도는 무조건 수류탄을 던지고 총질만 해대는 것이 능사가 아님을 알았다. 항상 움직이며 유리한 위치를 차지하는 것이 중요하다는 사실을 터득했다. 소대장 김일도는 분대장들을 불러 모아 자신의 생각을 전하고 그들의 의견을 물었다. 분대장들은 신임 소대장을 신기하다는 듯이 바라보았다. 이런 소대장은 처음 보았기 때문이었다.

지금까지의 소대장들은 무조건 소리 지르고 총 쏘고 수류탄 던지는 것밖에 몰랐다. 그리고 죽거나 부상당해 후송되었다. 그런데 이번 소대장은 확실히 다른 면이 있었다. 분대장들은 왠지 승리할 것 같았고 죽지 않을 것 같은 기분도 들었다.

중대는 미군이 빼앗긴 고지 하나를 탈환하라는 명령을 받았고,

중대장은 김일도 소위에게 좌익을 맡겼다. 김일도는 이제부터는 자신이 직접 전투를 지휘해야 했다. 30여 명의 목숨이 나에게 달려 있다는 막중한 책임감에 가슴이 뜨끔뜨끔 했다. 고지는 경사가 완만한 바위투성이 작은 산이었고 포격과 총격으로 잡초마저 보이지 않았다.

공격 명령이 떨어지고 소대는 적진을 향해 달려 나갔다. 며칠 전부터 김일도는 나름대로 구상해 둔 작전이 있었다. 비탈 밑에 바싹 붙은 소대는 김일도의 지휘에 따라 분대별로 넓게 퍼져 거의 일직선으로 수평을 유지하며 적진을 향해 기어 올라갔다.

메마른 흙과 바위 사이로 은밀히 기어 올라가는 김일도 소대에게 드디어 적의 총격이 시작되었다. 아군도 응사를 했지만, 아직은 탐색전이다.

각 분대의 전투 현황을 보니 1분대 쪽, 즉 고지의 최좌익이 가장 저항이 약한 것 같았다. 일도는 작전 구상대로 1분대는 공격을 하지 않고 적이 눈치 채지 못 하게 왼쪽 끝으로 돌아 몰래 측면을 장악하게 하고 2분대와 3분대만 강력하게 공격하게 했다.

2분대와 3분대는 사격을 치열하게 해대기 시작했다. 적들도 2, 3분대 쪽으로 화력을 집중적으로 쏟아 부었다. 그 사이에 1분대는 적의 측면으로 기어들어갔다. 1분대가 차질 없이 잘 숨어들어 가고 있는 것을 확인한 김소위는 3분대에게 엄호를 명하고 2분대를 이끌고 전진을 감행했다.

"돌격! 앞으로!"

우렁찬 일도의 명령에 따라 2분대 전원이 한 뭉치가 되어 앞으로 내달았다. 산발적으로 쏘아 대던 적들이 총구를 모으는 사이에 2

분대는 10여 미터 전진했다. 한 명이 적의 총탄에 쓰러졌다.

바로 다음 순간 2분대가 엄호하고 우익 3분대가 달렸다. 적들이 2분대를 겨누고 있던 총구를 3분대로 돌리는 사이에 3분대도 7~8미터 전진했다. 3분대에서도 한 명이 쓰러졌다.

김일도는 1분대가 적의 측면 공격을 개시하는 순간에 2, 3분대가 동시에 돌격한다는 작전대로 기회를 노렸다. 2, 3분대가 격렬하게 총격을 가하며 적에게 숨 돌릴 틈을 주지 않는 사이에 1분대가 준비 완료되었음을 확인한 김일도가 손을 높이 들었다가 내렸다. 그 순간, 곧바로 1분대의 모든 총기에서 격렬하게 불꽃이 터져 나왔다.

정면만 보며 총격을 가하던 적들은 측면을 파고들며 달려드는 1분대의 공격에 당황했다. 적들이 우왕좌왕 하는 사이에 김일도를 앞세운 2분대와 3분대가 동시에 함성을 크게 지르며 직선으로 올라가 적의 바로 턱밑까지 도달했다.

수류탄을 까넣으며 정면과 측면에서 동시에 치열한 공격을 가했다. 당황한 적들은 산발적으로 총격을 해대고 수류탄을 집어던졌으나 아군의 피해는 경미했다. 그 사이에 김일도의 소대는 침착하게 적을 사살했다.

잠시 후 양측의 총격이 멈추고 확인 사살하는 총성 한두 방 메아리치더니 드디어 잠잠해졌다. 김일도의 소대가 적의 좌측 측면을 완전히 격파하여 진지를 확보한 것이었다.

김일도가 작전이 성공했음을 알리자, 중대장이 전 중대에게 일제히 공격명령을 내렸다. 중대 전 병력이 파상 공격으로 밀고 올라가는 동안 김일도의 소대는 적의 측면에서 계속해서 적의 참호를 차례차례 격파했다.

정면과 측면에서 공격을 받은 적은 좌측 위로부터 우측 아래로 비스듬히 걷잡을 수 없이 무너졌다. 아군의 진격에는 가속도가 붙었고, 적은 마침내 궤멸되었다. 인민군은 막대한 사상자를 내고 나머지는 모두 항복했다. 3중대의 완벽한 승리였다.

이 날 통렬한 승리의 주인공은 최좌익에서 분전한 김일도의 소대였다. 이 날의 승리로 정상고지의 좌측 고지를 장악한 3중대는 정상고지와 거의 대등한 위치에서 전투를 벌일 수 있게 되었다. 빛나는 3중대였다.

다음 날, 정상고지를 점령하라는 명령이 떨어졌다. 중대장은 이번에는 김일도 소대에게 최우익을 맡겼다. 어제 최좌익을 맡겼으니 적들이 그곳의 방어를 철저히 할 것 같아 이번에는 김일도 소위에게 최우익을 맡겨 어제와 같은 승리를 거두어 보자는 의도였다.

김일도는 어제와 마찬가지로 수평으로 진격하며 어느 쪽이 가장 약한지 가늠해 보았다. 최우익인데다가 어제의 패배 때문인지 전반적으로 화력이 약해진 것 같았다. 오늘도 승리는 확실해 보였다.

김일도는 3분대를 적이 눈치 채지 못 하게 측면으로 들어가게 하고 자신은 1, 2분대를 이끌고 직선으로 돌격을 시도했다. 적의 저항으로 어렵기는 하지만 1, 2분대는 조금씩 전진하고 있었다.

3개 분대가 정해진 지점을 목표로 하여 두 방향에서 일제 공격을 개시하고, 이어 합세하여 진격하는 작전은 어제와 마찬가지였다. 한 걸음 한 걸음 조심스레 전진을 하고 있었다. 거의 공격 개시 지점에 도달하였다.

갑자기 사방에서 김일도 소대의 각 분대를 향해 일제사격이 퍼부어졌다. 지금까지 정면에서 대항하던 적들이 아니었다. 다른 각도에서 엄청난 화력이 쏟아지는 것이었다.

전혀 예상치 못한 일이었다. 1분대와 2분대, 3분대가 둘로 나뉜채 각기 별도로 숨어 있던 적들에게 포위된 것이었다. 김일도의 소대를 두 곳에 나누어 놓고 따로따로 몰살을 시키자는 작전이었다.

김일도는 적의 함정에 빠졌음을 깨달았으나 이미 늦었다. 더구나이곳은 잡초도 거의 없는 넓은 바위지대라 엄폐물도 마땅치 않았다. 적들은 바위 사이를 누비며 김일도 소대의 각 분대를 조여 들어왔다.

적은 1, 2 분대가 지원을 하지 못 할 만큼의 거리를 두고 3분대부터 부수기 시작했다. 3분대는 수비 대형을 갖추고 분전하고 있었으나 사방의 적을 감당하기 어려웠다. 김일도가 이끄는 1, 2분대도 다급했다. 이대로 있다가는 소대가 몰살이다. 김일도는 등골이오싹했다.

김일도는 통신병에게 황급히 중대장에게 지원 요청을 명령했다. 통신병이 무전을 시도했으나 통신이 여의치 않았다. 그놈의 무전기는 급할 때는 더욱 불통이 잦은 물건이었다.

김일도는 1, 2 분대를 이끌고 어떻게든 3분대와 합류해야 했다. 그 다음에 위치를 확보하고 지원이 올 때까지 버티다가 포위망에서 탈출하는 수밖에 없었다.

김일도의 주변 사방 땅바닥에서는 잠시도 쉬지 않고 총알들이 '타다다닥!' 튀었다. 그때 '쉬익, 쉬익, 쉬익!' 하고 포탄 날아가는소리가 머리 위를 지나갔다. 설상가상으로 적의 박격포 공격까지시작된 것이었다. 어제의 패배를 앙갚음하려고 함정을 아주 철저히 파놓은 것이 틀림없었다.

　김일도 소대를 향해 수많은 박격포탄이 떨어지고, 사방에서 적의 총격이 더욱 거세지고 있었다. 3분대는 이미 전멸했다고 보아야 했고, 이제 1, 2 분대도 곧 다 죽을 판이었다.

　김일도는 연락병 윤일병에게 중대장에게 급히 지원 요청을 하라고 명령했다. 낙천적인 윤일병도 상황이 워낙 다급한지라 긴장한 표정으로 달려 내려갔다.

　윤일병이 잘 가고 있나 확인하려고 김일도가 고개를 돌리는 순간, 박격포탄 하나가 바위 사이를 건너뛰던 윤일병의 머리를 '뎅!' 하고 때리고 지나갔다. 윤일병의 머리는 형체도 없이 날아가 버리고 머리 없는 몸통만 데구르르 저쪽으로 굴러갔다.

　"아, 윤일병!"

　김일도는 낮은 신음을 토했다. 여기서 전 소대가 하나도 남김없이 모조리 도륙될 판이었다. 어떻게든 이 위기를 벗어나야 했다. 다른 방법이 없었다. 어느 곳이든 한 곳을 집중적으로 파고들어 포위망을 빠져나가야 했다.

　김일도는 사방을 살펴보았다. 2시 방향이 경사가 급하고 바위틈새가 좀 있어 엄폐하기도 유리하고 적병도 없는 것 같았다. 1, 2 분대장에게 2시 방향으로 내가 포위망을 뚫고 나갈 테니 따르라고 명령했다. 두 분대장은 알았다고 경례를 붙였다.

　전 소대원이 엄호를 하는 가운데 김일도가 탈출로를 확보하기 위해 뛰었다. 엄호 덕분에 일도는 5~6미터 달릴 수 있었다. 잠시 호흡을 가다듬은 김일도가 다시 일어나 서너 걸음 뛰는 순간 그의 눈앞으로 붉은 흙덩어리들이 확 달려들었다. 그리고 아무 것도 보이지 않았다. 아련히 '소대장님! 소대장님!' 하고 부르는 소리만 메아리쳤다.

김일도 몇 걸음 앞에서 박격포탄 하나가 터져 파열풍으로 김일도의 몸이 들썩 공중으로 떴다가 떨어진 것이었다. 소대장이 이 지경이 되고 탈출로가 막히자 나머지 소대원들은 꼼짝 할 수가 없었다. 원형의 형태로 각자 엄폐물 뒤에서 소총으로 응사하는 길밖에 없었다. 소대 전원의 몰사가 일각일각 다가오고 있었다.

중대장이 김일도 소대의 위급함을 알고 다른 소대까지 진격을 멈추고 총동원하여 앞장서서 뛰어와 김일도 소대를 엄호했다. 전 중대의 필사적인 엄호를 받은 가운데 소대원들은 간신히 탈출로를 확보할 수 있었다. 김일도는 한 소대원의 등에 업혀 겨우 적의 포위망에서 벗어날 수 있었다.

그날의 전투에서 김일도의 소대는 소대장 중상, 부 분대장 1명 전사, 사병 7명 전사, 5명 중상으로 소대 병력의 반 가까이 소실되는 참담한 패배를 당했다.

중대장이 적을 너무 가벼이 보고 같은 작전을 되풀이했던 것이 참패의 단초였다. 중대장은 경험이 부족한 소대장을 사지로 밀어넣었다고 대대장으로부터 엄한 질책을 들었다.

어제는 그리도 빛나던 김일도 소대가 오늘은 처참하게 무너지며 종말을 고했다. 소대장을 잃고 궤멸된 김일도의 소대는 완전히 재편성 되었다.

다부동의 전투는 매일 매일이 이러했다. 다부동 일대는 며칠을 두고 서로 치고 받는 치열한 난타전 끝에 마침내 국군이 다시 탈환하였다. 다부동 전투에서 1사단은 장교 56명을 포함해 2,300

여 명의 전사자를 냈으며, 인민군은 약 2.5배인 5,700명의 전사
자가 있었다.

이 전투의 중요성은 국군 육군 참모총장, 미 8군 사령관, 미 육
군 참모총장 등이 직접 현장을 찾아 전황을 파악하고 격려했다는
사실로도 알 수 있었다.

15

김일도 소위는 생사의 기로를 헤매는 가운데 급히 대구 외곽의 야전병원으로 후송되었다. 응급조치를 하던 의무병은 생존 가능성이 없다고 보고 고개를 설레설레 흔들었다.

박격포탄 파편 세 개가 몸에 박혀 있었고 두 개는 스치고 지나갔다. 몸이 떴다가 떨어지는 바람에 왼쪽 팔과 옆구리에 찰과상을 입었고 갈비뼈가 한두 개 부러진 것 같았다. 의식은 없었고 출혈은 과다했고 맥박도 약했다.

야전병원의 아수라장 속에서 겨우 침대 하나를 차지하고 누워 있는 김일도는 치료 한 번 제대로 받아보지도 못 하고 이 세상과 작별하기 직전이었다.

야전병원에는 군의관 오공준 중위가 근무하고 있었다. 오공준은 김일도와 고등학교 동기동창으로 2학년 때 같은 반이었다. 오공준은 감정이 풍부하고 성격이 섬세했다. 문학을 하고 싶어 했으나 부모님의 뜻에 따라 의과대학에 입학하여 의사가 되는 길을 걸었다.

오공준은 예과 2년을 마치고 본과 2학년 때 전쟁이 터지자 의무장교로 자원하여 야전병원에 근무하고 있었다. 야전병원에는 의사가 턱없이 부족하여 의과대학에 다니기만 해도 중위를 달고 군의관으로 곧바로 임관될 수 있었다.

오공준은 전공이 내과였다. 내과를 택한 이유는 병의 치료란 의료적 조처도 중요하지만 마음의 보살핌도 중요하다는 생각을 가지고 있었기 때문이었다. 그러나 전쟁터에 오면서 그의 로만티시즘은 산산조각이 났다. 그가 하는 일이란 터진 상처의 굳어진 피를 걷어낸 다음 꿰매거나, 깊이 박힌 파편을 후벼 파내는 일밖에 없었다.

오공준은 수술 때마다 숨이 막혔다. 오직 자신의 손놀림에 따라 젊은이 하나가 죽고 사는 것이었다. 그는 실력 부족과 과실로 숱한 중상자들을 죽였다. 그럴 때마다 옆의 사람이 보기에 안타까울 정도로 괴로워했다. 선배 군의관 하나가 위로를 해주었다.

"오중위가 그렇게 안 했어도 그 사람은 죽었어."

그렇게 한 달, 두 달, 석 달이 지나면서 오공준 중위는 숙달된 외과의사가 되었다. 반면에, 스스로 비판하듯이, 그의 감성은 썩은 나무껍질처럼 볼품없이 뭉그러져 있었고, 그의 눈에 부상자들은 사람이 아니라 푸줏간의 고기로 보이기 시작했다는 것이다.

오공준 중위가 중상자 명단에서 김일도라는 이름을 발견했다. 일도라는 이름이 흔한 이름이 아닌데다가 친구 하나의 이름도 김일도라 부상자를 자세히 들여다보았다. 아니기를 바랐지만 바로 내 친구 그 김일도였다.

"일도야, 나 공준이다. 눈 좀 떠 봐라. 이 꼴이 뭐냐."

오중위의 눈가에 말라버린 줄 알았던 이슬이 맺혔다. 그 귀엽게 생기고 생각이 깊던 이북 아이, 말이 없는 대신 항상 엷은 웃음을 보이던 아이, 한강에서 같이 즐겁게 수영하던 추억이 있는 아이, 왠지 다정한 감정을 품게 했던 그 친구가 지금 온몸이 피투성이가 되어 정신을 잃고 죽음을 향해 곧장 달려가고 있었다.

김일도를 한참 물끄러미 바라보던 오중위는 병원장에게 친구인 저 중상자 소위를 제가 조금 특별히 봐주면 안 되겠냐고 젖은 목소리로 사정을 했다. 병원장은 오중위의 어깨를 두드리고는 다른 환자를 보러 저쪽으로 갔다.

오중위는 일도를 수술대 위에 올려놓았다. 무념의 상태로 자기 최면을 걸고 심호흡을 몇 번 하고는 파편 제거 수술을 시작했다. 믿을 수 없을 만큼 짧은 시간에 오중위는 다리와 어깨 밑에 박힌 파편을 빼냈다.

갈비뼈 밑에 있는 마지막 파편은 응혈이 되어 있는 상태에서 위치도 너무 위험해 수술을 할 수가 없었다. 수술칼을 몇 번 들었다 놓았다 하던 오공준은 마지막 파편은 우선은 그냥 놓아두기로 했다.

하루, 이틀 시간이 지나갔다. 오중위는 수시로 일도를 들여다보았으나 일도는 더 나빠지지도 좋아지지도 않았다. 사흘 째 되는 날, 일도가 깨어나 멀뚱멀뚱 천정만 바라보고 있었다. 감격한 공준이 뭐라고 말하려고 하는 순간, 공준을 알아본 일도가 엷은 미소를 보냈다.

다음 날, 일도가 어느 정도 의식이 회복되었다고 판단한 오중위가 조심스레 상태를 설명해주었다. 일도는 아무 표정이 없었다. 긴 침묵 끝에 일도가 명령하듯 말했다.

"빨리 빼라."

오공준은 일도의 성격을 안다. 일도는 시간은 좀 걸리지만 일단 결심이 서면 바꾸지 않았고, 그 결심은 대개 합리적이었다. 일도가 파편을 빨리 빼라면 빨리 빼야 했다.

다음 날, 군의관 오공준 중위는 친구의 목숨을 걸고, 최고조의 긴장 속에서 위험한 수술을 집도했다. 오중위는 솟아오르는 일도의 붉은 피를 연신 거즈로 닦아내며 칼과 집게와 가위를 부지런히 놀렸다. 드디어 손톱보다 조금 더 큰 파편 하나를 꺼냈다.

수술 자체는 무사히 마쳤으나 상태는 불분명했다. 워낙 피를 많이 흘렸고 상처들이 깊고 컸기 때문이었다. 일도는 깨어나려면 한참 더 있어야 했다. 오중위는 정신이 아득하고 손이 떨려 그날은 다른 수술을 할 수가 없었다.

다음 날, 일도는 깨어났다. 아직 결과를 단정하기에는 이르지만 위험한 징후는 보이지 않았다. 또 다시 감격한 공준이 일도를 바라보며 되풀이 해 말했다.

"일도야, 정말 다행이다! 정말!"

김일도는 자기가 살아났다는 것을 분명히 느꼈다. 그리고 이런 중상을 입고도 다시 살아났다는 것은 아직 이 세상에서 내가 꼭 해야 할 일이 있다는 것을 의미하는 것 같았다.

일도는 공준에게 빨리 원대 복귀하게 해달라고 했지만 오공준의 판단에는 적어도 한 달의 시간이 필요했다. 두 사람은 일도가 살아났다는 사실에 무한한 기쁨을 함께 나누었다. 마주 보며 말없이 끊임없이 미소를 주고받았다. 병실에는 화창한 초가을의 햇살이 쏟아져 들어오고 있었고, 시원한 바람도 불어왔다.

16

1950년 9월 15일 새벽, 유엔군은 인천상륙작전을 감행했다. 미 제 7함대 소속 함정 225척과 한국과 연합군의 함정 36척, 모두 261척의 각종 함정이 동원되었다. 한국군 2개 연대와 미 제 10군단 등, 7만 명의 육·해·공·해병대 병력이 투입된 대규모 기습 상륙작전이었다.

인천 앞바다는 갯벌 바닥에 암초가 널려 있고 간만의 차이가 심하고 수심이 얕아 해로가 하나밖에 없었다. 상륙 함정들은 팔미도의 등대를 길잡이 삼아 시간에 쫓기며 아슬아슬하게 상륙작전 지점을 향해 항해해 들어갔다.

누구도 상륙작전의 성공을 장담할 수 없는 여건이었다. 성공하면 전황이 크게 유리하게 전환될 것이지만, 실패하면 유엔군의 전략과 사기에 치명적인 타격을 입고 한반도의 미래를 장담할 수 없는 극단적 모험 작전이었다.

함대는 무사히 인천 앞바다에 도달하였다. 이어 대소 각 함정으로부터 엄청난 함포사격이 인천 지역에 쏟아졌다. 기습 상륙작전을 알리는 불의 신호였고, 한국전쟁의 새로운 국면을 여는 전주곡이었다.

함포사격으로 월미도를 비롯한 인천 연안 지역은 완전 초토화되었다. 오전 6시 30분에 한미 해병대 병사들이 몸을 실은 상륙정들이 모선에서 출발했다. 해병대는 월미도를 포함한 3개 해안에 상륙했다.

유엔군의 인천상륙작전을 반신반의하고 있던 적의 저항은 미미했다. 상륙에 성공한 해병대가 8시에 최초의 승전 보고를 보냄으로 이 군사 작전은 수많은 우려를 뒤로 하고 하나의 군사적 성공 사례로 역사에 남게 되었다.

유엔군 총사령관은 상륙 작전이 성공하자 즉시 낙동강 전선의 전 지상군에게 반격 개시를 명령했다. 전쟁 발발 83일 만에 후퇴와 방어에 급급하던 국군과 유엔군은 공격이라는 새로운 국면을 맞이하게 되었다. 지상군은 패배의식을 떨쳐버리고 낙동강 전선에서 인민군을 밀어내기 시작했다.

인민군은 제공권과 해상권을 완전히 유엔군에게 빼앗겨 인원과 군수품 보급이 원활치 못한 상태에서 인천상륙작전으로 허리마저 끊겨 진퇴양난의 위기에 처했다. 상황이 불리해진 낙동강 전선의 인민군은 곧바로 퇴각하기 시작했다.

상륙작전에 성공한 한미 해병대는 서울을 향해 진격하고 있었고, 인민군의 주력은 낙동강 전선에서 퇴각하여 북상하고 있었다. 상륙작전에 참가한 해병대는 자칫하면 낙동강 전선에서 퇴각하는 인민군과 북쪽의 인민군의 협공을 받을 위험이 있었다. 해병대의 고립을 막기 위해 낙동강 전선의 국군도 신속히 북상했다.

9월 21일, 한국 해병대 제 1대대와 미 해병대 2개 대대는 서울 외곽의 연희동 104고지에서 서울 사수를 위해 진을 치고 있던 인민군 4천여 명과 맞붙었다. 서울 탈환의 성패가 결정되는 일전이었다.

해발 104미터의 야트막한 야산 일대에서 벌어진 이 전투는 사흘 밤낮을 안 가리고 계속되었다. 한국 해병이 중앙, 미 해병대가 좌익과 우익을 맡았다. 한국 해병대의 한 중대는 연속적인 과감한 돌격전으로 단 26명만이 생존했다. 한미 해병대는 5백 명 가까운 사상자를 내는 혈전을 치른 끝에 적을 섬멸하고 연희동 104고지를 탈환했다.

이 전투의 승리를 계기로 9월 28일에 서울이 수복되었다. 이 무렵에 인민군은 전군의 운용 체계가 붕괴되어 유엔군에 저항할 수 있는 상태가 되지 못 하였다. 인민군은 급하게 퇴각할 수밖에 없었고, 국군과 유엔군에게는 북진하는 일만 남게 되었다.

17

김일도의 몸은 거의 회복되었고, 전반적인 전황에 대해서도 알게되었다. 원 소속인 1사단은 내륙으로 북진하고, 수도사단과 3사단이 동해안을 따라 북진하고 있다는 소식도 들었다. 일도는 수도사단이나 3사단에 소속되고 싶었다. 그래야 혹시라도 고향 청진에 가 볼 수 있는 기회가 있지 않을까 싶었다.

오중위가 애를 쓴 결과 일도는 수도사단 18연대에 배속되었다. 18연대의 이름은 백골白骨부대였다. 산악지대에서 등골이 서늘해지는 힘든 전투를 너무나 많이 치러 '등골부대, 산골부대'라는 별명까지 붙은 백골부대였다. 김일도는 국군보다 인민군에게 더 유명하다는 그 무시무시한 백골부대의 소대장이 되었다.

김일도가 백골부대에 전입한 날짜는 서울이 수복된 9월 28일이었다. 백골부대는 그야말로 무서운 속도로 북진했다. 한 미군 장성이 그 진군 속도를 보고 '로켓 부대'라는 별명을 붙여줄 정도였다. 3사단과 수도사단의 2개 연대는 동해안 해안도로로 진격하고 있었고, 백골부대는 내륙의 험준한 산악지대로 북진하고 있었다.

10월 1일, 국군은 38선을 돌파했고, 후에 이 날이 <국군의 날>로 지정되었다. 백골부대도 38선을 돌파하고 10월 3일에 간성, 10월 10일에는 치열한 전투 끝에 원산을 점령했다. 원산부터는 수도사단과 3사단이 작전지역을 바꿔 수도사단이 해안, 3사단이 내륙으로 진격하였다. 일도는 꿈에 그리던 고향 청진에 가 볼 수 있게 되었다.

10월 14일에는 영흥, 18일에는 함흥에 들어갔다. 그러나 고향에 가까워질수록 일도의 마음에는 어두운 그림자가 드리워졌다. 원산, 함흥 등 도시들이 미군 폭격으로 폐허가 되어 있었기 때문이었다. 청진도 틀림없이 폭격을 맞았을 것이다. 그러면 우리 동네와 고향집은 어찌 되었단 말인가.

일도의 부대는 무서운 속도로 진군을 계속했다. 외갓집이 서울에서 처음 이주해 왔다는 함경남도 북쪽 끝의 이원을 지나갔다. 이곳이 우리 가족의 역사가 시작된 곳이라는 감회가 새로웠다.

죽어서야 백골이 살아도 백골
백골이 되련다 나라 위하여
쓰러지는 전우의 시체를 넘어
앞으로 앞으로 진격뿐이다
통일의 그날이다 올 때는 왔다
백골용사 앞에는 적이 없도다

백골부대 용사들은 <백골가>를 힘차게 부르며 팔을 크게 휘두르며 전진했다. 11월 중순 이후에는 조막산 전투, 봉강 전투, 용전 전투에서 적을 격파했다. 24일에는 시가전 끝에 주을을 점령하고 이어 경성, 나남을 돌파했다. 11월 28일, 드디어 청진에 이르렀다. 38선을 돌파한 지 불과 두 달 만에 북위 42°선인 청진까지 이른 것이다.

청진에 들어서는 순간, 일도는 눈이 확 뒤집히고 가슴이 꽉 막혔다. 모든 것이 무너져 있었다. 물론 예상은 했지만 이럴 줄은 몰랐다. 성한 집은 드문드문 있고 사람도 없었다. 청진의 그 아늑하면서도 오밀조밀하던 도시 풍경은 폭격에 의해 처참하게 유린되어 있었다.

사방은 괴괴한 가운데 싸늘한 바람만 흙먼지를 날리며 소용돌이치고 있었다. 적은 이미 퇴각했고 어디선가 나타난 늙고 병든 노인 몇 사람이 퀭한 눈으로 그들을 바라보고 있었다.

소대의 위치 배정과 정돈이 끝나자 일도는 소대를 잠시 선임 분대장에게 맡기고 박상병 하나만 데리고 자기 집을 찾으려고 뛰었다. 워낙 폭격을 심하게 맞아 처음에는 어디가 어디인지 방향조차 잡을 수가 없었다.

겨우 집으로 가는 방향을 잡았으나 흔적이 뒤엉켜 옛 기억을 되살리기가 쉽지 않았다. 이리 뛰었다가 되돌아 나오고 저리 뛰었다가 멈칫하곤 했다. 박상병은 고향집을 찾으려고 미친 듯이 헤매는 소대장을 따라 뛰었다.

마침내 일도는 자기집을 찾았다. 집은 폭격으로 폭삭 주저앉아 있었고 대추나무는 새까맣게 그을린 채 죽어 있었다. 일도는 서 있었다. 일체의 사고력이 정지된 채 망연자실 우두커니 서 있었다. 일도는 언제까지나 그렇게 서 있었다.

"소대장님, 가셔야 해요."

박상병이 소대장의 팔을 잡아 당겼다. 일도는 그제야 정신이 들었다. 대추나무집은 더 볼 것이 없었다. 전에는 그렇게 커 보이던 집이 지금은 한 덩어리 검은 흙무더기였다. 담도 많이 허물어져 있었다. 일도는 사돈 어르신댁을 찾아보았다. 그 집은 폭격을 맞지는 않았으나 비어 있었고 사람이 살았던 흔적은 없이 형편없이 퇴락해 있었다.

다시 집 앞에 섰다. 허망했다. 너무나 허망했다. 지난 5년 동안 하루도 고향에 대한 기억을 더듬어 보지 않은 날이 없었다. 그런데, 이럴 수는 없었다. 정말 이럴 수는 없었다.

"부모님은 어디 계시고, 내 집은 어디 갔다는 말이냐. 내 고향은 어디란 말이냐."

가슴이 불에 타듯 아팠다. 쓰러질 듯 몇 걸음 옆으로 휘청거렸다. 일도는 하늘을 올려다보고 '아! 아버지, 어머니!' 하는 탄식을 내뱉고, 고개를 떨어뜨렸다. 눈을 길게 감았다 떴다 몇 번 하고는 소대로 돌아가기 위해 발길을 돌렸다.

18

백골부대는 청진에서 잠시 진격을 멈추고 부대를 정비했다. 통일을 위해, 두만강을 바라보기 위해, 다른 부대보다 먼저 목적지에 도달했다는 영예를 위해, 온갖 난관을 극복하며 달려온 그들이지만 현실은 고통스럽기 그지없었다.

함경북도 바닷가의 초겨울 추위는 매섭게 뼛속까지 파고들었으나 부대원들은 아직도 여름 군복 차림이었다. 그 먼 거리를 빠른 걸음으로 달려오느라 발은 부르틀 대로 부르터 있었다. 신발 보급도 제대로 되지 않아 새끼줄이나 철사줄로 벌어진 신발창을 칭칭 감아 싸고 걸었다.

다음 날, 부령을 향해 출발했다. 청진에서 부령까지는 하루 거리고, 부령에서 회령까지는 내리막길로 이틀 거리다. 회령은 두만강변의 한만 국경이다. 그곳까지 가면 통일이다. 지금까지의 모든 고생이 끝나는 것이다. 백골부대는 마지막 힘을 내 부령, 그리고 회령, 그리고 두만강을 향해 속보로 전진했다.

가다 잠시 쉬고, 또 전진하다가 잠시 쉬는 행군 동안 일도의 머릿속에서 전쟁에 대한 분석은 쉬지를 않았다.

"고향을 철저히 파괴시킨 것은 미군의 폭격이다. 미군은 폭격기로 폭탄을 무제한 쏟아 붓고 있다. 적이 있다는 이유만으로 대한민국 구석구석을 모두 쑥대밭으로 만들고 있다. 그 폭격에 맞아 죽은 인민군이 과연 몇 명이나 된단 말인가. 죄 없는 민간인만 집도 잃고 절도 잃은 것이 아닌가."

일도의 부대는 걸음을 더 빨리 하며 진군을 계속했다. 일도의 머릿속도 그 속도만큼 빨리 돌아가고 있었다.

"전쟁을 일으킨 것은 공산당과 인민군이다. 정치적 야망만으로 이 거대한 전쟁을 일으켰으니 그들의 죄악은 참으로 크다. 그러나 전쟁이란 그리 쉽게 일어나는 일이 아니다. 그만한 틈이 있고, 빌미를 제공했기 때문에 전쟁은 일어난 것이다. 이 전쟁의 가장 큰 책임은, 이 전쟁에서 가장 큰 피해를 보고 있는 우리 국군, 우리 대한민국에 있다."

부령을 정탐하고 돌아온 첨병이 부령에 상당수의 인민군이 숨어 있다는 보고를 했다. 일도가 중대장에게 말했다.

"저희 소대가 먼저 가겠습니다."

중대장이 김일도 소위를 바라보았다. 저 친구 고향집을 잃어 상심이 클 텐데 혹시 과도한 행동을 보이지 않을까 걱정이 되었다. 일도는 중대장의 마음을 뚫어보고 있었다.

"걱정 안 하셔도 됩니다. 저 지금 괜찮습니다."

중대장이 다시 김소위를 바라보다가 결정을 내렸다.

"그래, 김소위가 먼저 출발하게. 우리가 뒤따르겠네."

김일도는 소대를 인솔하고 출발했다.

적들은 시가지 곳곳에 숨어 있었다. 부령은 크지 않은 도시로 수백 채의 민가가 있었다. 시가전이었다. 일도의 소대는 분대별로 나누어 마을의 한 쪽 귀퉁이부터 집집을 샅샅이 뒤지며 들어갔다. 중앙의 2분대에서부터 총성이 터지기 시작했다. 곧 이어 좌우의 1분대, 3분대에서도 총성이 터졌다. 적의 기관총소리도 간단없이 들려왔다.

일도는 분대 사이를 오가며 작전을 지시했다. 적과 아군은 숨바꼭질하며 전투를 계속했다. 산개한 적들과 마주쳐 가면서 적의 본거지가 어디인지 탐색했다. 거리에서 마주친 적병들은 외곽으로 멀리 도망가거나 한 곳으로 모여들었다.

적들의 거점은 학교였다. 적들은 학교에 모여 최후의 결전을 각오한 듯 저항하고 있었다. 일도의 소대원들은 학교에 접근하고자 했으나 적의 완강한 저항으로 쉽게 다가갈 수가 없었다.

일도는 돌격조를 만들어 교실로 진입하여 육박전으로 적을 제압하기로 했다. 소대원 전원이 학교 정면을 중심으로 포위 형태를 갖추고 집중포화를 퍼붓는 동안 일도는 돌격조를 이끌고 학교 뒤로 돌았다.

뒷담에 착 붙은 일도를 포함한 5명의 돌격조는 소리 없이 뒷담을 넘었다. 학교의 교실은 다섯 개였다. 가운데 교실에 적의 기관총이 있었다. 일도는 맨 왼쪽 교실부터 공격하기로 했다.

일도와 돌격조가 복도로 숨어들어가는 순간 적의 보초병에게 들키고 말았다. 보초병은 어린 소년병으로 너무 놀라 입만 벌리고 서 있다가 돌격조의 총에 맞고 쓰러졌다.

그 순간에 일도는 유리창을 하나 깨고 후다닥 교실 안으로 넘어 들어갔다. 교실 안에 있던 적들이나 교실 밖에 있던 돌격조는 김일도의 이 돌출 행동에 똑같이 놀랐다.

교실에서 운동장 쪽만 보며 총을 쏘던 인민군 칠팔 명이 뒤돌아보는 순간, 그들 등 뒤까지 날아간 일도가 두 손에 든 대검으로 두 명의 목을 그었다. 나머지가 총구를 김일도에게 향하는 순간 일도의 칼이 또 한 명의 가슴을 찔렀다. 이럴 때는 수류탄이나 총보다 칼이 더 빠르고 정확하다.

돌격조도 교실 안으로 뛰어들어 왔으나 총을 쏠 시간도 거리도 되지 않았다. 일도가 소리쳤다.

"다 비켜!"

소대장의 명령에 돌격조가 주춤하는 사이에 일도는 한 쪽 벽을 박차고 오르며 문으로 도망치려는 적의 등에 칼을 박았다. 일도는 다시 우두커니 서 있는 적군 한 명의 목에 칼을 꽂았다. 적은 이제 두 명 남았고, 소대원들은 소대장의 전광석화 같은 활약에 넋을 잃고 쳐다보고만 있었다.

일도는 적 한 명의 무릎 아래로 굽히고 들어가며 아랫배에 칼을 쑤셔 넣었다. 완전히 겁에 질린 마지막 적병은 총을 집어던지고 무릎을 꿇었다. 일도의 오른발이 무릎 꿇은 적의 왼쪽 어깨를 밟고 올라섰다가 내려서며 오른손에 든 그의 대검이 적의 척추 한 가운데를 찍었다.

교실에 있던 적 일곱 명은 김일도 한 사람에 의해 눈 깜짝할 사이에 전원 사망하였다. 일도의 부하 중 한 명이 머리끝부터 발끝까지 피를 뒤집어쓰고 두 눈만 파랗게 빛나는 자기 소대장의 모습에 무서워 벌벌 떨고 있었다.

일도는 교실을 나와 복도를 낮게 걸어 살며시 옆 교실을 들여다보았다. 문을 드르륵 열고는 똑같은 솜씨로 적을 해치우기 시작했다. 이번에는 돌격조가 적 두 명을 해치운 것만 달랐다.

세 번째 교실로 접근했다. 이 방은 기관총이 있는 방이다. 적의 병력이 더 많을 수도 있었다. 그러나 일도는 그런 것 따지지 않았다. 다짜고짜로 문을 발로 걷어차고 들어가서는 대검을 휘두르기 시작했다.

교실 안의 적병이나 돌격조의 눈에는 교실 끝에서 끝까지 번쩍거리며 날아다니는 일도의 대검 두 개만 보였다. 그 사이에 적은 쓰러지고 돌격조는 칼빛을 따라 이리저리 몰려다니며 소대장을 돕겠다고 어설프게 움직일 뿐이었다.

그것은 싸움이 아니었다. 춤이었고 의식儀式이었다. 두 손에 칼을 하나씩 들고 추는 쌍검무雙劍舞였다. 오른손에 잡은 칼은 칼끝이 위로, 왼손에 잡은 칼은 칼끝이 아래로 향해 있었으며 순간순간 위치가 바뀌기도 하였다.

동작은 간결하고 절도가 있었다. 불꽃처럼 솟아오르다가 물 흐르듯 부드러워졌다. 힘이 모아진 칼날과 칼끝에는 생사를 가르는 분노가 맺혀 있었다.

소대원들이 나머지 두 개의 교실에 있던 적을 완전히 섬멸한 것도 이때였다. 부령의 시가전은 그렇게 끝났다. 중대장은 학교로 들어와 교실마다 피바다 위에 쓰러져 있는 수많은 인민군의 시체를 보고 놀랐고, 그것이 모두 김일도 소위 한 사람이 저지른 일이라는 사실에 다시 한 번 놀랐다.

11월 30일이었다. 회령을 향한 마지막 전진을 위해 인원과 장비를 최종 점검하고 있던 백골부대에 청천벽력과도 같은 명령이 떨어졌다. 철수명령이었다. 두만강까지 이틀도 채 안 남았는데, 여기서 철수라니. 전 장병은 어안이 벙벙하고 기가 막혔다.

수십만의 중공군이 개입했고, 평양-원산선이 이미 잘렸다는 것이다. 그런 사실도 모르고 백골부대는 한 달 이상을 더 북진하여 함경북도 끝까지 진격하여 두만강물을 마실 꿈에 부풀어 있었던 것이다.

그렇게 힘든 길을 악을 써가며, 죽음을 무릅쓰고 싸워가며, 오직 통일을 위해, 두만강을 바라보는 감격을 위해 죽을둥 살둥 달려왔는데 이렇게 맥없이 철수라니. 지친 몸은 더욱 지치고, 추위는 더욱 춥게 느껴졌다.

일각도 지체 없이 곧바로 철수가 시작되었다. 왔던 길을 되짚어 가며, 무릎까지 빠지는 눈길을 걸으며 철수했다. 이렇게 먼 길을 어떻게 그리 빨리 달려 왔는지 상상이 가지 않았으며, 이렇게 허둥대며 퇴각할 것이면 왜 그렇게 깊이 북진해야 했는지 이해되지도 않았다.

그러나 군인에게는 이유가 없었다. 전진하라면 발에 불이 나게 달려 나가야 하며, 퇴각하라면 걸음아 날 살려야 하고 잽싸게 후퇴해야 한다. 김일도의 부대는 추위와 좌절 속에서 남쪽을 향해 황급히 내려가야만 했다.

일도는 청진을 지나며 이것이 청진과는 영원한 이별이 될 것 같은 예감이 들었다. 소대를 이끌며 말없이 걷는 그의 가슴에는 부모도 고향도 모두 영원히 잃어버린 것 같은 공허감만이 가득했다.

퇴각명령을 받은 유엔군은 차량으로, 국군은 도보로 철수하였다. 성진과 흥남에 집결하여 미군 함정으로 철수하기로 되어 있었다. 일도의 부대는 별 사고 없이 퇴각하여 12월 7일 성진에서 미군 LST에 올라탔다.

LST 안에서 일도는 불과 반년 사이에 자신이 겪었던 시간들을 돌이켜 보았다. 전쟁이 터지고 이어 피난으로, 그리고 군인이 되어 대한민국 끝에서 끝까지 왔다 갔다 하던 시간들이 주마등처럼 스쳐갔다.

도대체 현실의 일 같지가 않았다. 이런 일이 어떻게 일어날 수 있는지 예상도 상상도 할 수 없었던 일이다. 그러나 전쟁은 현실이었고, 죽이고 죽는 것은 엄연한 진실이었다.

일도는 이번 북진 전투 중에 자신의 행동이 다른 장병보다 훨씬 잔혹하고 극단적이었음을 알고 있었다. 다른 말로 하면 대단히 용감했다. 왜 그랬을까, 무엇 때문에 그랬을까.

부모를 잃고, 고향을 잃고, 가족과 헤어져야 했고, 전우가 죽어간다는 사실에 분노했던 것은 분명했다. 더 멀리는 뵌 적도 없는 외할아버님 때문에 울분이 터진 것도 분명했다. 그렇지만 분노만이 자신의 살인마 같은 행동의 동기였다고 말하기는 어려웠다. 자신의 행동 뒤에는 분노 말고도 무엇인가 또 있었다.

자학이었나. 그랬을 수도 있었다. 이판사판 될 대로 되라는 자포자기의 심정이 자학에 이르고, 그것이 그런 극단적 행동으로 나타났을 수도 있었다. 그러나 자학이란 자신을 학대하는 것이지, 남을 죽이는 것은 아니었다.

자신의 행동에 딱 들어맞는 단어가 떠오르지 않았다. 그러다가 자신의 행동 밑바닥에 쾌감이라는 것이 도사리고 있었던 것은 아니었을까 하는 의문이 들었다. 분노와 자학의 살인행위 뒤에는 쾌감도 있었던 것 같았다.

"쾌감이라니, 그건 아니야. 절대로 아니야!"

LST 엔진의 굉음 속에서 일도의 자아 논쟁은 계속되었다. 분노도 아니고 자학도 아니고 쾌감도 아니라면 내 행동의 동기와 근원은 무엇이었단 말인가.

용맹을 과시하기 위한 만용과 남들보다 잘 한다는 우월감 내지는 영웅 심리의 발로였던가. 그것도 아니었다. 자신의 성격은 만용이나 우월감과는 어울리지 않기 때문에 그것도 아니었다. 일도는 생각의 갈피를 잡을 수가 없었다.

마침내 내가 살기 위해 어쩔 수 없이 적을 죽여야 했다는 생존의 논리를 내세웠다. 자기 보호를 위해 적을 죽여야 했다고 강변하고 싶었다. 그러나 생존의 논리만으로는 그렇게 많은 사람을 앞장서서 무참하게 죽인 사실에 대해 충분한 해명이 되지 않았다.

마지막으로 군인의 논리를 내세웠다. 전쟁터에서는 말이나 논리가 필요 없다. 군인이기 때문에 명령에 따를 뿐이다. 왜가 어디 있으며, 다른 이유가 무엇이 있다는 말인가. 그러나 군인의 논리도 아니었다. 지금까지 자신이 알고 있던 김일도는 아무리 군인이라 해도 그런 잔인한 짓을 할 인간이 아니었기 때문이었다.

이런 저런 이유를 내세워 보았으나 어느 하나도 합당한 이유가 아닌 것 같기도 했고, 한편으로는 그 여러 가지 이유가 복합적으로 작용했던 것 같기도 했다.

"내가 나를 모르니, 나는 무엇이란 말인가."

고막이 터질 것 같은 LST의 굉음 속에서 오래 생각을 할 수도 없었고, 생각해 보아야 뚜렷한 결론이 나올 것도 아니었다. 일도는 생각을 접기로 했다. 이곳은 철학이나 도덕이나 법이 필요 없는 전쟁터일 뿐이었다.

"그래, 지금 인간 김일도는 없고 군인 김일도만 있을 뿐이야. 그리고 군인 김일도는 인간 김일도를 몹시 그리워하고 있다는 것은 확실해."

김일도는 LST의 굉음을 자장가 삼아 잠을 청했다.

LST가 부산에 도착한 것은 12월 11일이었다.

19

부산으로 철수한 18연대는 12월 13일부터 다시 동부전선에 투입되었다. 이때부터 18연대는 수도사단에서 3사단으로 소속이 바뀌었다. 3사단은 강원도 산악지대에서 수도 없는 전투를 치렀다.

김일도는 무슨 전투를 언제 어디에서 어떻게 치렀는지 기억조차 하기 힘들었다. 숨이 턱에 차고 입에서 단내가 풀풀 나고 발목이 꺾어지도록 험준한 강원도의 산을 오르내렸다. 수 없이 많은 부하가 죽어가는 것을 보았고, 그보다 더 많은 적을 죽였다.

육체의 한계를 훨씬 넘어선 견딜 수 없는 고통의 나날이었다. 절벽 아래로 떨어져 죽고 싶은 때가 한두 번이 아니었고, 낙엽 속에 파묻혀 다시는 일어나고 싶지 않은 때가 한두 번이 아니었다. '총알아, 내 몸을 뚫고 가라!', '포탄아, 내 몸에 박혀라!' 하고 울부짖던 때도 헤아릴 수 없었다.

얼어서 덩어리가 된 쉰내 나는 주먹밥을 이빨로 갉아 먹었고, 꽁꽁 언 고등어국의 비린내 나는 고등어 토막을 칼로 파내가며 먹었다. 쪼그리고 앉은 채 위아래 이빨들이 덜덜덜덜 부딪치는 소리를 들으며 떨면서 잤고, 자고 있는 것인지 깨어있는 것인지 알 수 없는 때도 많았다. 총소리와 포탄소리에 정신은 멍멍하고 추위에 온몸이 얼어 살았는지 죽었는지조차 구분할 수 없을 때도 있었다.

아군의 오폭탄이 날아오면 포대와 상관을 향해 욕을 퍼부었고, 아군끼리 오인 사격을 하기도 했다. 아끼던 부하가 피를 펑펑 쏟으며 소대장의 어깨를 살이 파이도록 움켜쥐며 살려달라고 핏발 선 눈으로 입만 벙긋거릴 때의 처절함은 어찌 해야 했으며, 바로 옆에서 어린 병사가 찢어지는 비명으로 '엄마! 엄마!' 부르며 죽어갈 때의 비통함은 어찌해야 할지 몰랐다. 그러나 전투 중에는 그 어떤 순간에도 김일도는 눈물 한 방울 떨어뜨릴 여유조차 없었다. 나머지 부하들을 살려야 했기 때문이었다.

흙속에 파묻혀 얼어붙은 적병의 시체에서 손만 삐죽이 나와 있는 것을 발로 밟아 뭉개버리기도 했고, 도망가지 못 하게 발에 쇠사슬이 묶인 채 기관총 탄띠를 안고 죽은 인민군 소년병의 시체에 저주의 욕설을 퍼붓기도 했다.

김일도 소위는 싸우고 또 싸웠다. 전투에서는 언제나 앞장서서 돌격했다. 그러나 항상 총알은 그를 피해 다녔다. 1미터도 안 되는 거리 뒤에 있던 부하가 가슴을 관통당하고 머리에 총알을 맞아도 그는 부상 한 번 안 당하고 싸웠다. 부하들은 그를 불사신이라고 불렀다. 그러나 전투라는 것, 죽고 산다는 것은 그에게 아무 의미가 없었다. 그저 하루하루 그렇게 싸우며 목숨을 이어갔다.

1951년 1월에 그렇게 싸웠고, 2월에도 그렇게 싸웠고, 서울이 재수복된 3월에도 그렇게 싸웠다. 4월 새봄이 되어 노란 개나리가 산을 밝히고 진달래가 붉게 타올라도 김일도는 싸웠다. 5월이 되어 새잎들이 싱그럽게 솟아나고 딱따구리가 나무 쪼는 소리가 요란해도, 강원도 산악지대에서의 전투는 그칠 줄 몰랐다.

5월 중순에 중공군의 춘계 대공세에 밀려 일도의 부대는 인제에서 철수명령을 받았다. 이른바 현리 철수였다. 사방에서 적이 달려드는 것 같은 착각 속에 정신없이 후퇴했다. 이렇게 경황없는 후퇴는 처음이었다.

겨우 소대를 추슬러가며 길을 잃고 헤매고 있었다. 어스름 저녁에 계곡에서 부상을 당해 사경을 헤매는 미군 장교 하나를 발견하고 그를 도와주던 일도는 그만 대오에서 이탈하고 말았다.

미군 장교를 부축해가며 철수했으나 고통을 이기지 못한 미군 장교는 일도가 잠시 눈을 뗀 사이에 권총으로 머리를 쏘아 자결했다. 일도도 중공군에 포로로 잡혔다가 이틀 만에 구사일생으로 탈출하여 1주일을 산속에서 헤매다가 간신히 본대에 합류할 수 있었다.

후퇴나 포로로 잡힌 것이나 탈출이나 모두 현실이 아니었다. 끔찍한 악몽이었다. 그러나 악몽에도 끝은 있었다. 18연대는 천신만고 끝에 간신히 사지를 벗어나 강릉까지 물러날 수 있었다. 강릉에서 부대를 재편성하고 정신을 수습한 18연대는 5월말에는 다시 간성까지 진출했다.

간성에 진출한 이후 18연대는 석 달 가까이 동해안 일대를 순회하며 정비와 교육으로 전투가 없는 나날들을 보냈다. 개전 이래 처음 죽음의 공포에서 벗어난 시간이었다. 김일도는 삶과 죽음에는 분명한 격차가 있고, 삶이 죽음보다 더 강하고, 삶을 위해서라면 어떤 일이라도 해야 한다는 것을 분명하게 깨달았다.

7월 1일에 김일도는 중위로 진급하였다. 참으로 다사다난했던 소위 시절이었다. 중위 계급장을 단 김일도는 지난 1년간의 시간을 회상해 보았다. 자신이 겪었던 일이라고 도저히 믿기 어려운 시간들이었다.

중위가 된 김일도는 그날 밤 별이 가득한 하늘을 바라보며 먼저 간 전우들에게 경례를 올렸다.

20

중공군은 이미 지난 10월 중순부터 압록강을 건너와 평안북도 산중 곳곳에 숨어 있었다. 이때부터 각 전선에서 전투가 산발적으로 벌어졌고, 이러한 사실은 속속 군 수뇌부에 보고되었다.

그러나 국군과 유엔군 수뇌부는 중공군의 개입 사실을 은폐 또는 무시했고, 각 부대의 북진을 방조 내지 조장했다. 소련군이 참전하지 않을 것은 확실하므로, 중공군이 개입하거나 말거나 한만 국경까지 밀고 올라가 단숨에 북진 통일을 이루자는 의도가 있었기 때문이었다.

공산군 측에서 유엔군 측의 그러한 속셈을 모를 리가 없었다. 막대한 희생을 치러가며, 전쟁을 시작하고 지원한 보람도 없이, 본전도 못 찾고 한반도 전체를 내줄 수는 없는 일이었다.

중공군은 병력을 무제한 동원해서라도 다시 한 번 밀고 내려가 이번에는 완전히 한반도를 장악하든지, 아니면 최소한 38선까지는 확보해야 했다.

중공군은 극도로 노출을 경계하며 북한 지역으로 잠입해 들어가 남진을 계속했다. 밤에만 은밀하게 움직였으며, 취사를 위한 불을 절대로 피우지 않았고, 행군한 흔적을 전혀 남기지 않았다.

중공군의 전략은 미군기의 정찰에 들키지 않도록 철저히 숨어 있다가 국군과 유엔군을 깊숙이 끌어들인 다음, 숫자로 밀어붙여 일거에 궤멸시킨다는 것이었다.

10월 25일, 중공군은 일부 전선에서 국군의 진격을 가로막고 공격을 가해왔다. 중공군의 개입이 공식화 되고, 제 1차 공세가 시작된 것이다. 중공군의 개입을 의문시하던 국군과 유엔군은 충격에 쌓였으나, 아직 전 전선에 걸친 전면전은 아니었다.

바로 다음날인 10월 26일에 국군 6사단은 국군 최초로 압록강에 도달했다. 6사단 사단장은 부상당한 몸으로 압록강변의 초산에 도달해 압록강물을 수통에 담는 감격을 맛보았다.

국군과 유엔군은 압록강과 두만강을 20～50킬로미터 정도 남겨놓은 지점까지 북으로 진격해 있었다. 11월 21일에는 미 7사단 17연대가 유엔군 최초로 압록강변의 혜산진에 도달하여 강 건너 중국땅 만주를 바라보았다. 이때까지도 군 수뇌부는 어렵더라도 전군이 한만 국경까지 도달하여 한반도 통일이 가능하리라는 희망을 버리지 않았다.

11월 말에 중공군은 2차 공세를 전개했다. 이때에 이르러 압록강을 넘은 중공군은 60만 대군에 이르렀고, 중공군의 개입은 더이상 감추거나 묵살할 수 없는 명백한 현실이 되었다. 각 전선에서 연속적으로 전투가 벌어지고, 아군의 패배가 속출하였다.

전세를 승기로 몰고 가 압록강 두만강까지 가기에는 이미 전반적

전황이 불리했고, 예측 못한 중공군 대군의 등장에 전방 지휘관들도 크게 당황하고 있었다. 전선에서는 다급한 보고가 수없이 올라왔다.

이대로 북진을 강행하다가는 각 전선에서 파국이 올 가능성이 컸다. 더 이상 무리수를 둘 단계가 아니었다. 사태를 직시한 유엔군 사령부는 마침내, 정말 내리고 싶지 않은 명령, 북진중인 전 군단에게 철수명령이라는 최후의 명령을 내릴 수밖에 없었다.

국군과 유엔군의 철수는 너무 급격이 이루어져 피해가 속출했다. 중공군의 공세는 거셌고, 아군의 대비는 미비했기 때문이었다. 이번 철수는 6, 7월 전쟁 초기의 후퇴보다 더 비참했다. 날씨는 추웠고, 수십만에 달하는 중공군 사이에 고립될 위험은 컸기 때문이었다.

지연전이 필요 없으므로 가능한 한 빨리 철수하는 것이 상책이었다. 그러나 이미 북한 지역 깊숙이 들어가 있던 유엔군과 국군의 각 개별 부대는 미처 철수하기 전에 중공군의 포위 공격을 받아 파멸적인 결과를 가져왔다.

18연대 백골부대에서는 6중대가 실종되었다. 부령 북쪽으로 깊숙이 들어가 있던 6중대는 철수명령을 못 받고 장소도 불분명한 곳에 고립되어 헤매고 있었다. 중공군에 포위되어 결사 항전하던 끝에 중대장은 두 다리를 잃고 끝내 자결하였고, 2개 소대는 중대장과 함께 전원 옥쇄하였다. 나머지 1개 소대도 포로로 잡혔다가 전원 공개 처형되었다.

국군 1사단은 수풍 방면으로 진격하다가 운산에서 중공군에게 포위되었다. 사단 전체가 완전히 소멸될 위기에 놓였으나 미군 포대가 1만 3천 발을 밤새도록 쏘며 엄호하여 가까스로 탈출할 수 있었다.

그러나 1사단을 엄호하기 위해 나섰던 미군 제 8기병연대가 미처 빠져나오지 못하고 계곡에 포위되고 말았다. 8기병연대는 처참한 패배를 받아들여야 했다. 제 3대대는 8백여 명 중 6백여 명이 전사 또는 실종되었다. 이 전투를 '운산의 비극'이라 불렀다.

압록강변 초산까지 도달했던 국군 6사단 7연대는 중공군에게 포위되어 고립되었고, 2연대는 온정까지 진출했으나 역시 중공군에 길이 막혀 후퇴도 할 수 없는 막판에 몰렸다. 두 연대는 산중에 고립되어 애타게 공수 지원만 요청하다가 가까스로 청천강 부근까지 철수할 수 있었다.

덕천의 7사단과 영원의 8사단은 중공군에 포위된 끝에 각개 격파되어 하루 만에 전투부대로서의 기능을 잃어버리고 붕괴되어 버렸다.

미 2사단은 철수 도중에 양쪽이 산으로 막힌 계곡의 외길에서 매복중인 중공군에 걸려들었다. 적의 기습에 차량이 부서지고 사람이 밀려 좁은 계곡길에서 뒤엉켜 버렸다. 미처 매복에서 빠져 나가지 못 하는 사이에 반나절 동안 3천여 명의 사상자를 내는 참사를 당하였다.

부근의 영국군은 이 참사를 뻔히 보면서도 워낙 지형이 불리하여 전혀 도와줄 수가 없었다. 이 참사를 한국전쟁 최대의 패배라고 했으며, 미군은 이 패배를 '인디언 태형笞刑'이라고 불렀다. 인디언 태형이란 죄를 지은 사람이 사람들이 두 줄로 선 가운데를 지나가며 매를 맞는 형벌이다.

중부전선의 미 해병 1사단과 미 육군 7사단 31연대는 개마고원의 장진호 부근 협곡에서 열 배가 넘는 중공군 7개 사단 12만 명의 9집단에게 포위되었다. 한때 전멸될 위기에 처했으나 포병과 공군의 지원 아래 20일 가까이 중공군의 진격을 저지하며 40킬로미터의 철수작전을 전개했다.

영하 30° 가까운 혹한 속에서 전개된 미 해병 1사단의 이 지연 철수작전은 미 해병대 역사상 '가장 고전했던 전투'로 불렸다. 미군은 393명의 전사자와 2,621명의 부상자를 냈다. 중공군 9집단은 이 전투에서 4만 5천여 명의 사상자를 내며 결정적 타격을 입어 재기불능 상태가 되고 말았다.

미 해병 1사단의 지연 철수작전으로 흥남에서의 해상 철수가 가능했다. 12월 초부터 12월 24일까지 2백여 척의 각종 선박으로 군인 9만 명, 민간인 10만 명이 흥남부두에서 부산과 거제도 등으로 피난했다.

북한 주민들은 모든 것을 포기하고 보따리 몇 개만 움켜쥐고 흥남부두에서 필사적으로 피난선에 올라탔다. 크리스마스 이브인 12월 24일, 유엔군은 막대한 양의 폭약과 군수물자와 함께 흥남부두를 폭파시켰다.

미군은 처음에는 불순분자가 숨어들 가능성이 있고, 시간이 촉박하다 하여 민간인의 승선을 거부했다. 그러자 국군 지휘관들이 군인들이 걸어서 철수할 테니 피난민들을 태우라고 미군에게 강력하게 요구하여 민간인의 승선을 허락받았다. 미 민간선박 승무원들의 인도주의적 후의도 탈출에 큰 도움이 되었다.

12월에 들어서서 동부전선의 군인과 민간인이 동해안에서 해상 철수하는 동안, 중부와 서부전선의 군인과 민간인들은 육로로 철수했다.

국군 제 1사단은 12월 5일에 평양에서 철수했고, 미 지상군들도 철수 대열에 합류했다. 미군은 평양 철수 전에 산더미 같은 군수품을 불태워 버리고, 한 번도 사용하지 않은 신형 탱크를 파괴하고, 적의 추격을 늦추기 위해 대동강 부교도 폭파했다.

국군과 유엔군은 황망하게 후퇴하고, 중공군은 곧 바로 따라 내려와 38선에서 다시 전선이 형성되었다. 정보 부족과 상황 오판과 무모한 과욕으로 북진을 강행하다가 당한 결과로는 너무나 뼈아프고 손실이 큰 패배였다. 이때 미군이 한국을 포기하고 일본으로 철수한다는 소문까지 떠돌았다.

중공군은 12월 31일에 제 3차 대공세를 펼쳤다. 가까스로 유지하고 있던 38선의 국군과 유엔군의 전 전선이 중공군의 인해전술에 모조리 격파 당했다. 국군 1사단은 1951년 1월 1일 서울 북쪽 북한산 기슭까지 패주하여 새해를 맞이했고, 1월 2일에는 서울에서 퇴각했다.

대부분의 서울 시민들이 추위와 공포 속에서 황급히 피난길에 올라 얼어붙은 한강을 건넜다. 이때 피난민들이 겪은 심리적 불안은 가히 공황 상태였다. 서울은 다시 비게 되었고, 피난민들 중에는 수많은 사상자와 이산가족이 생겨났다. 사람들은 이 피난을 1·4후퇴라 불렀다.

국군과 유엔군은 멀찌감치 37°선 즉, 평택-안성-장호원-제천-삼척선까지 후퇴했다. 여기에서 반격을 준비하자는 것이었다. 1월 10일 중공군의 3차 공세는 멈추었다. 이때는 중공군도 병력의 절반 가까이 인명 손실이 있었으며 보급도 원활하지 못한 상태였다.

중공군의 공세가 멈추자, 유엔군은 1월 15일부터 조심스러운 반격을 시작했다. 중공군은 크게 저항하지 못 하였다. 자신감을 얻은 유엔군은 1월 25일에 총공격을 개시했다. 그러나 지난 가을의 북진 때처럼 마구 밀고 올라가지 않았다. 전 전선이 나란히 한 걸음씩 착실하게 전진하는 방식이었다. 진군 속도는 느렸으나 꾸준히 북상하고 있었다.

중공군은 2월 11일에 제 4차 공세를 단행했다. 평지인 서부전선보다 산악지대가 많은 중부전선이 유리하다고 판단하고 기습적이고 과감한 공격을 퍼부었다. 적의 공격을 미처 예상하지 못했던 국군과 유엔군은 또 다시 그야말로 비참한 패배를 당했다.

횡성 서북쪽에서 국군 8사단은 중공군 4개 사단에 포위되어 장교 3백여 명, 사병 7천여 명의 사상자를 내며 소멸되었다. 국군 5사단과 3사단도 각 3천여 명이라는 막대한 사상자를 내며 참담하게 무너졌다.

횡성에서 승리한 중공군은 지평리의 미 2사단 23연대와 프랑스군 1개 대대를 포위하고 섬멸하려 했으나 닷새에 걸친 미군과 프랑스군의 결사저항으로 실패했다. 오히려 이 전투를 계기로 전세는 유엔군 측이 유리하게 역전되었다.

중공군의 4차 공세를 저지한 유엔군은 2월 21일부터 반격을 개시했다. 유엔군의 모든 병력은 거의 일자 형태를 유지하며 서서히 북진했다. 3월 초에는 미군이 한강 상류에서 강을 건너 북진했다.

3월 14일에 적군이 서울에서 철수했고 3월 15일 아침에 1사단은 서울에 들어왔다. 이후 서울은 다시 적에게 빼앗기지 않았다. 서울은 1950년 6월 28일부터 9·28 수복까지 인민군에게, 또 1951년 1·4 후퇴부터 3월 15일 재수복까지 중공군에게, 두 차례 적군의 점령하에 있었던 것이다.

공산군의 점령 기간 동안에 미군의 폭격으로 서울은 거의 파괴되었다. 한때 150만 명에 이르던 서울의 인구는 재수복 당시에는 약 20만 명에 불과했으며 대부분 노인과 어린이, 병약자들뿐이었다.

서울을 탈환한 유엔군은 계속 북진했다. 3월 27에는 다시 38선에서 전선이 형성되었다. 이 무렵에 한국 대통령과 유엔군 총사령관은 북진을 강력히 주장했고, 미국 정부와 유엔 참전국들은 38선 이남의 적을 격퇴하고 북진은 제한한다는, 각기 양보할 수 없는 입장 차이를 보였다.

4월 11일, 일본 패망 후 일본 점령군 총사령관을 지내고, 인천 상륙작전을 성공시키고, 만주까지 공격해야 한다고 주장하고, 한국 대통령과 각별하게 친밀했던 유엔군 총사령관이 전격 해임되었다.

미국 정부와 참전 유엔 국가들은 38선에서 전선을 유보한다는 원칙에 합의가 있었으며, 이 전쟁은 제한전쟁이라는 독특한 형태의 전쟁이 되어버린 것이다. 따라서 대한민국 정부가 부르짖던 북진통일은 실현 가능성이 없는 공허한 주장이 되고 말았다.

한국 정부는 전쟁 초반에는 국민을 기만하면서까지 경황없이 물러만 가더니, 국군 장병들이 사력을 다해 싸워 어느 정도 승산이 보이자 이제는 공격을 외치며 강한 정부, 강한 국가라는 것을 보여주기 위해 분발하고 있었다.

4월 22일에 25만 병력이 동원된 중공군의 5차 공세가 시작되었다. 장소는 중부전선이었다. 이번에도 어김없이 인원과 장비가 취약한 국군을 목표로 삼았다. 중부전선의 6사단이 한 순간에 격파되어 무너졌다.

영국군도 공격을 받았다. 문산 동쪽의 파주 적성면 설마리의 한 고지에 60시간 동안 고립되어 있던 29여단 글로스터셔 연대 제 1 대대는 652명의 장병 중 59명 전사, 526명이 포로가 되고 67명만 이 생환하는 참담한 패배를 당했다.

4월 24일, 또 다시 서울을 노린 중공군 3개 사단이 임진강을 건너 남하했다. 국군 1사단, 미 3사단, 미 25사단, 미 24사단이 차례로 환상형의 방어선을 이루며 서울 외곽의 수색-북한산-퇴계원 -와부 선에서 적의 공세를 차단하여 수도를 사수했다.

5월 16일, 중공군의 6차 공세가 전개되었다. 중공군은 이번에는 중부전선과 동부전선을 동시에 노렸다. 중공군의 기습에 곳곳에 산재해 있던 국군과 유엔군의 각 전선은 한 순간에 붕괴되었다.

적의 기습에 당황하고 연속적인 패배로 전의를 상실한 국군과 유엔군은 각기 서둘러 남쪽으로 후퇴했다. 철수하는 아군과 공격해 오는 중공군이 엉켜 피아의 앞뒤가 서로 꼬리를 무는 혼전이 벌어 졌다. 본대에서 떨어진 무수한 낙오병들이 길을 메웠고, 부상병들 은 길가에 방치되기 일쑤였다.

5월 18일에는 중부전선의 미 2사단이 고립되었다. 미 2사단을 구출하기 위해 하루 동안에 4만 발 이상의 포격과 165회의 항공기 출격으로 근접 집중 공격을 가함으로 미 2사단은 가까스로 파멸을 모면했다.

4월과 5월의 5차, 6차 공세를 춘계 공세라 부른다. 이 무렵에 중공군의 규모는 최대 90만 명 선에 이른 것으로 추정되었다. 두 차례의 춘계 공세에서 아군은 큰 타격을 입었으나, 더 큰 타격을 입은 중공군은 이후 대규모 공세 작전을 전개하지 못 했다.

1951년 6월의 전선은 전쟁 전보다 조금 위로 올라가 38선 북방에 서에서 동으로 비스듬히 올라간 형태로 형성되었다. 임진강에서 철원, 금화를 거쳐 동해안의 거진으로 이어졌다. 이후 전선은 1년 전 전쟁 초반처럼 유동적이거나 혼란스럽지 않고, 거의 고착된 상태가 되었다.

개전 후 1년 사이에 공산군과 유엔군은 한 차례씩 서로 상대방 지역의 거의 끝까지 밀고가 한반도를 완전히 점령할 기회를 가졌었다. 그러나 결과적으로 양측 모두 원위치로 돌아갔던 것이다.

21

1951년 6월 23일, 소련에 의해 최초로 휴전회담이 제기되었다. 이후 본격적으로 휴전이 논의되기 시작하여 7월 10일에 개성에서 휴전을 위한 첫 회담이 열렸다. 휴전 회담 대표는 유엔군 측에서 미군 장성 4명과 한국군 장성 1명이었고, 공산군 측에서는 인민군 장성 3명과 중공군 장성 2명이었다.

미국을 비롯한 유엔 참전국들은 물론, 공산측도 휴전이 되기를 희망하고 있었다. 더 이상의 인명 살상과 장비 소모전은 감당하기도 힘들었고, 명분도 이미 무의미해졌기 때문이었다.

유엔군 측은 중공의 5억 인구와 800만 대군을 의식하지 않을 수 없었고, 공산군 측은 미국의 핵무기를 무시할 수 없었다. 그리고 누구도 세계대전으로의 확전은 원하지 않았다.

당시의 상황을 군사 전문가들은 이렇게 정리했다.

"공산측은 한반도에서 군사적 승리를 거둘 능력이 없었으며, 서방측은 승리할 의사가 없었다."

휴전 회담이 시작된 이래, 전투 형태는 대규모 전면전에서 국지전으로 바뀌었다. 전투는 일정한 지역 내에서 제한적으로 전개되었으며, 전략적으로 유리한 고지를 점령하기 위한 고지 쟁탈전이 되었다. 전투는 거의 국군의 몫이었고, 미군은 주로 포병대와 공군기를 지원했다. 중공군은 여전히 사람 숫자로 승부를 거는 전술이었다.

휴전회담이 지루하게 계속되는 가운데 남한과 북한의 당국자들은 휴전이 성립되기 전에 한 치의 땅이라도 더 차지하기 위해 전선의 장병들에게 무지막지한 사투를 강요하고 있었다.

그 틈바구니에서 대한민국과 북조선민주주의인민공화국과 중화인민공화국의 젊은 군인들은 머리는 깨지고 몸은 터지고 뼈는 부서지는 끝없는 소모전을 벌여야 했다.

22

휴전 회담이 시작된 지 4개월 후인 1951년 11월 중순에 김일도 중위는 몇몇 이북 출신 장교들과 함께 수도사단으로 차출되었다. 수도사단은 지리산 공비 토벌작전에 투입될 예정이었다. 김일도는 인민군을 상대로 싸웠다가, 중공군을 상대로 싸웠다가, 이번에는 공비를 상대로 싸우게 되었다.

지리산 공비는 후방에 산재해 있던 인민군 패잔병을 중심으로 잔여 공산 세력, 부근의 주민들로 구성되어 지리산을 중심으로 준동하고 있었다. 그들은 아직도 적화통일은 가능하다고 믿고 있었고, 자신들은 통일 대업에 밑거름이 될 것이라는 신념을 가지고 있었다.

지리산 공비들을 내버려 둘 경우, 후방이 교란되어 전선에 나쁜 영향을 미칠 수 있고, 이번을 계기로 남한 내의 공산 세력을 완전히 뿌리 뽑아야 한다는 것이 정부와 군의 의지고 결단이었다.

11월 말에 수도사단은 속초에서 해군 함정을 타고 여수로 수송되었다. 다시 육로로 북상하여 지리산 남쪽에 집결하였다. 지리산을 남북으로 갈라 북쪽은 8사단, 남쪽은 수도사단이 맡았다. 공비 토벌작전은 극비리에 진행되었다.

12월 2일에 토벌작전이 전격적으로 시작되었다. 산악지역에서의 토벌작전은 겨울에 실시해야 한다. 나뭇잎이 모두 떨어져야 시야가 확실히 확보되기 때문이다. 2개 사단 3만 명의 병력이 지리산을 포위하고 공비들을 정상으로 몰고 올라갔다.

산골에 은신처가 될 만한 집들은 모두 태워버리고 주민들은 산 아래로 소개시켰다. 그러나 말이 소개지, 실제에 있어서는 주민들의 삶의 터전을 송두리째 파괴하고, 소개된 주민들을 엄동설한에 광주 부근의 임시 수용소에 몰아넣는 강압적 행위였다.

토끼몰이식 포위망이 좁혀져 공비들이 산 정상에 밀집하자 공군 기들이 출격하여 기총소사와 폭격으로 공비들에게 마지막 타격을 가했다. 포위망을 벗어나 하산하는 공비들은 작전 지역 외곽의 길 목을 지키는 경비 연대와 경찰에게 격파되었다.

산 정상까지 오르는데 1주일, 정상에서 내려오며 토벌하는데 1 주일, 2주일에 걸친 제 1기 작전으로 지리산의 공비는 거의 소탕 되었다. 그 틈바구니에서 살아남은 공비 잔당들은 지리산 주변의 여 러 산에 흩어져 숨었다.

공비 잔당들을 완전히 소탕하는 데에는 2기, 3기 두 번의 작전이 더 필요했다. 1952년 1월말에 공비 토벌작전은 막을 내렸다. 사살 5,800명, 포로 5,700명이었다. 예상보다 많은 숫자였고 반 이상이 민간인이었다.

김일도는 이번 작전에서도 많은 전과를 올렸다. 선임 소대장으로 뛰어난 활약을 보였다. 강원도의 험준한 산악지대에서 아군보다 몇 배나 많은 중공군과 맞서 싸우며 갈고 닦은 솜씨가 있었기 때문이었다.

강원도의 급경사 산에 비하면 지리산은 크기는 하지만 완만한 언덕이었다. 오르고 내리는 것이 힘들지 않았다. 날씨도 겨울이라지만 강원도에 비하면 봄날이었다. 김일도는 발걸음도 경쾌하게 장엄한 겨울산을 누비며 공비 토벌에 앞장섰다.

토벌 작전을 시작한 지 3~4일 지난 후부터 김일도의 가슴에 미묘한 파문이 일고, 공비들의 정체성에 대한 의문이 생겼다. 분명히 공비들은 토벌할 대상이었으나 적은 아닌 것 같다는 생각이 문득문득 들었다. 적이라면 아무 생각 없이 죽이면 되는데, 공비들은 달랐다. 마치 배반한 아군을 처결하는 것 같은 서글픈 감상이 가슴에서 떠나지 않았다.

죽거나 생포된 공비들은 꼴부터가 말이 아니었다. 머리와 수염은 한결같이 더부룩이 얼굴을 덮고 있었고, 옷은 갈기갈기 찢어져 있었으며, 몸에서는 숨도 못 쉴 정도의 악취가 풍겼다. 여자도 적지 않았다.

그들은 중공군처럼 강제 동원되어 총알받이로 나온 사람들이 아니었다. 인민군 출신들은 포로가 되어 살 길을 택하지 않고 죽음을 택하고 저항했다. 민간인들은 공비에 포섭되어 자기 마을에 악행을 저지름으로 고향에 돌아갈 수 없어 싸웠다고 했다. 그러나 항복해 용서를 빌어 다른 곳에 가서 살려고 하지 않고 끝까지 싸운 민간인 공비들도 많았다.

1천만 장에 가까운 투항 권유 전단이 지리산을 하얗게 덮었으나 그들의 몸에서는 전단이 발견되지 않았다. 공비들은 죽거나 항복하기 전까지는 하나 같이 눈초리가 살아 있었고, 어떤 저항정신이 보였다.

왜 이들은 공비가 되었으며, 죽음이 눈앞에 닥친 순간까지 항복을 거부하고 싸우고자 했는가. 김일도는 그들의 의식 상태가 어떤 것인지 분명히 파악되지 않았다. 그들에 대해 더 알고 싶은 것이 있었고, 가능하면 살려서 설득하여 전향시키고 싶은 마음이 있었다.

군인은 개인의 생각이 있어서는 안 되며, 오로지 명령에 죽고 살아야 한다. 그러나 김일도는 이번 작전에서는 생각이 많았다. 공비라는 존재와 그들의 실체에 대해 의문을 가졌던 것이다.

공비들은 골수 빨갱이들이다. 빨갱이는 두 말할 것도 없는 적이다. 그런데도 공비에게 일말의 동정이 간다는 것은 스스로도 쉽게 이유를 설명할 수 없었다.

토벌 11일째 되는 날, 김일도의 소대는 산 중턱에서 포위망으로부터 탈출을 시도하는 공비들과 접전을 벌였다. 공비들은 토벌군의 적수가 되지 못 했다. 김일도의 별다른 지시 없이도 소대원들이 알아서 공비들을 토벌했다.

김일도는 토벌군의 총에 맞아 죽은 10여 명의 공비들을 살펴보고 있었다. 공비 남녀 한 쌍이 그때까지도 손을 꼭 잡고 있었다. 일도는 무심히 두 남녀를 들여다보았다. 다른 공비들과 마찬가지로 남루한 복장에 긴 머리, 지저분한 모습이었다.

그 순간 적막을 깨고 바싹 마른 지리산 계곡에 한 방의 총성이 메아리쳤다. 생존 공비가 소대장 김일도를 노리고 날린 원한 맺힌 한 방이었다. 총알은 왼쪽 허벅지에 박혔다. 소대원들이 일제히 기민하게 움직이는 것을 보며 김일도는 마른 풀밭에 몸을 뉘었다.

23

김일도는 여수 부근의 야전병원으로 후송되었다. 생명에는 지장이 없었으나 총알이 뼈를 스쳐 기브스를 하고 당분간 걸을 수가 없었다. 이번 입원은 대구에서의 입원 때와는 많이 달랐다. 그때는 죽고 사는 절박한 순간이었지만, 이번에는 침대에 누워 잠시 쉴 시간을 가질 수 있었다.

일도의 머릿속에는 오만가지 생각이 다 떠올랐다. 집, 가족, 전쟁, 국가, 인간, 삶, 죽음 등에 대해 스스로 질문과 답변을 하고, 사고를 정리하고, 고민을 해 보았다. 그러나 어느 것 하나 분명하게 말할 수가 없었고, 어느 것 하나 무시해 버릴 것도 없었다.

오공준 생각이 났다. 오늘도 피투성이 환자들을 돌보며 찔끔거리고 있을 그 친구라면 뭔가 좀 확실하게 아는 것이 있을 것 같았다. 일도는 공준이가 보고 싶었다. 담당 간호사에게 물었다.

"혹시 군의관 오공준 중위를 찾을 수 있을까요?"

간호사는 대답 대신 가벼운 미소를 보냈다.

나흘 후, 전혀 기대도 안 하고 예상도 못 했는데 오공준 중위가 활짝 웃으며 일도를 찾아왔다.

　"야, 일도야! 너 아직 안 죽었구나. 그런데 어쩐 일이냐, 네가 나를 다 찾고."

　"공준아!"

　일도는 오공준을 보는 순간 울컥 감정이 치올랐다. 공준이의 이름만 불러놓고 한참 동안 아무 말도 못 했다. 두 사람은 많은 이야기를 했다. 주로 일도가 그동안 싸웠던 이야기와 이번 공비 토벌 때 일어났던 마음의 파문에 대해 이야기했다. 그리고 인간의 본질에 대한 의문도 말했다.

　오공준은 김일도가 심각하게 이야기하는 동안에도 싱글벙글거리며 웃고 있었다. 일도가 죽지 않고 살아 이렇게 떠들 수 있다는 사실이 기쁜 모양이었다.

　"야, 난들 그런 걸 어떻게 알겠냐. 그리고 전쟁터에서 그런 거 생각하면 뭐하냐. 그저 너 살 궁리나 해라. 하여튼 내가 책 몇 권 보낼 테니 누워있는 동안 그 책들이나 좀 봐라."

　오공준은 바쁘다고 일어섰다. 다시 오겠다고 하며 일도의 아픈 다리를 툭툭 친 다음, 간호사에게 정중하게 인사를 하고 떠났다.

　며칠 후였다. 그 간호사가 책 두 권과 편지봉투 하나를 말없이 전해주었다. 일도는 공준이가 보낸 것이라는 것을 알면서도 물었다.

　"이게 뭐지요?"

　간호사는 대답은 하지 않고 살짝 웃으며 저쪽으로 가버렸다. 그 순간 일도는 가슴이 뭉클하며 저린 감동이 왔다. 왜 가슴이 뭉클하지? 이성으로부터 이상한 감정을 느낀 것은 그의 인생에서 이것이 처음이었다.

봉투 속에는 도저히 시간을 낼 수 없어 책만 보낸다는 것, 그 간호사가 많이 노력하여 나를 찾았으니까 너도 그 간호사에게 잘 하라는 것, 특히 몸조심하라는 오공준의 편지가 들어 있었다. 책은 <성경>과 <종의 기원>이었다.

두 권 모두 깨알 같은 글자로 적힌 두툼한 책들이었다. <성경>부터 짚어들었다. 두 페이지를 읽으니 졸음이 왔다. 책을 배 위에 엎어놓고 잤다. 한 시간쯤 자다 깬 일도는 이번에는 <종의 기원>을 펴들었다. 네 페이지쯤 읽으니 또 졸음이 왔다. 책을 엎어놓고 잤다.

책 두 권을 번갈아 가며 읽다가 자다가 하기를 반복했다. 보름쯤 후에 기브스를 풀었다. 수염이 지저분한 군의관이 허벅다리를 주물럭거려 보더니 아무 표정 없이 말했다.

"젊으니까 걸을 수 있을 거요."

그날부터 일도는 목발을 짚고 조심조심 걷기 시작했다. 일도의 하루 일과는 목발 짚은 걸음마와 독서였다. 걸음마 하는 일도의 곁을 그 간호사가 재미있다는 듯이 가볍게 웃으며 몇 번 지나갔다. 그때마다 일도는 얼굴이 뜨거워졌다.

그날도 일도는 목발을 짚고 병원 건물 앞을 어슬렁거리고 있었다. 간호사가 어디 외출했다가 돌아오는지 감색 평상복 코트를 입고 들어오다가 일도를 보았다. 목례를 까딱하고 웃으며 말을 건넸다.

"많이 좋아지셨네요."

일도는 숨이 멎는 줄 알았다. 대답도 못 하고 그 자리에 부동자세로 얼어붙었다. 그때 일도는 알았다. 이 세상에서 제일 무서운 것은 적이 아니라 여자라고.

걸음걸이가 많이 편해 진 어느 날, 일도는 침대에 걸터앉아 간호사가 오나 안 오나 두리번거리다가, 반쯤 읽은 두 권의 책에 대해 진지하게 중간 결론을 내렸다.

"<성경>이란, 믿는 자에게는 진리와 생명의 책이고, 믿지 않는 자에게는 의문투성이의 지루한 책이다. <종의 기원>이란, 모든 생물은 종자를 잘 알아야 한다는 책이다."

그날부터 일도는 사람을 보면 믿는 사람일까 안 믿는 사람일까, 또 어떤 종자일까 하는 호기심이 생겼다. 그러나 믿는 사람들은 대개 스스로 표를 내니 궁금할 것이 없고, 성경에서 하느님이 인간과 세상 만물을 모두 만드셨다고 했으니 하느님을 믿는 사람에게는 종자에 대해 궁금할 것도 없었다.

우리 부모님을 살해하고 큰누님에 흑심을 품었던 청진의 그 왜놈 앞잡이는 인두겁을 쓴 악마의 종자이고, 공준이를 만나게 해준 저 아름다운 간호사는 사람이 아니고 하느님이 보낸 천사임에 틀림없다고 단정을 내렸다.

모든 살아 있는 것들은 오랜 시간 진화를 거쳐 오늘의 형태가 되었다는 이론은 좀 더 깊이 알아보아야 할 것 같았다. 다른 것은 잘 모르겠지만, 지리산에서 만난 공비들은 인류라는 종자까지는 같은데, 이데올로기 형성 과정이 나와는 아주 다른 계통 같았다.

천사를 곁에 둔 일도는 많은 시간을 침대 위에 편안하게 누워 책 한 권을 가슴 위에 엎어놓고 지냈다. 지옥으로 떨어졌을 악마는 잊기로 하고, 천사와 함께 하늘을 나는 공상을 해 보았다. 전쟁 이후 처음으로 가져보는 망중한의 시간이었다. 더 거창하게 말하면

행복의 시간이었다.

그 망중한과 행복의 시간 속에서 하느님이 만든 인간과 자연이 만든 인간 사이를 오가며 김일도는 인간의 본성과 전쟁에 대해 이론적 마무리를 지어 보기로 했다.

"인간에게 가장 중요한 것은 생명이다. 생명보다 소중한 것은 없다. 선善과 악惡은 그 다음이다. 그리고 전쟁에서 최고의 선은 적의 생명을 빼앗는 것이고, 평상시에 최고의 선은 다른 사람의 생명을 구하는 일이다."

"인간이란, 생명이 가장 고귀하다고 하면서도, 전쟁에서는 서로 죽이고 죽고, 선악의 개념을 뒤집어 놓는다. 도대체 인간이란 얼마나 모순되고 불완전한 존재란 말인가."

"그래서 <성경>에서 인간은 죄인이라고 말하고 있고, <종의 기원>에서는 모든 살아있는 것은 진화한다고 말하고 있는가."

한 해의 마무리를 짓는 연말이 가까워 오고 있었다. 그가 병상에서 생각한 생명과 전쟁과 선악에 대한 이론들은 애매하기 짝이 없었고 결론도 없었다. 최종 결론은, 그의 이론과 상관없이, 위대한 두 권의 책과도 전혀 상관없이, 간단하게 두 가지로 요약되었다.

"첫째, 빨리 원대 복귀해서 저 악마다구리 같은 놈들을 모조리 몰아낼 것. 둘째, 저 천사 간호사에게 나의 진심을 꼭 전할 것."

24

김일도는 1952년 새해를 야전병원 침대 위에서 맞이했다. 퇴원을 얼마 남기지 않고 군 입대 이후 처음으로 휴가를 얻었다. 부상이란 반드시 나쁜 것만도 아니었다. 부상이 아니었으면 휴가란 꿈도 못 꿀 일이었기 때문이다. 실로 1년 반 만에 집에 가볼 수 있게 되었다. 그런데 마음이 마냥 기쁘지만은 않았다.

휴가 날짜가 되었다. 병원을 나서서 트럭을 타고, 기차를 타고 집을 향해 갔다. 날씨는 추웠고 마음도 싸늘했다. 이 참혹한 전쟁 중에 비록 다치기는 했지만, 그래도 살아서 돌아가는 집이다. 그런데 왜 이다지 마음이 시리단 말인가.

여수에서 서울까지는 하루 반을 가야하는 먼 길이었다. 덜컹거리며 달리는 느려터진 기차 안에서 일도는 창밖을 내다보고 있었다. 농촌에는 농사를 지은 흔적이 어설퍼 보였고, 도시들은 예외 없이 폭격에 무너져 있었다.

서울에 가까워질수록 가슴은 더욱 저려오고, 눈은 따끔거렸다.

'제발! 모두 무사하셔야 하는데!' 그런데 도무지 무사할 것 같지가 않았다. '아!' 불안한 탄식이 자꾸 입에서 새어나왔다.

용산역에 도착한 시각은 짧은 해가 서산으로 많이 기울어진 오후였다. 용산역 일대는 심하게 폭격을 맞았지만 기차는 근근이 운행되고 있었다. 역구내를 벗어나 집으로 향하는 방향은 다행히 폭격을 맞은 흔적이 훨씬 덜했다.

날씨는 추웠고, 마음도 싸늘했지만, 그래도 집으로 가는 길을 바라보며 서 있자니 가슴이 뜨거워지고 벅차올랐다. 양쪽 겨드랑이 밑에 목발을 하나씩 끼고, 손에 힘을 주고 집을 향해 걸었다. 집이 다가올수록 걸음이 빨라졌다.

학교에 다니면서, 양조장 일을 하면서, 수없이 다닌 이 길이지만 오늘은 낯설었다. 왼쪽으로 꽁꽁 언 미나리꽝이 보였다. 겨울이면 동네 아이들이 모두 모여 소리소리 지르며 썰매를 타던 곳이다. 지금은 아무도 없다.

집 조금 못미처에 있는 개울을 건넜다. 다행히 다리는 무사했다. 꼬부랑 할머니 한 분과 마주쳤다. 꾸뻑하고 인사를 하자 할머니는 멍한 눈으로 일도를 바라보고 있었다.

집으로 가는 마지막 꺾어지는 길로 들어섰다. 일도는 성큼성큼 달리다시피 걸었다. 곧 이어 눈을 크게 뜨고 목발을 건성 짚으며 외발로 뛰기 시작했다. 몇 번이나 중심을 잃었으나 넘어지지는 않았다. 하얀 입김이 계속 뿜어져 나왔다.

마침내 집에 왔다. 대문 앞에 섰다. 집은 예상대로 황량했고 빈 집처럼 보였다. 양조장을 건너다보니 마찬가지로 황량했다. 여기저기 부서진 구석이 보였고, 잡동사니들이 널려 있었다.

열린 대문을 밀고 들어가 계단을 올라 현관 앞에 섰다. 사람이 있는 기척이 없다. 조심스레 문을 두드렸으나 아무 대답이 없다. 조금 세게 문을 두드렸다.

"누님, 누님!"

대답이 없다. 문을 열어 보니 잠겨 있었다. 일도는 마구 문을 두들겼다. 등줄기가 싸늘해졌다.

"누님, 큰누님. 저에요. 일도가 왔어요. 계세요, 안 계세요. 누님, 누님!"

아, 이게 무슨 일이란 말이냐. 피난을 가셨단 말인가. 편찮으신 매부와 어린 조카들을 데리고 어디로 피난을 가셨단 말인가. 어떻게 피난을 가셨단 말인가. 아니면, 혹시 식구들한테 무슨 일이 있었단 말인가.

"누님, 누님!"

일도는 울먹이며 문을 주먹으로 쳤다. 치고 또 쳤다. 안에서 사람 기척이 났다. 일도는 온몸이 부르르 떨렸다.

현관문이 철커덕 하며 열렸다. 큰누님이었다. 그런데 불과 1년 반 만에 할머니가 된 큰누님이었다. 눈은 퀭하고 양 볼은 움푹 파이고 몸은 뼈만 남은 듯 앙상하게 말라 있었다. 아, 이 분이 우리 큰누님 이라니.

큰누님의 얼굴에는 아무런 감정이 없어 보였다. 그렇게 사랑하고 아끼던 동생, 나 일도를 보고도 이렇게 표정이 없다니. 일도는 오히려 어안이 벙벙했다. 누님이 변한 것이다. 사람이 달라졌다는 것을 순간적으로 알 수 있었다. 얼마나 힘들었으면, 얼마나 고달팠으면 이리 되셨단 말인가.

"일도냐?"

일도는 대답이 나오지 않았다. 누님이 일도의 손을 잡았다. 두 사람은 손만 잡고 한참을 서 있었다. 두 사람 눈에 동시에 이슬이 맺혔다.

"누님, 큰누님!"

"잘 왔다. 일도야! 들어가자!"

그제서야 큰누님은 일도가 살아서 돌아왔다는 사실을 실감하며, 감격한 표정이 얼굴에 가득했다.

일도는 누님 뒤를 따라 어두컴컴한 짧은 복도를 지나 안방에 들어섰다. 불기 없이 싸늘한 방에는 쾨쾨한 냄새가 배어 있었다. 남향의 창문을 옆에 두고 아랫목에 담요를 어깨에 두르고 매부가 혼자 앉아 있었다. 다른 사람은 아무도 보이지 않았다.

"저 왔습니다."

일도는 목멘 소리로 인사를 드렸다.

"왔나. 잘 왔네. 고생이 많았구먼. 군인이 되었구먼. 다리를 다쳤는가?"

겨우 알아들을 수 있는 낮고 쉰 목소리였으나, 일도가 무사히 돌아왔다는 데에 크게 안도하는 떨림이 있었다. 일도의 얼굴을 뚫어지게 바라보는 큰매부의 파리한 얼굴에는 형용할 수 없는 만감이 스쳐갔다.

"예, 조금 다쳤는데 이제 다 나았습니다."

"그래!"

"빨리 일어나셔야지요."

큰매부는 대답 대신에 기침을 쿨럭 쿨럭했다. 큰누님은 잠시도 쉬지 않고 일도의 얼굴을 들여다보고 있었다. 세 사람은 말없이 앉아 있었다. 일도가 먼저 말문을 열었다.

"수지는요, 애기들은요, 막내누님은요?"

"애기들은 저 쪽 방에서 놀고, 수지하고 막내 내외는 미아리 큰 댁 식구들과 피난을 갔다."

식구들이 모두 무사하다는 누님의 말씀에 일도는 일단 안도의 깊은 숨을 내쉴 수 있었다. 집을 떠난 지 일 년 반 동안 언제나 가슴 조렸던 식구들의 안부가 지금 이 순간에 모두 확인된 것이다.

"언제요? 어디로요?"

"1·4후퇴 때 내려갔는데 아직 소식이 없구나."

"그래요."

"웬만하면 올라들 오실 텐데. 어쩐 일인지 모르겠다."

피난 내려간 식구들 걱정에 잠시 말이 끊어졌다.

"일도야, 이렇게 다시 보니 정말 좋구나. 전쟁터에서 얼마나 고생이 많았느냐."

"그래, 처남이 참 고생 많이 했을 거야. 난리가 웬만해야지."

일도는 목이 콱 막혀왔다. '고생은 제가 한 게 아니라 이 모양으로 서울에 남아계셨던 누님하고 매부가 몇 배나 더 하셨습니다.' 라고 말하고 싶었으나 입이 떨어지지 않았다.

일도는 전투 현장에서 생사를 넘나들며 수많은 고통스런 날들을 보냈지만 이 분들 고생에 비하면 그것은 아무 것도 아닌 것 같았다. 군인은 총소리, 대포소리에 정신없이 싸우며 시간을 잊고 살았다. 분노하고 광기에 쌓여도 그것은 순간일 뿐이었다.

그렇지만 이 분들은 아무런 희망도, 대책도 없이 목숨을 부지

해야 하지 않았는가 말이다. 하루 이틀 한 달 두 달도 아닌 그 긴 시간을 감옥 같은 집안에 갇혀 절망 속에서 견디어야 하지 않았는가 말이다.

일도는 가슴에 슬픔이 가득 차오름을 느꼈다. 그러나 두 분 앞에서 슬퍼하는 모습을 보여서는 안 된다. 강한 모습을 보여야 했다.

"힘내세요. 이제 난리는 곧 끝납니다. 제가 육군 장교입니다. 그래서 압니다. 중공군도 더 이상 병력을 투입하기 어렵습니다. 그리고 저는요, 위험한 고비도 몇 번 넘겼지만 이제는 경험도 생기고, 지휘관이 되어서 일선에는 서지 않습니다. 그리고 곧 정전이 될 것이라는 소문도 있습니다. 그런데 이 녀석들, 외삼촌 오셨는데 인사도 안 하네."

일도는 전혀 어울리지 않게 두서없이 호들갑을 떨었다. 매부의 얼굴에 착잡한 표정이 스쳐갔다.

"그래, 처남이 그 동안 어떻게 지냈는지 그 얘기나 좀 해보게."

"제가요, 이래 보여도요, 별명이 불사신입니다. 아무리 위험한 전투에서도 멀쩡했거든요. 이 부상은 지리산에서 공비 토벌하다가 재수 없게 한 방 맞은 거예요. 참, 왜 누님도 아시지요, 그 오공준이라고 내 고등학교 동창이고 의과대학에 간 친구 말이에요. 그 친구를 우연히 만났는데 치료를 아주 잘 해주더라고요. 나 보라고 성경책도 가져다주던 걸요."

드디어 누님이 '어이구!' 하고 울음을 터뜨렸다. 그렇게 말이 없고 차분하던 이 아이가 우리를 위로한답시고 저 몇 번이나 죽다 살은 이야기를 저렇게 거리낌 없이 하고 있다는 생각에 누님은 가슴이 터지는 것 같았다.

"그만 하시오. 오랜만에 집에 왔는데 눈물을 보이기는."

매부가 잘 알아들을 수도 없는 목소리로 누님을 달랬다. 집은 역시 집이었다. 비록 누님이 눈물을 보였다 해도 마음이 푸근했다. 단단하게 굳어 있던 마음이 조금씩 녹는 것 같았다. 누님이 눈물을 보이게 한 것이 자신의 경솔함 같아 일도는 죄송스러웠다.

누님은 일도에게 뭐라도 마음껏 먹이고 싶었으나 먹일 것이 없었다. 그러나 당장 내일 굶어도 일도에게 밥은 해주어야 했다. 부엌에서 밥을 하는 누님의 가슴에는 일 년 반 만에 일도에게 밥을 해준다는 기쁨과 해줄 음식이 없다는 슬픔이 뒤섞였다.

그날 저녁은 온 식구가 같이 앉아 밥을 먹었다. 애기들은 안방에는 들어오지 않고 건넌방에서 저희들끼리 하루 종일 놀고 밥도 따로 먹었으나 이 날 저녁은 같이 밥을 먹었다. 두 조카는 비쩍 마르고 생기도 없었다.

일도는 이제 네 살이 된 작은 조카가 재작년 여름에 산중에서 자기를 살린 이야기를 해 드렸다. 매부가 어이가 없다는 듯이 헛웃음을 터뜨렸다. 참으로, 그런 얘기까지 만들어 내 우리에게 위안을 주고자 하는 처남이 안쓰럽기만 했다.

"참, 목숨이라는 게 뭔지. 나도 이 모양이지만 아직은 살아 있고 처남도 무사하니 그것만 해도 어디요. 형님네와 막내 처제 내외도 어디 숨어 무탈하게 지내고 있을 거요."

저녁을 먹고 이런 저런 이야기를 나누다가 일도와 누님은 아이들 방으로 건너갔다. 일도는 누님에게 살림살이 형편을 물었으나 누님은 걱정 말라고만 할 뿐 대답을 피했다.

일도는 조카들과 함께 놀았다. 여섯 살, 네 살이라 말도 잘 하고 나름대로 의견도 내놓았다. 워낙 사람이 그리웠던 탓인지 처음 보는 것이나 마찬가지인 외삼촌에게 찰싹 달라붙어 쩍쩍거리며 묻는 것도 많았다. 일도가 아이들과 장난치며 노는 것을 바라보던 누님이 물었다.

"일도야, 복귀하면 또 전투에 나가야 하느냐?"

"그럼요. 군인이니 당연히 또 싸워야지요. 빨리 적을 몰아내 전쟁을 끝내야 합니다. 누님, 조금만 더 참으세요. 정말 전쟁은 얼마 남지 않았습니다. 저는 다치는 것도 이번이 마지막입니다."

"그래야지, 꼭 그래야지!"

아까 처음 보았을 때보다 누님의 표정이 훨씬 밝아지고 예전의 상태를 많이 되찾은 것 같아 한결 마음이 놓였다. 일도는 내일 병원으로 돌아가야 한다고 말씀드렸다. 식구들과 조금 더 같이 있고 싶은 마음이 없는 것은 아니었지만, 식량도 부족한데 밥을 축내고 있을 수가 없었다.

일도는 누님에게 아무 것도 해드릴 것이 없다는 것이 마음이 아파 견딜 수가 없었다. 그날 밤 늦게까지 조카들과 놀다가 조카들과 함께 잤다.

다음날 오후에 일도는 집을 나섰다. 아쉬움이 가득한 조카들의 커다란 눈망울을 바라보며 누님과 매부에게는 전쟁이 곧 끝날 테니 조금만 더 견디어 보라는 말만 하고 또 했다. 청진에 갔었고, 대추나무집이 검은 흙무더기가 되어 있더라는 말은 꺼내지도 못 했다.

김일도를 '불사신', '대단한 소대장'이 되게 한 그 근본인 김일도의 가족은 이렇게 힘겹게 살아가고 있었다. 병원으로 돌아가는 기차 안에 힘없이 앉아 있는 일도의 가슴에는 비애와 울분이 겹겹

이 쌓여만 갔다.

"뭐야, 이게 도대체. 왜 이렇게 살아야 하는 거야. 부모님은 왜놈들 손에 비명횡사 하시고, 청진 집은 미군 폭격에 다 부서지고, 나는 중공군 총 맞아 죽을 것이고, 큰누님네는 집에 앉아서 굶어죽게 생겼고, 막내누님네는 길에서 쓰러져 죽을지도 모르잖아."

기차는 덜커덩거리며 한밤중의 시골 철길을 하염없이 달리고 있었다. 창밖은 캄캄했고, 기차 안도 어둠침침했다. 눈을 감고 등받이에 머리를 기대고 앉은 일도의 옆얼굴이 유리창에 흐릿하게 비치고 있었다.

"이 전쟁은 언제 끝나고, 부모님 산소는 언제 다시 찾아가 볼수 있는 거야? 무작정 기다리고 또 기다리기만 해야 하는 거야? 우리의 앞날은 어떻게 되는 거야? 우리에게 미래가 있기나 한 거야?"

자는 것도 아니면서 일도는 언제까지고 눈을 뜰 것 같지 않았다. 몇 시간을 꼼짝 않고 앉아 있던 일도가 눈을 뜨고 천천히 머리를 들었다. 비통한 표정은 사라지고 눈빛이 빛났다. 무엇인가를 깨달은 자의 표정이었다.

"그렇습니다. 누님! 외할아버님과 아버님은 당신들의 뜻을 미완성인 채로 남겨두고 세상을 떠나셨습니다. 그렇지만 아직 저와 조카들이 남아 있습니다. 저와 아이들이 두 분의 뜻을 이어갈 것입니다. 그리고 이제부터 누님이 돌보아야 할 사람은 제가 아니라 저 아이들입니다. 지금은 비록 생기 없고 지쳐 있지만 저 아이들이 바로 희망이고 미래입니다. 누님, 부디 강건하십시오. 저 어린 것들에게 더 이상의 슬픔이나 좌절을 주어서는 안 됩니다. 누님, 제 일은 제가 알아서 할 테니, 누님은 아이들을 잘 키워 주십시오."

지금까지 절망에 빠져 있던 김일도의 가슴에 두 어린 조카들로 인해 강한 의욕과 사명감이 솟구쳐 올랐다. 분명히 밝은 미래는 다가오고 있다는 확신이 섰다. 그 위에 몇 시간 후면 간호사를 다시 본다는 설레임까지 겹쳐졌다.

한밤중의 남행열차는 '꽤액!' 하고 기적소리를 내지르며 철로 위를 '칙칙폭폭 칙칙폭폭!' 힘차게 달리고 있었다.

병원으로 복귀한 김일도는 1월 중순에 퇴원을 하였다. 퇴원하면서 간호사에게 전쟁이 끝나면 꼭 다시 만나기를 원한다고 절도 있게 힘주어 말했다. 말없이 고개를 끄덕이는 그녀의 눈은 이렇게 말하고 있었다.

"기다릴게요. 그리고, 부디 무사하셔야 합니다."

김일도는 뛰는 가슴으로 간호사의 눈을 보며 천천히 경건하게 거수경례를 올렸다.

25

김일도는 1952년 7월 10일자로 중위에서 대위로 진급했다. 곧바로
강원도 철원 인근의 제 9사단으로 발령을 받아 28연대 제 5대대
제 3중대장이 되었다. 28연대의 다른 이름은 '도깨비 부대'였다.
김일도는 도깨비 부대에서 소대를 세 개나 거느린 중대장이 된 것
이다.

비록 처음 중대장을 맡은 김일도였지만 그는 고참 소대장으로
2년의 전투 경험이 있는 노련한 장교였다. 적의 동태와 아군의 상
태를 면밀하게 파악할 줄 알았고, 피아간의 심리도 읽을 줄 알았다.
전투 상황 전체를 파악할 수 있는 넓은 안목도 가지고 있었다.

28연대의 연대장은 김일도가 대구 다부동 전투에서 처음 소대장
을 할 때의 대대장으로, 일도가 중상을 당하자 너무 마음 아파하던
상관이었다. 연대장은 살아서 다시 만난 일도를 포옹하며 반가움을
표시했다. 김일도는 그러한 연대장을 진심으로 존경하고 있었다.

26

1952년 10월, 공산군은 곡창지대로서의 철원평야 확보, 철원을 중심으로 한 중부전선의 전략적 요충지 확보, 서울로 향한 공격로 확보 등을 목표로 철원 인근의 백마고지白馬高地를 노렸다.

철원은 강원도 서남부 끝에 위치하고 있으며 옛날 후고구려의 궁예가 도읍으로 삼았던 역사적 의미가 깊은 곳이고, 한반도의 거의 정 중앙에 자리하고 있어 한반도의 배꼽이라는 소리를 듣는, 지정학적으로도 중요한 지점이었다.

백마고지는 강원도 철원군 묘장면 산명리에 있는 해발 395미터의 이름 없는 고지로 이때까지 395고지라고 불리었다. 철원에서 12킬로미터 서북쪽에 위치해 있었다. 철의 삼각지대라고도 불리는 평강·철원·금화로 이루어진 삼각지대의 좌견左肩에 해당하는 지형지물이었다.

이곳에 투입된 중공군은 만세군이라는 칭호까지 받은 정예부대인 제 38군단의 112사단, 113사단, 114사단 3개 사단의 7개 연대였다. 395고지 쟁탈을 위해 우수 사병들을 선발하여 유사한 지형에서 3개월간 실전 훈련까지 시켰다. 전투 직전에는 고지 동쪽의 봉래호를 폭파하여 역곡천을 범람시키는 수공水攻작전까지 펼쳤다.

국군 제 9사단이 이 고지를 지키고 있었다. 전선의 정면은 12킬로미터였다. 29연대가 연천 방향의 좌익을 맡고, 30연대가 평강 방향의 우익을 맡고, 28연대가 예비 연대였다. 직할부대로 제 30포병 대대와 제 9중박격포 중대가 있었다.

배속부대로 국군 51연대, 국군 53전차 중대가 있었고, 지원부대로는 국군 제 1포병단 제 51, 52포병 대대와 미 73전차 대대 C 중대, 미 49, 213, 955 3개 포병 대대, 미 86공병대 조명 중대, 미 제 5공군이 있었다. 장비는 155밀리 야포 36문, 105밀리 야포 50문, 4.2인치 중박격포 7문, 탱크 22대였다.

이 고지가 전략적 요충지이고, 이 전투가 엄청난 살상전이 될 것이라는 것은 누구나 예측할 수 있는 일이었다. 이미 9월에 수도 고지, 지형능선, 불모고지 등에서 격렬한 전투가 있었고, 모두 국군의 승리로 끝났다.

공산군으로서는 실리적인 면은 물론, 사기 회복 차원에서도 이 전투에서만은 기필코 승리해야 했다. 중공군은 원래 10월 4일에 공격을 개시하려 했으나 간부 하나가 군사 기밀을 가지고 국군에 귀순함으로 작전일이 늦추어졌다.

27

10월 6일 오후 3시, 중공군은 국군 9사단 30연대가 지키고 있는 395고지 일대에 2천여 발의 포탄을 퍼부었다. 집중 포화에 매설된 지뢰까지 터지면서 순식간에 고지는 포연으로 뒤덮였다. 하늘까지 가렸던 포연이 어느 정도 가라앉은 7시 15분, 도수 높은 배갈을 마신 중공군 제 114사단 제 340연대 2~3천 명의 병사들이 악마 같은 괴성을 지르며 총공격을 감행했다.

국군과 미군의 무차별 포격이 퍼붓자 중공군의 공격 대열은 아비규환이 되었다. 많은 사상자를 뒤로 하고 탄착 지대를 벗어난 적들은 밀물처럼 밀려들었다. 고지의 30연대 전 장병들은 총격과 수류탄으로 강력하게 맞섰다.

395고지에서 처음 맞붙은 제 1차 전투는 적의 힘을 가름하고 아군의 방어력을 검증 받는 순간이었다. 이 전투의 결과가 앞으로의 전투에 큰 영향을 미칠 것은 분명하므로 쌍방은 사생결단의 공방전을 펼쳤다.

생지옥 속에서 살이 터지고 피가 튀는 전투가 395고지에서 벌어졌다. 중공군은 큰 손실을 입으면서도 고지를 향해 끊임없이 올라오고 있었다. 날이 어두워진 가운데 조명탄 아래에서 근접전이 전개되었다. 기관총, 소총, 수류탄, 총검으로 맞부딪치는 총격전과 육박전이 벌어졌다.

8시 15분, 1시간 동안 양쪽 모두 미친 듯이 싸운 395고지에서의 제 1차 전투는 국군의 성공적인 방어로 막을 내렸다. 무모하게 진격을 고집한 중공군이 워낙 손실이 커서 더 이상의 공격을 계속할 수 없었던 것이다.

불과 25분 후인 밤 8시 40분부터 중공군의 공세가 다시 시작되었다. 제 2차 전투가 시작된 것이다. 1선에 수류탄 공격조, 2선에 다발총 공격조, 3선에 장총 돌격조로 구성된 연속적인 공격조가 또 다시 밀물처럼 밀려들었다.

추석이 지난 지 사흘밖에 되지 않아 둥그런 노란 달이 떠오르고 있었다. 하늘에는 별보다 더 많은 조명탄이 터지고, 지상에는 시체가 쌓이고 또 쌓이는 끝도 없는 혈전이 전개되었다.

적의 무자비한 공격에 아군의 고지 우견右肩이 무너졌다. 국군으로서는 최초의 패배였다. 병사들은 패배를 인정할 수 없었다. 국군은 곧 바로 역습에 들어갔다. 또 다시 피아간에 치열한 살육전이 벌어졌다.

박격포대에서는 적 진영으로 촌각도 쉬지 않고 포탄을 날렸다. 얼마나 포격을 해댔는지 박격포 포신이 벌겋게 달아올랐다. 포대 병사들은 포신에 연신 물을 퍼부어 열을 식혀가며 포를 쏘아댔다.

아군은 마침내 잃었던 우견을 되찾고, 고지로 밀려오는 적의 공격을 기필코 차단했다. 3시간 20분에 걸친 2차 전투에서도 국군은 고지를 지켰다. 이때 시각이 6일 자정이었다.

7일 00시 40분, 제 2차 전투가 끝난 지 불과 40분 후였다. 두 차례의 공격에서 이미 막대한 손실을 입은 중공군 340연대는 1천여 발의 포격 지원을 받으며 공격을 재개했다. 3차 전투가 시작된 것이다.

중공군은 1선, 2선, 3선의 파상적인 연속 공격을 강행했다. 근접전은 4시간 반 동안 계속되었고, 병사들의 피는 강이 되어 흐르고 시체는 산을 이루었다[血河屍山]. 중공군은 생사生死를 무시하고 밀고 들어왔으며 국군은 목숨을 초개草芥 같이 버리며 적을 막았다.

중공군은 끝내 국군의 저지선을 넘지 못 했다. 전진이 불가능해진 적군은 마침내 진격을 멈추고 500미터 거리를 두고 아군과 대치했다. 적군에게 일각의 여유를 주지 않기 위하여 국군 포병의 탄막사격, 박격포의 연속사격, 기관총의 교차사격이 가해졌다.

최후의 치명적 타격을 입어 더 이상 견딜 수 없게 된 중공군 340연대는 마침내 퇴각하였다. 이때 시각이 10월 7일 새벽 05시 10분이었다. 3차 전투에서도 국군 30연대가 고지를 지킨 것이다.

6일 저녁 7시 15분부터 7일 새벽 05시 10분까지 10시간 동안 벌어진 제 1차, 2차, 3차 전투에서 단말마의 파상적인 공세를 펼쳤던 중공군 340연대는 고지 탈취에 실패하고 궤멸 상태에서 퇴각하였다.

28

10월 7일의 아침 해가 떠올랐다. 오전에 적의 공세가 없자 30연대 장병들은 어제까지도 함께 먹고 자고 싸웠던 전우의 시체를 나무 판자에 칡넝쿨로 감아 고지 아래로 내려 보내고, 망가진 참호를 보수했다. 오후에도 적의 공세는 없었다.

저녁 7시, 중공군은 궤멸된 340연대에 대체하여 112사단의 334 연대를 투입했다. 새로 투입된 중공군 334연대의 병사들은 독한 배갈이나 아편에 취한 상태였다.

30연대 장병들은 끝도 없이 밀려오는 적을 소총과 기관총과 수류탄으로 막아냈다. 적의 무리는 쓰러진 시체를 밟고 또 밟으며 밀려들고 또 밀려들어왔다. 조명탄에 비추어진 그들의 얼굴은 사람의 얼굴이 아니라 귀신의 얼굴이었다.

30연대는 이미 큰 타격을 입고 있었다. 전력 자체도 상당한 손실을 입고 있었고, 살아남은 장병들은 어제 저녁부터 계속된 전투에 잠 한 숨 제대로 못 자고 물 한 모금 제대로 마시지 못한 극한 상황이었다.

전투 개시 4시간 후인 밤 11시에 지칠 대로 지치고 수많은 전우를 잃은 30연대는 더 이상 견딜 수가 없어 마침내 고지를 적에게 내주고 철수하였다.

30연대가 고지에서 철수하자 곧바로 아군의 포격이 시작되었다. 포격이 종료되는 순간, 고지 탈환 임무를 부여받은 28연대가 진격을 개시했다. 전열을 가다듬고 임전 태세를 갖춘 28연대 장병들은 먼저 간 30연대 전우들의 죽음을 헛되이 하지 않겠다는 결사의 의지를 다졌다.

28연대 도깨비 부대의 전 장병들은 함성을 크게 지르며 고지로 밀고 올라갔다. 아군의 엄청난 포격에도 살아남은 중공군은 격렬하게 저항했다.

밤을 낮 같이 밝히는 조명탄 아래에서 피아간에 수많은 사상자가 발생하는 치열한 타격전이 벌어졌다. 그러나 이미 30연대와 격전을 치른 중공군 334연대는 28연대에 굴복할 수밖에 없었다.

8일 새벽 2시 40분, 28연대는 고지를 재탈환했다. 395고지의 4차 전투는 그렇게 끝났고, 28연대가 고지의 주인이 되었다. 중공군 334연대는 패배의식도 없이, 생사의 개념도 없이 몽롱한 정신으로 퇴각하였다.

29

박영호 소위는 28연대 5대대 3중대 김일도 중대의 제 2소대 소대장이다. 충주 출신으로 일찍 아버지를 여읜 3대독자 외아들이다. 형님이 한 분 계셨는데 일제 말기 어린 나이에 징용에 끌려가 10년 가까이 생사를 몰라 죽은 것으로 알고 있었다. 영호의 어머니는 오직 하느님에게 의지하고 하나 남은 아들 영호를 키웠다.

영호는 착실했다. 어머니의 희망대로 독실한 기독교인으로 자랐으며 장차 훌륭한 목사가 되어 주님의 영광 아래 고생하시는 어머니를 편안하게 모시고자 했다. 군 면제의 혜택을 받은 박영호는 열심히 공부했고, 어머니를 모시고 교회에도 성심껏 나갔다.

어느 주일날 목사님이 이런 말씀을 하셨다.

"오늘도 우리의 어린 양들이 주님의 은혜를 모르고, 주님의 영광을 모르고 나라를 위해 싸우다 죽어가고 있습니다. 마귀들과 싸우다 숨져가는 저들이 있기에 이 나라는 망하지 않았습니다. 주님, 우리가 해야 할 일을 인도해 주시옵소서."

그날 밤, 박영호는 잠을 이루지 못 했다. 그들이 주님을 모르고 죽어가는데, 내가 여기에서 그들을 위해 기도한다고 해서 그들이 구원을 받을 수는 없는 일이었다. 그들은 나의 기도와는 상관없이 싸우다 죽을 뿐이었다.

밤새도록 그들을 위해 기도하고, 나의 죄를 뉘우치고, 나의 갈 길을 인도해 주십사고 간구하던 박영호는 새벽녘이 되어서야 결론을 내리고 잠들 수가 있었다.

"저들에게 주님을 알려주자!"

어머니가 문제였다. 어머니에게 군대에 지원하겠다는 말을 할 수가 없었다. 박영호는 또 며칠을 기도했다. 어느 날 새벽 그는 주님의 음성을 들었다.

"가서 그들을 구하라!"

그날 밤, 박영호는 어머니에게 주님을 모르고 싸우다 죽어가는 우리 젊은이들에게 주님을 알려주는 것이 자신에게 주어진 소명인 것 같다고 어렵게 말씀드렸다.

어머니는 아들의 말을 듣고 아무 대답이 없었다. 다음날 밤 어머니가 아들 방으로 건너왔다. 아들과 마주 앉은 어머니는 담담한 표정으로 말씀하셨다.

"가거라, 영호야. 그들도 다 내 아들이다. 그들에게 주님을 알리고, 그들이 주님의 은혜를 깨닫는다면 그들은 죽는 것이 아니다. 주님 안에서 영생을 얻는 것이다. 네가 가서 그들을 주님에게로 인도하여라. 주님은 항상 네 곁에 계실 것이다."

며칠 후 박영호는 지원을 하여 두 달 간의 짧은 장교 교육을 받은 다음 소위로 임관하여 9사단으로 부임하였다. 두 달 전 일이었다.

백마고지는 그에게 벅찬 전투 현장이었다. 이런 긴박한 전투에서 소대장의 임무를 맡는다는 것은 박영호가 아닌 누구라도 감당하기 힘든 현실이었다. 그래도 그는 싸워야 했고 싸워서 이겨야 했다.

7일 밤 11시부터 시작된 28연대의 고지 탈환 공격에 앞장선 박영호 소위는 빗발치는 총탄과 수류탄 속에서 무엇을 어떻게 했는지 알지 못 했다. 본격적인 전투에 처음 참전해 소대의 맨 앞에 선 그는 기다가 엎드리고, 또 쪼그려 걷다가 엎드리고 몇 번 했던 것 밖에는 기억에 없었다.

부하들에게 명령을 제대로 내린 기억이 없고 총을 쏜 기억이 없고 사람을 죽인 기억도 없었다. 사람이 죽는 것도 못 보았다. 그런데도 그는 무사했고 그의 소대도 큰 손실 없이 고지를 점령하였다. 전투가 끝난 다음에 눈앞에 펼쳐진 피아간의 시체들은 참으로 많았다.

"저것들이 다 사람이란 말인가. 저들이 모두 주님의 은혜를 모르고 죽었단 말인가."

그날은 날이 흐리고 바람이 없어 공기가 무겁게 가라앉아 있었다. 화약 냄새, 흙먼지 냄새, 피비린내가 진동했다. 세 시간 가까운 전투를 치르고 고지를 다시 찾은 아군은 시체를 치우고 참호를 정비하고 무기를 확고하게 장착하며 적의 다음 공세에 대비하고 있었다.

박영호의 입에서는 '주여! 주여!' 소리가 멈추지 않았다. 그때마다 주변 사람들은 힐끗거리며 그를 쳐다보았다. 잠시 휴식시간이 주어졌다. 박소위는 소대원을 자리에 앉게 하고 기도를 하자고 했다. 모두 시큰둥했다.

"곧 죽을 판인데 기도는 무슨."

"재수 없게 예수쟁이는 왜 나타나서 유난을 떨어."

그래도 반 넘는 소대원은 소대장 앞에 철퍼덕 앉아 총을 어깨에 기대놓고 도대체 소대장이 무슨 소리를 하려는지 궁금해 하며 기다렸다. 대부분은 기도가 뭔지도 모르는 사람들이었다.

잠시 후 박영호 소위의 기도가 시작되었다.

"주여, 오늘 우리는 주의 손에 우리를 맡기옵니다. 우리의 모든 것은 우리 것이 아니옵니다. 우리의 생명도 우리의 것이 아니옵니다. 이 세상의 모든 것을 주관하시는 주님, 부디 우리에게 이 험난한 전투에서 승리할 용기와 지혜를 주시옵소서."

앉아 있던 소대원들 귀에 소대장의 기도가 그럴 듯하게 들렸다. 자세를 바로 하고 다음 말을 기다렸다. 쭈뼛거리며 괜히 참호를 들락거리고 총기를 손보고 있던 병사 몇이 엄숙한 분위기에 이끌려 기도를 듣는 병사 뒷줄에 엉거주춤 앉았다.

마침 순찰을 돌던 대대장이 그 옆을 지나갔다. 김일도 중대장에게 물었다.

"쟤들 지금 뭐하고 있나?"

"기도를 하고 있는 모양입니다."

"기도? 무슨 기도?"

"이기게 해달라는 기도겠지요."

"당장 그만두라고 그래. 그럴 시간 있으면 잠깐 눈이라도 붙이라 그래."

"그냥 놔두시죠. 금방 끝날 겁니다."

"그만두라고 하라니까. 군인이 나약하게 무슨 기도야."

"알겠습니다."

김일도가 큰 걸음으로 박영호 소위에게로 다가갔다. 박영호 소위는 있는 정성을 다해 소리 높여 기도를 마무리하고 있었다.

"주여, 우리의 간절한 소원을 들어주시옵소서. 이 모든 말씀을 우리 주 예수 그리스도의 이름으로 기도드리옵니다. 아멘!"

기도가 끝났다. 바로 김일도 중대장이 앞으로 나섰다. 가슴에 무언가 이상한 느낌이 와 닿는 것 같아 고개를 푹 숙이고 앉아 있던 병사들은 중대장이 갑자기 나타나자 바짝 긴장했다.

"기도들 잘 했나!"

박영호 소위는 중대장이 저와 소대원을 꾸짖을 것 같아 안절부절 못 했다.

"그러나, 군인은 군인정신으로 싸우는 거다. 군인정신으로 힘껏 뭉쳐 싸우면 하느님도 우리 편이 되 주시는 거다. 안 그런가. 박소위."

"아, 예. 그렇습니다."

박영호 소위는 허리를 깊이 숙여 인사를 했다. 사병 몇이 킥킥거리고 웃었다.

"군대에서 저렇게 절을 하다니. 초짜 소대장!"

중대장이 한 마디 더 했다.

"너희 소대장이 하느님한테 잘 봐달라고 했으니 너희 소대는 오늘 필승이다. 안 그런가?"

앉아 있던 병사 하나가 발딱 일어나며 경례를 붙였다.

"필승!"

전 소대원이 따라했다.

"필승!"

중대장이 경례를 받았다.

"수고들 해라!"

박영호 소대원들은 오늘 전투에서 승리할 것만 같았다.

밤이 깊었다. 전 부대원이 개인 총기를 끌어안고 참호 안에서 쉬고 있었다. 사방은 쥐 죽은 듯이 조용했다. 깊이 잠든 병사, 조는 병사, 눈만 멀뚱멀뚱 하는 병사, 달달 떠는 병사, 멍청하게 앉아 있는 병사, 두세 명이 장난질 치는 병사, 각자의 성격이 이 순간에 다 다르게 나타나고 있었다.

박영호 소위는 끊임없이 '주여! 주여!' 하며 기도를 올리고 있었다. 갑자기 벌떡 일어나더니 조금 낮은 곳으로 내려가 병사들이 있는 위를 올려다보며 찬송가를 부르기 시작했다.

주님의 높고 위대하심을 내 영혼이 찬양하네
주님의 높고 위대하심을 내 영혼이 찬양하네

처음에는 조금 떨리는 듯 했으나 곧 낭랑한 목소리로 듣기 좋게 노래를 했다. 찬송가는 애잔하게 소리의 동그라미를 그리며 병사들의 귀로 스며들었다. 대대장도 노래를 들었다.

"저 친구 이젠 노래까지 부르네."

"놔두시죠, 노래 잘 하는데요."

"애들 사기에 문제가 있을까봐 그러지."

"사기에 좋을지도 모릅니다."

"그럼 좀 신나는 거로 부르라 그래."

"찬송가에 신나는 게 어디 있습니까."

"그런가?"

대대장은 자기도 모르게 찬송가를 듣고 있었다.

박소위가 찬송가를 세 곡째 부르고 있을 때였다. 중공군이 포격을 시작했다. 4차 전투가 끝난 지 2시간 50분이 지난 5시 30분이었다. 중공군은 지금까지 야간 공세만 펼쳤으나 이 날은 새벽부터 포격을 가하기 시작했다. 모든 장병들이 참호로 급히 몸을 숨겼다.

치열한 포격은 끝이 없었다. 지난 이틀 동안의 포격과 전투로 참호는 제대로 남아 있는 것이 없었다. 그래도 몸 하나 숨길 틈만 있으면 바위틈에 몸을 숨기는 가재처럼 그 사이로 끼어들어갔다.

포격이 더욱 격렬해지자 장병들은 닥치는 대로 시체로 바리게이트를 쌓고, 무너져 내리려는 시체 바리게이트 틈 사이에는 탄피를 한 움큼 집어 채워 넣거나 굴러다니는 철모를 끼워 넣었다.

포탄이 흙에 떨어지면 마른 흙가루가 뒤집히며 날렸고, 시체 위에 떨어지면 피로 반죽이 된 살덩어리, 뼛조각이 날렸다. 포탄 날아가는 소리, 포탄 터지는 소리에 고막은 터질 듯했고 귓속에서는 벌 날아다니는 소리만 웅웅거리며 계속 울렸다. 머릿속은 진공 상태가 되었다.

갑자기 포격 소리가 멈추었다. 온 세상이 완전한 적막에 쌓였다. 고지의 국군 장병은 누구나 온몸에 소름이 돋은 채 입만 벌리고 있었다. 도대체 갑자기, 이 고지에 어울리지 않는 이 기이한 적막은 무엇이란 말인가.

적의 심리전이었다. 정신이 멍해지고 마음의 불안감이 커지는 가운데 장병들은 기다렸다. 무엇을 기다리는지도 모르고 기다렸다.

'죽음을 기다린다!'는 암시를 주는 적의 심리전이었다.

중대장 김일도는 이 순간에 무엇을 어떻게 해야 할지 몰랐다. 장병들에게 뭐라고 소리를 쳐야 할지, 가만히 있어야 할지 몰랐다. 중대장 이하 모든 장병들이 심리적으로 흔들리고 있었다.

박영호 소위도 마찬가지였다. 이것이 무엇이란 말인가. 이건 싸우기도 전에 심리전에서 패배한 꼴이 아닌가. 그러나 박영호에게는 믿는 것이 있었다. 박소위는 위가 평평한 작은 바위 위에 올라섰다. 그런 박소위를 아무도 보지 못 했다. 박소위는 호흡을 가다듬었다.

"하늘에 계신 우리 아버지!"

박소위는 하늘을 향해 두 팔을 벌리고, 있는 힘을 다하여 아버지를 불렀다. 소대원들이 모두 깜짝 놀라 일제히 소대장 있는 쪽으로 고개를 돌렸다. 소리가 너무 커서 옆 소대 병사들까지 박소위 쪽을 돌아다보았다.

"아버지! 우리에게 용기와 지혜를 주시옵소서. 저 악의 무리들이 선량한 어린 양들을 죽이려 하고 있나이다!"

"하늘에 계신 우리 아버지!"

또 한 번 있는 힘껏 아버지를 불렀다.

"우리는 오늘 저들과 싸웁니다. 그리고 저들을 물리칠 것입니다. 우리가 싸워서 이기도록 주님의 총과 주님의 칼을 주시옵소서. 주님께서 앞장서서 우리를 이끌어 주시옵소서. 우리가 주님만 믿고 주님을 따르겠나이다!"

모두 박영호 소대장 쪽으로 몸을 돌리고 넋을 잃은 듯이 박소위의 부르짖음을 듣고 있었다. 그 부르짖음은 그들의 영혼에 아련한 울림을 가져왔다.

그때 중공군이 움직이기 시작했다. 기이한 침묵은 순식간에 깨졌다. 중공군이 수십, 수백 개의 꽹과리를 제멋대로 두들기고 피리와 나팔을 불어대고 목청껏 욕지거리를 해댔다. 징그럽고 소름 끼치는 소리였다. 소리는 위로 올라가는 속성이 있다. 높은 고지에서는 더욱 분명하게 들렸다.

아군의 성질 급한 병사들은 자제심을 잃어가고 있었다. 귀를 틀어막기도 하고 한숨만 푹푹 내쉬기도 했다. 악마의 불협화음은 계속해서 귀를 파고들었다. 아군 병사들의 머릿속은 온통 지옥의 미로를 헤매는 것 같았다.

깨갱 깽 깽 삘리리 삘리리 호로로 호로로 호로로
깨갱 깽 깽 삘리리 삘리리 호로로 호로로 호로로
깨갱 깽 깽 깨갱 깽 깽 깨갱 깽 깽 깨갱 깽 깽!"

5차 전투가 시작된 것이다. 중대장 김일도는 파도처럼 밀려오는 적을 바라보고 있었다. 전 부대원은 이미 전투태세를 갖추고 있었다. 캄캄한 밤하늘은 어둠이 조금씩 옅어지고 있었다. 그 하늘 아래 수도 없는 조명탄이 터지고 있었다.

"그래, 와라. 오너라. 조금만 더, 조금만 더!"

드디어 적이 사정거리 안으로 들어왔다.

"사격 준비!"

중대장의 낮고 강한 명령이었다. 전 장병이 사격 자세를 잡았다. 그 순간에도 박소위의 우렁찬 갈구는 계속되고 있었다. 그의 목소리는 적의 꽹과리 소리, 피리 소리, 고함 소리를 압도하고도 남았다.

"주님! 어리석은 저들은 저들이 무엇을 하고 있는지 모르고 있나이다. 주여! 주께서는 진실로 진실로 이르노니 내가 너희를 사랑한다 하셨나이다. 주님! 그 사랑을 보여주시옵소서! 주님! 주여! 주여!"

"사격 개시!"

김일도의 통렬한 명령이 떨어졌다. 동시에 사격 개시를 알리는 초록색 예광탄 세 발이 하늘로 솟았다. 전 중대원의 모든 기관총, 소총이 일제히 폭포처럼 불을 쏟아냈다. 밀려오는 적의 물결을 차단하기 위해 불의 장막을 친 것이다.

적은 쓰러지고 있었다. 쓰러지지 않은 적은 속도를 내서 올라오고 있었다. 밀려오고 또 밀려오고, 쓰러지고 또 쓰러졌다. 적의 꽹과리 소리는 더욱 빨라지고 더욱 높아졌다. 고함소리도 고음으로 하늘 높이 올라갔다.

아군의 총격에 비해 쓰러지는 적은 적었다. 명중률이 낮은 것이다. 김일도는 M1 소총을 들었다. 한 놈 겨누었다. 발사, 하나 쓰러졌다. 또 하나 겨냥, 발사, 또 쓰러졌다. 또 하나 겨냥, 발사, 이번에는 빗나갔다. 또 하나 겨냥, 발사, 또 쓰러졌다.

적의 총격도 거세지기 시작했으나 아래에서 위를 향해 쏘는 총격은 명중률이 더 낮은 법이다. 김일도는 참호에서 나왔다. 몸을 낮추고 권총을 뽑아 들고 각 소대를 돌며 병사들을 독려했다. 자신감에 찬 목소리로 강하게 전달했다.

"천천히 쏴라. 정확하게 쏴라. 일발필살一發必殺이다!"

전투 현장에서 중대장의 순시 격려는 사병들에게 크나큰 힘이 된다는 것을 김일도는 잘 알고 있었다. 어둑어둑한 하늘빛을 후광 삼아 중대장은 구세주 같은 모습으로, 우렁찬 목소리로 대원들을 격려하고 지도했다.

"일발필살이다. 적은 우리를 두려워하고 있다. 우리 앞에 있는 것은 적이 아니라 허수아비들이다. 알겠나! 일발필살!"

"알겠습니다! 일 발 필 살!"

사병들은 일발필살의 신념으로 적을 총살했다. 1소대 2소대 3소대를 모두 돌았다. 중대장의 '일발필살!' 구호는 전 장병의 구호가 되었다. 그리고 '천천히 정확하게!'도 사병들의 뇌리에 박혔다. 김일도는 중대장 참호로 들어가 전투 현황을 면밀히 살펴보기 시작했다.

피아간에 사생결단의 총격전이 벌어지고 있었다. 총 소리, 수류탄 소리, 꽹과리 소리, 비명 소리로 천지간은 광란의 소용돌이에 빠져 있었다. 그 모든 소리보다 더 크고 높은 소리는 박영호 소위의 절규하는 소리였다.

"주여! 저의 기도를 들으시나이까? 주여! 저의 눈물을 보시나이까? 주여! 제가 주를 얼마나 사랑하는지 주께서는 아시나이다! 주여! 주여!"

총탄 하나가 박소위의 활짝 펼친 오른손 손바닥을 뚫고 지나갔다. 배에도 한 방 맞았다. 박소위는 바위에서 미끄러졌다. 그러나 그는 다시 바위 위로 기어 올라가 주저앉았다. 모든 장병들은 각자 사격을 해대느라 다른 사람에게 신경을 쓸 겨를이 없었다.

적의 꽹과리 소리가 코앞까지 다가오고 있었다. 그러나 아군 장병들의 귀에는 꽹과리 소리는 들리지 않고 총소리도 들리지 않았다. 오직 울부짖으며 주님만을 부르는 박소대장의 절규하는 소리만 들렸다.

"주여! 십자가에 못 박혀 돌아가신 예수님은 목마르다고 하셨나이다. 주여! 저도 목이 마르나이다. 주여! 저의 어머니를 긍휼히 여겨 주시옵소서! 주여! 저를 버리시나이까! 주여! 저에게 용기를 주시옵소서! 주여! 주여～! 주여～～!"

많은 병사들이 '주여! 주여!' 하며 방아쇠를 당기고 있었다.

"하늘에 계신 우리 아버지!"

박소위가 또 다시 아버지를 목이 터져라 하고 불렀다.

여기저기서 '아버지, 아버지.' 하고 따라 불렀다.

"죄 많은 우리를 용서하여 주시옵소서. 그리고 아름다운 아버지 나라로 가고 싶나이다. 아! 어머니!"

박소위는 어머니를 생각하며 흐느끼고 있었다. 그러나 다시 분연히 두 다리를 펴고 일어섰다. 적의 총탄은 빗발치듯 아군 진지로 날아들고 있었다.

"소대장님, 위험합니다. 내려오십시오!"

임하사가 소리쳤다. 그러나 박소위는 바위 위에, 반석 위에 우뚝 서 있었다.

"하늘에 계신 아버지! 우리를 시험에 들게 하지 마시옵소서! 우리는 너무나도 나약한 인간이옵니다! 주님을 믿고 주님에게만 의지하겠나이다! 주여! 주여～～!"

총알 하나가 박소위의 옆구리를 찔렀다. 그는 '허억!' 숨을 들이마시며 바위 위에서 또 굴러 떨어졌다. 그러나 또 기어 올라갔다.

오늘의 적들은 숫자가 엄청났다. 죽여도 죽여도 끝이 없었다. 조명탄이 하늘을 하얗게 덮고 있었다. 적도 필사적이고 아군도 필사적이었다. 적이나 아군이나 빨리 상대를 모두 죽여 이 전투를 끝내고 싶은 마음뿐이었다.

적의 꽹과리 소리, 고함 소리는 이제 더 이상 들리지 않고 쌍방의 각종 화기에서 화약 터지는 소리만 들렸다. 박영호 소위의 절규도 들리지 않았다.

앉지도 못하고 반석 위에 비스듬히 누운 박영호 소위의 입에서는 피거품이 울컥울컥 넘쳐 나왔다. 그래도 웅얼거리는 그의 간절한 기도는 끝닿은 하늘로 계속해서 올라가고 있었다.

"하늘에 계신 아버지! 저리로서 산 자와 죽은 자를 심판하러 오시나이까! 아버지! 몸이 다시 사는 것과 영원히 사는 것을 믿사옵니다. 아멘! 아멘! 아멘! 주께서는 나를 섬기려면 나를 따르라 하셨습니다. 주님, 주님만 따르겠나이다! 아, 아버지! 하늘에 계신 우리 아버지여!"

"아버지!"

"아버지~~!"

"주여!"

"주여~~!"

모든 병사들은 이 두 마디를 소리치며 싸웠다. 정말 하늘에 계신 우리 아버지가 나에게 용기와 지혜를 주시는 것으로 믿고 총구를 겨누었다. 적을 보며 담대하고 충만하게 한 방 한 방 정확하게 꽂았다. 모든 총탄은 명중이었다.

중공군이 아군의 참호 가까이 접근해 오고 있었다. 전진 참호의 아군 사병이 수류탄을 던졌다. 흙이 퍼져 오르고 적들이 고꾸라졌다. 계속해서 아군 수류탄이 적병들 사이로 쉴 새 없이 날아가 터졌다.

김일도 중대장은 시계를 들여다보았다. 전투는 두 시간 반을 계속하고 있었고, 적은 끊임없이 밀려들고 있었다. 아군의 소총, 기관총이 저렇게 쉴 새 없이 발사되는데 어찌 적들은 저다지도 끝이 없다는 말인가. 숫자가 계산이 되지를 않았다. 김일도는 어느 중공군 포로가 했다는 말이 기억났다.

"우리는 많다!"

총소리가 조금씩 잦아들고 있었다. 간헐적으로 몇 번 더 들리더니 그마저도 조용해졌다. 하늘을 뒤덮은 조명탄들도 피시식거리며 하나둘씩 꺼져갔다. 갑자기 믿을 수 없는 적막과 어둠이 고지 전체를 감쌌다.

한 순간에 전투가 끝났다. 국군이 고지를 지킨 것이다. 백병전도 없이 승리를 거둔 것이다. 국군은 도저히 믿을 수 없는 분명한 승리에 오히려 어안이 벙벙했다.

오늘의 전투는 이상한 전투였다. 특히 지휘관들에게는 이해할 수 없는 전투였다. 예상보다 더 많은 숫자의 중공군이 밀고 올라왔으나 맥없이 패퇴했고, 아군의 피해는 의외로 적었던 것이다.

일찍이 있어 본 적이 없는 일방적인 승리였다. 오늘 아군도 엄청난 희생을 각오했다. 그런데 참호까지 올라온 적병이 하나도 없이 참호 아래에서 거의 전멸하고 퇴각한 것이었다. 누군가 대신 막아준 것 같았다. 장병들은 전투가 끝났으나 왠지 허전했다. 그러나 그것이 무엇인지 알지 못했다.

중대장 김일도는 아까부터 참호에서 나와 현황을 파악하고 있었다. 김일도가 황급하게 외쳤다.

"이봐 박소대장! 박소위! 박영호 소위!"

박영호 소위는 반석 위에 얼굴에 미소를 머금고 편안하게 누워 있었다. 그러나 그의 영혼은 하늘에서 천사들이 내려와 이미 거두어

간 후였다. 그가 흘린 피는 반석을 홍건히 적시고 있었다.

그때서야 장병들은 알 수 없는 그 허전함이 박영호 소위의 간절한 절규 '주여!'와 '하늘에 계신 우리 아버지!' 소리가 들리지 않았기 때문임을 깨달았다.

박영호 소위가 숨을 거둘 때까지 박소위의 곁을 지킨 또 다른 교인 임하사가 자기 소대장의 마지막 유언을 중대장에게 보고하려 했다. 김일도 중대장이 중단시켰다.

"따라 와."

김일도는 임하사를 대대장에게 데려갔다.

"임하사, 대대장님께 직접 보고 드려라!"

임하사는 거룩한 소대장님을 모셨다는 감격과 너무 높은 상관에 대한 경외심으로 몸을 떨고 있었다.

"제 9사단 제 28연대 제 5대대 제 3중대 제 2소대 제 1분대 분대장 하사 임 인 상, 대대장님께 보고 드립니다!"

"말해 봐."

"전사하신 저희 박영호 소대장님께서 마지막 순간에 소대원들에게 전해달라고 하신 말씀이 있었습니다."

"계속해 봐."

"그 말씀은 '나는 부활이요 생명이니 나를 믿는 자는 죽어도 살겠고 살아서 믿는 자는 영원히 죽지 아니하리라.' 라는 말씀이었습니다!"

임하사는 눈물 콧물을 펑펑 쏟아내며 고함과 울음이 섞인 목소리로 소리소리 질러가며 보고를 했다. 대대장은 무슨 말인지 잘 알아듣지도 못 했고 내용도 이해가 안 되어 고개만 갸우뚱하고 있었다. 그때 옆에 있던 누군가가 '주여!' 라고 한 마디 토해냈다.

대대장이 문득 물었다.

"그 주여! 주여! 하던 소대장이 너희 소대장이었나?"

"예, 그렇습니다!"

"알았다. 수고했다. 울지 마라!"

"하사 임인상 물러가겠습니다. 멸공!"

임하사는 대대장이 '울지 마라!' 하는 명령에 착한 아이처럼 울음을 뚝 그치고 씩씩하게 원위치로 돌아갔다.

대대장은 희미한 하늘을 올려다보았다. 그의 눈에 반짝 하고 빛나는 영롱한 새벽별이 하나 보였다. 대대장은 하느님이 있는지 없는지 잘 모르지만, 중얼거렸다.

"오늘은 정말 하느님이 도와주신 것 같구나."

그날부터 3중대 2소대는 <주여 소대>라는 별명을 얻게 되었다.

30

10월 8일 오전 8시가 조금 못 된 시각이었다. 남쪽으로부터 미군 폭격기들이 나타났다. 하던 대로 북쪽 산 계곡의 중공군 본거지를 때리기 시작했다. 중공군 역시 지하 참호로 깊이 숨어들어가 대피했다. 폭격기들이 한참 적진을 때렸다.

이번에는 전투기들이 나타났다. 전투기들은 계곡과 숲속에 숨어 있는 적들은 공격하지 않는다. 전투중인 병사들을 근접사격으로 노린다. 전투기들이 고지 상공을 두어 바퀴 선회하더니 바로 고지 정상을 때리기 시작했다. 오폭이었다. 전투기들이 중공군이 고지 정상을 장악하고 있는 것으로 착각하고 아군을 때리는 것이었다.

국군 병사들은 화급하게 가까운 참호로 뛰어 들어갔다. 전투기들은 더욱 맹렬히 폭격을 가해왔다. 무수한 장병들이 무방비 상태에서 우군 전투기의 네이팜탄과 기총소사를 맞아 벌집이 되고 타죽고 있었다.

중대장 김일도는 즉각 오폭인 것을 알고 전원 참호로 들어가라고 소리소리 쳤으나 그 소리는 비행기 소리에 묻혀 버리고 말았다. 오히려 자신도 기총소사의 목표가 되어 간발의 차로 위기를 모면했다. 네이팜탄으로 몸에 불이 붙어 울부짖는 부하들을 보며 일도는 어찌할 바를 몰랐다. 계속해서 다급하게 소리쳤다.

"대피하라! 퇴각하라!"

우선 미군기의 폭격으로부터 피해야 했다. 중대장의 명령에 따라 각자 신속하게 대피했다. 미군기들은 그 후로도 아주 몰살을 시키겠다는 요량으로 맹렬하게 공격을 가하다가 아군이 완전히 숨어 버린 것을 알고는 여유만만하게 남쪽하늘로 사라져 버렸다.

미군기가 오폭을 하고 있다는 사실을 재빨리 간파한 중공군은 이게 웬 떡이냐 하고 잽싸게 고지로 밀려 올라왔다. 고지의 28연대는 전열이 무너져 올라오는 중공군을 막을 형편이 못 되었다. 그 틈을 노려 중공군은 악착같이 기어 올라와 기필코 고지를 점령하고 말았다.

28연대는 싸워 보지도 못 하고 한 순간에 고지를 잃었다. 고지를 잃었을 뿐 아니라 병력 손실도 컸다. 김일도의 중대도 막대한 인력 손실을 보았다. 김일도는 통한의 아픔을 안고 잔여 병력을 이끌고 고지 아래로 퇴각하여 다음 명령을 기다렸다. 이때 시각이 오전 8시 10분이었고, 하얀 해는 동쪽 하늘에 비스듬히 떠올라 있었다.

미군기의 오폭 사실은 곧 밝혀졌다. 미군 내에서도 엄청난 책임 추궁이 있었다. 그러나 이미 고지는 빼앗겼고, 아군의 피해는 컸다. 그날 오전 오후에는 아군의 공격이 없었다. 대신 작전회의만 숨 가쁘게 열렸다. 다시는 오폭이 없도록 하자는 것과 오늘밤에라도 고지를 되찾자는 것이 일관된 회의 내용이었다.

그날 밤, 국군과 미군의 보병 포병 대규모 합동 작전이 전개되었다. 항공기의 서치라이트와 수많은 조명탄이 낮보다 더 밝게 고지를 밝혔다. 다각도에 배치되어 있는 국군의 105밀리 야포, 미군의 155밀리 야포, 4.2인치 중박격포, 탱크포 등 포라는 포는 모두 포문을 열고 지축을 울리며 고지를 향해 불을 뿜었다. 하늘이 무너지고 땅이 갈라지는 폭음과 진동의 연속이었다.

　항공 조명, 포탄 조명, 발포 화염, 폭파 화염, 예광탄이 어우러진 395고지 일대의 불꽃놀이는 상상을 초월하는 장관이었다. 고지 위는 꽃무늬를 수놓은 화려한 옷감이 세차게 펄럭이는 것 같았다. 아침의 오폭으로 인한 국군의 인명 손실과 사기 저하에 대한 보상을 하겠다는 미군의 의지였다.

　포격이 끝나자 국군의 공격이 시작되었다. 고지에는 다 죽었을 것 같았던 중공군이 포연에 새카맣게 그을린 채 아직도 많이 살아남아 있었다. 중공군은 기관총을 쏘고 소총을 쏘고 수류탄을 던지고 총검을 휘두르며 강력하게 저항했다. 적의 생명력과 저항력에 아군조차 감탄할 지경이었다.

　김일도의 3중대는 힘껏 싸웠다. 중공군은 포격으로 큰 타격을 입었다는 것이 드러나기 시작했다. 강력하게 저항하던 중공군은 서서히 밀리기 시작하여, 23시 05분에 국군은 다시 고지를 탈환하였다. 오폭으로 치명타를 입고 크게 사기가 저하되었던 28연대는 제 5차 전투를 승리로 마무리 하였다.

31

10월 9일이 되었다. 00시 20분, 5차 전투가 끝난 지 1시간 15분이 지난 시각이었다. 적은 1,100여 발의 포탄을 고지에 퍼부었다. 미처 진지 정비를 마치지 못한 국군 28연대는 크게 타격을 입었다.

이어 중공군은 새로운 부대인 114사단 342연대를 투입하여 제 6차 전투를 도발했다. 342연대는 고지를 점령하지 못 하면 사단장을 총살한다는 명령을 받고 있었다. 적은 새로운 병력답게 힘 있게 밀고 들어왔다. 아군의 탄착지대를 재빨리 벗어나 순식간에 고지를 향해 올라오고 있었다.

28연대 장병들은 지쳐 있었다. 짧은 총격전에 이어 곧바로 육박전이 전개되었다. 너무 빨리 육박전을 허용했던 것이다. 달은 하늘 높이 밝게 떠 있고, 수도 없는 조명탄이 고지 상공을 덮고 있었다. 사방은 조용했다.

아군이나 적군이나 모두 침묵 속에서 서로 죽이기 경합만 벌이고 있었다. 몸으로 부딪치고, 끌어안고 뒹굴다가 둘 중의 하나가 죽으면 다른 상대를 찾았다. 그러나 불쑥불쑥 나타났다 사라지는 물체를 적과 아군으로 구분하기는 쉽지 않았다. 시각뿐 아니라 온몸의 감각을 총동원해야 했다.

육박전을 얼마나 계속하고 있는지 시간의 개념을 초월했고, 승리와 패배의 인식도 망각했다. 오로지 살기 위해 죽이는 생과 사의 본능만 있을 뿐이었다. 이런 상황에서는 지휘나 명령보다 오직 각자의 능력에 따라 적을 척살하는 것이 최선이었다.

무슨 수를 써서라도 고지를 사수하려는 아군이나, 기필코 고지를 빼앗겠다고 돌격을 감행하는 적군이나 모두 인간이 아니었다. 영역을 빼앗기 위해 싸우다가, 상대를 죽이지 못 하면 내가 죽는 극한에 몰린 짐승들이었다.

김일도의 3중대는 4분의 1 정도의 인원이 소실된 상태에서 적을 맞아 싸웠다. 중대장이 목이 터져라 하고 전투를 독려했으나 밀려드는 새로운 부대인 342연대의 파상적인 공세를 막아내기에는 역부족이었다. 2시간 40분을 버티었으나 거기까지가 한계였다. 03시에 고지는 다시 적에게 빼앗기고, 28연대는 일단 퇴각하였다.

28연대 도깨비 부대에 포기란 없었다. 잠시 대열을 정비한 다음에 또 다시 투지를 불태우며 고지를 향해 기어 올라갔다. 아군과 적군은 혼연일체가 되어 달과 조명탄을 배경 삼아, 무너져 내리는 산병호와 교통호를 가설무대 삼아 죽음의 공연을 벌였다.

중대장 김일도는 싸웠다. 몸 어디가 어떻게 되어 있는지, 팔다리가 제대로 붙어 있기나 한 것인지도 모르고 싸웠다. 소총을 쏠 시간이 없었고, 권총은 총알이 떨어진 지 오래였다. 닥치는 대로 손에 잡히는 것이 무기였다.

떨어져 있는 착검총을 움켜쥐고 적의 몸 아무 곳이나 찌르고 베고 후려쳤다. 총이 거추장스러우면 대검만 뽑아 휘둘렀다. 대검을 떨어뜨리거나 적의 몸통에 박혀 빠지지 않아 그대로 내버려 둔 것이 몇 자루 째인지 알 수 없었다. 참호를 파던 야전삽 날로 적의 목을 찍었고, 떨어져 있는 철모를 짚어들어 적의 이마를 깠다.

무기가 없으면 맨손으로 적의 목을 누르고, 머리로 박치기를 하고, 이빨로 물어뜯었다. 적은 혀가 빠져나오고 이마가 꺼지고 눈알이 튀어나왔다. 김일도는 손에 다시 무기가 잡히면 사정없이 휘둘렀다.

돗자리처럼 깔려 있는 탄피와 피아간의 시체를 밟고 밟으며 이리 뛰고 저리 날았다. 온몸에는 적의 몸에서 튄 피와 자신의 상처에서 흐르는 피가 범벅이 되어 끈적끈적하게 말라붙고 있었고, 핏덩어리가 엉켜 붙어 손가락도 제대로 움직일 수 없었다.

중대장이 몸소 선두에서 이렇게 싸우니 전 중대원이 이를 보고 따랐다. 김일도 중대장 이하 중대의 전 장병은 인간의 육체적 동력의 한계가 어디까지인지 알 수 없는 투혼을 보이며 초인적 능력을 발휘하고 있었다.

동쪽 하늘이 희뿌옇게 밝아오고 있었다. 국군 제 28연대 장병들은 쏟아지는 코피를 들여 마셔가며, 땀과 오줌으로 흘릴 수분 한 방울 남기지 않고 싸웠다. 땅이 꺼지도록 뒷발로 몸을 버티며 내려치는 적의 총창을 막아냈고, 어깨가 빠지도록 개머리판을 휘둘렀다.

아군 한 명에 적군은 두세 명씩 달라붙었다. 달라붙는 적을 머리로 받고 팔꿈치로 밀어내고 발로 걷어찼지만 어느 사이에 적의 총대에 얻어맞고 칼에 찔리고 베였다. 서 있을 수 있을 때까지 싸우다가, 엎어지면 적의 발등이라도 칼로 찍었다.

기력이 다한 28연대 장병들은 숫자와 힘에서 열세를 보이며 하나둘 쓰러지기 시작했다. 28연대는 밀리기 시작하여 주력이 고지 정상에서 점점 더 멀어졌다. 고지 재탈환은 실패였다.

오전 10시, 30연대 제 3대대가 고지 탈환을 위해 투입되었고, 오후 2시에는 29연대가 투입되었다. 퇴각하는 28연대의 장병들은 고지를 적에게 내주고, 수많은 전우를 고지에 남겨두고 철수한다는 좌절감으로 침묵 속에 29연대와 교대했다. 고지에서 철수하는 생존자 중에는 제 5대대 제 3중대장 김일도 대위도 포함되어 있었다.

32

29연대 5대대 2중대 2소대 소대장 김영조 소위는 마산 출신이다. 아버지는 대대로 이어오는 토착 지주로서 드넓은 논밭 뿐 아니라 다섯 척의 어선을 가진 부호였고, 어머니는 일본에서 공부한 고음의 소프라노였다. 10년째 쇼팽만 치고 있고 항상 덜렁대는 피아니스트 누나가 하나 있었다.

약간 높은 지대에 동남향의 고풍어린 가옥이 그의 집이었다. 안채 바깥채가 엄격히 구분되어 있었고, 수시로 손을 보아 어디 하나 흠 잡을 데 없이 깔끔하게 단장된 집이었다. 단아한 팔작지붕에 홑처마 기와집인 안채는 일대에서 가장 품격 높은 건물이었다.

김영조는 지휘자가 되는 것이 목표였다. 부모님은 아들에 대한 높은 긍지 속에서 어떤 후원도 아끼지 않았고, 누나는 앞장서서 영조가 배우고 해야 할 것들을 챙겨주었다. 영조가 열세 살 때 해방이 되었고, 영조는 광복을 찾은 조국에서 이 나라 최고의 지휘자가 되는 꿈에 부풀어 있었다.

영조의 아버지는 첩을 하나 두고 있다는 사실만 빼고는 자상한 아버지요, 훌륭한 남편이었다. 그러나 그는 시류에 편승하는 친일파였고, 자신의 권위를 위해서는 하인들과 소작인들을 짐승처럼 취급하는 잔혹한 사람이었다.

해방 후 많은 사람들이 그의 아버지를 비난하였으나 그는 까딱하지 않았다. 아직도 엄청난 재산가였고, 세력 있는 유명 인사였다. 그를 헐뜯는 사람들은 단지 뒤에서만 손가락질 할 뿐이었고 그의 앞에서는 여전히 굽신거리며 깍듯하게 어르신 대우를 했다.

영조에게 해방이란 별 의미가 없었고 큰 변화도 없었다. 그는 단지 음악 공부만 열심히 하면 되었다. 훌륭한 부모 밑에서 한껏 사랑을 받으며 지휘자의 꿈만 좇아가면 되는 것이었다. 영조의 앞길은 탄탄대로였다.

영조에게는 외삼촌이 두 분 계셨다. 큰외삼촌은 대구의 본가에서 정미소를 경영하는 부자였고, 작은외삼촌은 결혼도 하지 않고 도무지 말이 없는 비쩍 마른 사상가였다. 작은외삼촌은 어디에서나 있는지 없는지 존재조차 희미했다. 해방 다음 해 어느 날 슬그머니 일본에 유학을 가더니 몇 년 후 역시 슬그머니 귀국했다.

언제나 존재를 드러내지 않던 그는 일본에 가서도 조용히 있다가 역시 조용히 돌아왔다. 그러나 사실은, 그는 일본에는 1년 남짓 있었을 뿐이었고, 나머지 시간은 여순사건의 현장에 있었던 것이다. 지리산 일대에서 극렬 빨치산 활동을 하다가 구사일생으로 목숨을 건진 그는 일본에 계속 있었던 것으로 위장하고 영조의 집에 들어왔던 것이다.

그 사실을 아는 사람은 영조의 부모뿐이었다. 그로 인해 영조의 부모 얼굴에는 늘 그늘이 져 있었다. 영조의 외삼촌은 영조의 집에 오래 머물지 않았다. 보름 정도 몸을 추스른 다음에 대구로 갔다가 또 한 달 만에 행방불명이 되었다. 말이 행방불명이었지 실은 월북이었다. 그는 조국의 통일을 위해 위대한 인민군의 전사가 되었던 것이다.

6·25가 터지자 그는 인민군의 선봉대에 끼어 남쪽으로 밀고 내려오는 데에 앞장을 섰다. 그의 목표는 고향 대구를 미제와 그 앞잡이 괴뢰정부로부터 해방시키는 것이었다. 영조 외삼촌의 부대는 파죽지세로 밀고 내려와 낙동강 전투에서 국군과 맞붙었다. 그곳에서 그는 국군의 박격포탄에 맞아 피투성이가 되어 전사했다.

영조 외삼촌 밑에는 영조 집에서부터 그를 따라나선 길삼이라는 청년이 하나 있었다. 대대로 영조 집에서 머슴을 살던 집 아들이었다. 그가 영조의 집에서 나오게 된 이유는 영조의 누나 영희에게 연심戀心을 품었다가 집사 박서방에게 들켜 죽도록 얻어맞고 손이 발이 되도록 빌어 겨우 쫓겨나지는 않고 그 집에 계속 붙어 있다가 영조 외삼촌을 따라 나섰던 것이다.

영조 외삼촌이 전사하자 길삼이는 부대에서 탈주하여 영조의 집으로 향했다. 옷과 음식을 훔쳐 연명하며 사흘 밤낮을 걸어 영조 집에 도달한 그는 밤이 될 때를 기다렸다가 밤이 되자 담을 넘어 영희의 방을 찾아들어갔다.

이십여 년을 살던 집이라 눈을 감고도 어디가 어디인지 알 수 있었다. 영희는 본래 안채의 건넌방을 썼으나 피아노 연습을 하기 위해 건넌방 바깥쪽으로 따로 방 하나를 들여 연습실 겸 침실로 쓰고 있었다.

소리 없이 영희 방에 잠입한 길삼이는 잠자는 영희 곁으로 살금살금 다가갔다. 잠결에 서늘한 기척을 느낀 영희가 눈을 뜨고 일어나려고 하자 길삼이가 덮쳐들어 입을 막고 칼을 목에 들이댔다.

"나 길삼이다. 조용히 하면 목숨은 살려준다."

"길삼이?"

영희는 너무 놀라 손가락 하나 움직일 수가 없었다. 어느 날 갑자기 사라진 길삼이가 이 밤중에 홍두깨 같이 내 방에 들어오다니. 잠이 확 달아났다. 영희는 지금 길삼이가 자기를 겁탈하려고 덤벼든다는 것을 알 수 있었다. 이 위기를 어떻게든 넘겨야 했다.

"길삼아, 너 이러면 안 돼."

길삼이의 귀에는 아무 소리도 들리지 않았다. 단지 빨리 영희의 몸을 빼앗고 싶을 뿐이었다. 그러나 영희는 얇기는 하지만 여러 겹의 옷을 입고 있었다. 허둥대는 손길로 격렬히 반항하는 영희의 입을 막고 옷까지 벗겨낼 수는 없었다.

옷을 벗기기보다는 영희의 입을 막기에 급급했다. 칼을 들이대기는 했으나 대대로 섬겨온 주인댁 아가씨 몸에 상처를 낼 수는 없었다. 오히려 영희는 자기가 목숨을 바쳐서라도 지켜야 할 아가씨였다.

"길삼아, 너 이러면 안 돼. 그냥 가라. 오늘 일은 내가 없었던 일로 해줄게. 멀리 도망가. 빨리. 제발."

길삼이는 멈칫했다. 그래도 영희 말대로 그냥 도망가기는 싫었다. 죽더라도 영희와 한 번 살을 섞다가 죽어야겠다고 생각했다. 영희를 올라탄 길삼이가 바지를 벗으려고 자기 허리춤에 두 손을 대는 그 짧은 순간에 영희는 있는 힘을 다해 길삼이를 밀치고 발딱 일어나 벽에 기대어 섰다.

"가까이 오지 마! 오면 소리 지를 테다!"

길삼이의 눈은 짐승 눈처럼 어둠 속에서 빛나고 있었다.

"그냥 가라. 제발. 그게 너도 살고 나도 사는 길이야. 바보짓 하지 마라."

"그래, 나는 바보다. 이 잘난 상전아. 그렇지만 나는 옛날의 내가 아니다. 나는 위대한 인민군 전사다."

길삼이는 지금 나는 너희집 머슴이 아니고 너와 동등한 하나의 인간이며, 너를 내 여자로 만들 수 있다는 것을 알려주고 싶을 뿐이었다. 그러나 그것은 길삼이의 생각이었고, 영희는 어떻게든 이 순간을 모면할 궁리뿐이었다. 영희와 길삼이의 좁은 방안에서의 술래잡기가 다시 시작되었다. 마침내 영희가 잡혀 다시 방바닥에 쓰러졌다.

"사람 살려!"

쓰러짐과 동시에 영희 입에서 터져나온 비명이었다. 한 밤중의 조용한 집안에서의 비명소리는 천둥소리처럼 온 집안을 울렸다. 모든 식구가 이 비명을 들었다. 식구마다 영희의 방으로 달려들었다.

그 순간에도 길삼이는 영희의 몸을 짓누르고 있었다. 후다닥 문이 열리며 방의 불이 켜지고 누군가 길삼이의 목덜미를 감아쥐고 쓰러뜨렸다. 이 사람 저 사람이 다 뛰어 올라왔다. 이미 사태가 그른 줄 안 길삼이는 자기 목을 감아쥔 박서방을 밀어내고 마당으로 뛰어 내려섰다.

마당에는 주인어른과 마나님이 잠옷 바람으로 서있었다.

"비키시오."

길삼이는 두 내외를 밀치며 밖으로 나가려 했다.

"네 이놈!"

주인어른인 영조 아버지가 길삼이의 멱살을 움켜잡았다.

"이놈, 먹여주고 키워준 은공을 모르고 이게 감히 무슨 짓이냐."

"놓으시오, 갈 테니."

"아니, 이놈이. 배은망덕하게."

순간 길삼이의 눈에서 시뻘건 불길이 일었다.

"배은망덕? 먹여주고 키워 줘? 부려먹은 건 어쩌고!"

"아니 이놈이 그래도 대들어?"

주인어른과 길삼이의 실랑이가 계속되었다. 기어이 길삼이를 무릎 꿇려 놓고 사죄를 받아 자신의 위엄을 보이겠다는 주인어른의 의지에는 한 치의 양보도 없었다.

"비키시오. 가게."

"이놈이 끝까지 돼먹지 않게."

주인어른은 시대의 흐름과 길삼이의 변화를 감지하지 못 하고 있었다. 길삼이는 이미 이 집의 머슴이 아니었고, 더구나 수많은 전투를 겪고 투철한 사상으로 무장한 인민군의 전사였던 것이다.

"친일파 매국노, 반동."

"뭐? 뭐? 너 지금 뭐라고 했냐?"

"매국노, 반동이라 했소."

"이 미친놈이, 머슴 주제에."

누군가의 손에 들려있던 몽둥이를 빼앗아 들고 길삼이를 후려 쳤다. 길삼이는 몽둥이를 슬쩍슬쩍 피하며 입가에 묘한 웃음을 흘렸다. 주인어른은 이제 완전히 이성을 잃고 몽둥이를 휘둘러댔다.

"내가 왜 매국노냐. 다 너희 놈들 데리고 먹고 살라고 한 일이다."

고래고래 소리를 지르며 길삼이를 몽둥이로 후려쳤다. 피하기를 멈추고 몇 대 맞은 길삼이의 눈에 살기가 돌며 결심이 선 듯 우뚝 섰다.

"악독한 반동, 인민의 이름으로 처단하겠소."

길삼이의 손이 번쩍했다. 그의 손에 들린 단검은 정확하게 주인어른의 명치끝을 파고들었다. 주인어른은 맥없이 그 자리에 고꾸라졌다.

"여보!"

놀란 마나님이 높은 소프라노로 외마디 소리를 지르며 그대로 남편 위에 엎어졌다. 이 모든 사단이 자기 막내동생 때문이라는 황망함에 빠져 있던 마나님은 쓰러진 남편을 부둥켜안았다. 이미 영감은 숨이 끊어져 있었다.

"아니, 이놈이. 어찌 이런 일을 감히!"

"당신도 영감 따라 가시오. 부르주아 여편네!"

다시 한 번 그의 손이 번쩍하며 마나님의 목을 찔렀다. 마나님은 비명소리 한 번 못 냈다. 마나님은 목에 칼을 꽂은 채 무너졌다. 길삼이가 마나님 목에 걸린 칼을 빼려고 허리를 숙이는 순간, 박서방의 몽둥이가 그의 뒤통수로 날았다.

'어쿠.' 하며 중심을 잃는 순간 모두 달려들어 그를 치고 밟았다. 누군가 그가 떨어뜨린 칼로 가슴을 두세 차례 찌르자 그의 움직임이 멈추었다. 모든 것이 순식간에 벌어진 일이었다.

마당에 나온 사람들은 넋을 잃고 이 장면을 바라보고 있었다.

영희도, 영조도 다 보고 있었다. 상상도 할 수 없는 비극의 장면이 한밤중에 영조의 집 앞마당에서 벌어진 것이다.

졸지에 영조 남매는 고아가 되었다. 큰외삼촌이 허겁지겁 달려와 급하게 장례를 치렀다. 영조 아버지의 명성이나 재산과는 너무나 어울리지 않는 초라하고 삭막한 장례였다. 두 남매는 아무 말도 못하고 그저 시키는 대로, 하라는 대로 장례를 치를 뿐이었다.

큰외삼촌도 오래 머물러 있을 수 없었다. 낙동강 전투는 갈수록 치열해져 오랫동안 집을 비워둘 수가 없었던 것이다. 일단 대구로 올라갔다가 다시 마산으로 내려와 조카들을 데려가기로 했다.

장례를 치른 후 영희는 방안에만 처박혀 있었다. 사흘 뒤부터 이상한 행동을 보이기 시작했다. 혼자 울다가 웃다가 하더니 어떤 날은 하루 종일 쇼팽의 곡만 두들겨 댔다. 영희가 주로 치는 곡은 <빗방울 전주곡>이었다. 마산은 비가 많이 오지 않는 지역이지만 영희는 이 곡을 특히 좋아했다. 곡은 틀리지 않고 정확하게 쳤고, 감정도 살아 있었다.

일주일쯤 더 지난 뒤에 영희는 드디어 정신을 놓았다. 사람도 겨우 알아보고 시도 때도 없이 맨발로 돌아다녔다. 가정부가 늘 따라다녔으나 가정부 몰래 혼자 나가 사람들이 모두 영희를 찾아 나선 적도 여러 번 있었다.

어느 날 아침 영희는 마산 앞바다에 시체로 떠올랐다. 그 전날 밤 바닷가에 사는 사람들은 어떤 여자가 바닷가에서 '내 고향 남쪽 바다'로 시작하는 노래를 아름답게 여러 번 부르는 것을 들었다고 했다. 그리고 물귀신이 저 처녀를 잡아갈 거라고 자기들끼리 수군 거렸다고 했다.

대구의 큰외삼촌이 다시 급하게 와서 무서움에 벌벌 떨고 있는 영조를 데려갔다. 영조는 반쯤 정신이 나간 상태였다. 영조가 마산을 떠나고 사흘이 지난 날 밤에 영조의 집에는 수십 명의 사람들이 몰려와 집을 지키던 박서방을 내쫓고 집안을 샅샅이 뒤져 물건이란 물건은 다 집어가고 안채에 불을 질렀다.

영조 부모의 자랑거리였던 기품 있고 아름답던 가옥은 잿더미로 변했다. 바깥채에는 어느 사이엔가 피난민들이 들이닥쳐 방 하나씩 차지하고 급한 살림들을 꾸려갔다.

부잣집에서 귀하게 자란 청년 영조는 부모님과 누나와 집과 재산을 모두 잃고 천애의 고아가 되어 외삼촌 집에 얹혀사는 기막힌 신세가 되고 말았다. 영조는 무엇을 어떻게 해야 할지 전혀 갈피를 잡을 수가 없었다.

전투는 막바지에 치달아 도무지 이것은 사람이 사는 세상이 아니라 미친 마귀들의 난장판 같았다. 대구도 곧 인민군 손에 떨어질 것이라는 소문도 돌았다. 대구가 떨어지면 부산까지 떨어지는 데에는 오랜 시간이 걸리지 않을 것이다.

그러나 전세는 역전되었다. 9월 중순에 인천상륙작전의 성공으로 낙동강 전선의 포위가 풀리고, 국군의 반격이 시작된 것이다. 영조 외삼촌도 어느 정도 정신을 수습할 수 있었고, 영조도 안정을 찾아가기 시작했다.

김영조는 자신의 인생과 현실에 대해 고민을 할 수밖에 없었다. 출생부터 부모님 돌아가시기 전까지는 최상의 품격을 갖춘 생활을 누렸다. 그러나 부모님이 돌아가신 이후 자신의 인생은 끝없는 추락을 거듭했고, 과거의 영화는 다시 돌아올 수 없었다.

영조는 자신에게 닥친 이 일들이 인과응보라는 인식을 가지기 시작했다. 부모님의 업보業報가, 아니면 그보다 더 먼 조상의 업보가 자신의 대에 와서 결말을 보는 것 같았다. 그 업보를 혼자의 힘으로 헤쳐 나가기에는 역부족이었고, 큰외삼촌에게 무턱대고 의지하기는 싫었다. 앞으로 어떻게 살아야 할 것인가. 영조의 고민은 깊어만 갔다.

전쟁 발발 2년 후인 1952년 초여름에 우연히 지원병 모집 광고를 본 영조는 약간의 망설임 끝에 초급장교에 지원하여 두 달의 교육을 받고 제 9사단으로 배치를 명받았다.

대구로부터 차를 몇 번이나 갈아타고 어디를 어떻게 왔는지 모르지만 영조는 백마고지 전투를 벌이고 있는 9사단 29연대에 배속되었다. 중대장, 대대장에게 신고를 했다. 대대장은 눈길 한 번만 주었을 뿐 자기 할일만 했다. 중대장은 오느라고 수고했다고 하고 개인적인 이야기 몇 마디 묻고는 선임하사에게 보냈다. 선임하사는 신임 소대장에게 술 한 잔을 권하고 일찍 자라고 했다.

다음날 아침, 김영조 소위는 오늘 오후에 자신이 전투에 투입된다는 사실을 알았다. 선임하사가 출전을 앞둔 그의 눈을 들여다보며 전투 요령을 자세하게 가르쳐 주었다. 무슨 말인지 귀에 잘 들어오지 않았지만, 마지막 말은 절대로 부하들에게 비겁한 모습을 보여서는 안 된다는 말이었다. 영조는 그 한 마디는 기억에 남았다.

출전의 순간이 왔다. 영조는 먹먹한 심정으로 소대의 맨 앞에 섰다. 자신의 뒤로는 소대원들이 줄줄이 붙어 섰다. 엄청난 포탄들이 고지에 쏟아지고 있었다.

돌연 공격명령이 떨어졌다. 김영조 소위는 달렸다. 아무 생각 없이 달렸다. 비탈길이 시작되는 곳에 이르러 달리기를 멈추었다. 앞을 보았다. 아무도 없었다. 뒤를 보았다. 소대원들이 줄줄이 자기를 지켜보고 있었다. 1분대 좌, 2분대 중앙, 3분대 우였다.

김영조 소위는 의연히 소리쳤다.

"지 문딩이들 민나 칵 죽이삐라카이! 공격! 공격!"

평생 자기 입에서 나온 소리 중 가장 우렁찬 소리로 명령을 내렸다. '민나'는 '모두'라는 뜻의 일본말이다. 김영조는 어려서부터 아버지가 '조센징 민나, 민나.'라는 말을 듣고 자랐고, 이 급박한 상황에서 자기도 모르게 그 말이 튀어나와 버린 것이었다.

김영조 소위는 자세를 낮추고 비탈길을 기어 올라갔다. 부하들이 따라 올라왔다. 권총을 뽑아들고 계속 올라갔다. 아직 적의 저항은 없었다. 좌우 어디에서도 아직 총격전이 시작되지 않았다. 철모를 고쳐 쓰고 낮은 포복으로 조금씩 기어 올라갔다.

'피융.' 하고 유탄 하나가 귓가를 스쳐갔다. 이어 콩 볶는 소리가 귓가를 때렸다. 김영조 소위는 얼른 엎드렸다. 적의 총격이 잠시 멈추자 살며시 고개를 들어보았다. 앞에서는 아무 소리도 들리지 않고 아무 것도 보이지 않았다.

김영조 소위는 살짝 몸을 일으켰다. 어깨까지 몸을 일으켰을 때 그를 향한 일제사격이 불을 뿜었다. 총알 하나가 그의 왼쪽 어깨를 타고 지나갔다. 어깨뼈가 불에 지지는 듯이 뜨겁고 아팠다. 얼른 몸을 낮추었다. 부하들이 '소대장님, 소대장님!' 하고 부르는 소리가 들렸다. 그는 오른손을 들어 소대원들에게 올라가라는 신호를 보냈다.

누워 있는 자기 옆으로 소대원들이 줄줄이 자세를 낮추고 서로 엄호하며 위로 기어 올라갔다. 몇몇은 경례를 붙였다. 아마 소대가 다 올라간 모양이었다.

김영조는 흙모래 비탈길을 혼자 기었다. 죽어라 하고 기어 올라갔다. 죽더라도 부하들보다 뒤에서 죽기는 싫었다. 정신없이 기어가다 보니 소대원들이 엎드려 있는 곳에 이르렀다. 소대장이 피투성이가 되어 혼자 기어 올라온 것을 본 소대원들이 놀란 표정을 감추지 못 했다.

"소대장님, 괜찮으세요?"

"응, 괜찬쿠마!"

그는 비겁한 모습을 보이기 싫었다. 우리집 하인들 같이 생긴 이런 부하들에게 비겁한 모습을 보이기는 더욱 싫었다. 분대장 하나가 옆에 와서 뭐라고 하는데 잘 들리지도 않고 알아들을 수도 없었다.

"소대, 돌격 준비!"

김영조 소위가 명령했다.

"소대, 돌격 준비!"

분대장들이 따라했다.

"소대! 앞으로! 가자꾸마!"

그는 갑자기 몸을 일으켰다. 여기서 갑자기 몸을 일으켜서는 절대로 안 된다. 기다렸다는 듯이 그를 향한 일제사격이 다시 불을 뿜었다. 적어도 서너 발의 총탄이 그의 몸에 박히거나 뚫고 지나갔다. 푹 고꾸라졌다. 전 소대원이 눈을 동그랗게 뜨고 그를 바라보고 있었다.

소대장이 쓰러진 그의 소대는 진격을 못 했다. 분대별로 나누어 웅크리고만 있었다. 이미 소대장은 지휘를 할 능력을 잃었다. 분대장 하나가 옆에 와서 보고를 했으나 그는 알아듣지도 못 하고 고개만 끄덕였다. 소대원들은 소대장을 그곳에 두고 분대별로 아래로 후퇴하더니 우회하여 다른 진로로 공격을 시도하려는 것 같았다.

김영조 소위는 시든 풀 위에 몸을 뉘었다. 나른했다. 눈을 감았다. 그의 귀에 먼 데서, 가까운 데서 나는 총탄소리, 포탄소리, 고함소리가 어지럽게 쏟아져 들어왔다. 지독한 불협화음이었다. 귀를 막고 싶었다. 그의 모든 감각들은 닫혔다 열렸다 하고 있었다.

"아, 이기서 죽는구마. 죽는다 카이 이런 기구마."

그런데 신기하게 총탄소리, 포탄소리, 인간들의 고함소리가 오케스트라의 악기 소리로 바뀌고 있었다. 지금 들리는 음악은 <전원 교향곡>이다.

플룻은 왜 자꾸 박자가 처지지? 제 2 바이올린 세 번째 풀트 인사이드는 G현 튜닝이 안 맞네. 호른 제 2 주자는 왜 저렇게 맥이 없어. 첼로는 모두 우물거리지 말고 소리를 좀 더 야무지게 내야지. 그는 한 음 한 음, 한 악기 한 악기의 소리를 정확하게 듣고 있었다.

연주곡이 <운명 교향곡>으로 바뀌었다. 1악장 알레그로 콘 브리오. '운명은 이렇게 문을 두드린다. 쾅쾅쾅 과앙 쾅쾅쾅 과앙.' 곡이 다시 바뀌었다. <합창 교향곡> 4악장의 클라이맥스였다.

김영조 소위는 있는 힘을 다하고 목청을 다하여 노래를 불렀고, 오른손은 미친 듯이 허공을 휘저으며 지휘를 했다.

프로이데 쇠네르 괴테르 풍켄 토흐터 아우스 엘 리지움

비 베 트레텐 포이어 트룽켄 힘리쉬 다인 하일리툼
밤바라밤밤 밤밤밤밤 밤밤밤밤
밤 밤 밤 밤 밤 밤 밤 밤 밤 밤 밤 밤 밤 밤 밤 밤
밤바르르르르르르르르르르르르르르르르르르르 밤밤밤밤 꽝

음악이 끝나고 지휘도 끝나고 청춘도 끝났다. 그의 팔은 툭 떨어지고 그의 귀에는 아무 소리도 들리지 않았다. 김영조 소위는 환희의 찬가 속에서 숨을 거둔 것이다.

33

29연대 6대대 1중대 3소대 소대장 권중호 중사는 서울 용두동에서 낳고 자랐다. 얼치기 노름꾼인 아버지는 허황된 일확천금의 꿈에 사로잡혀 여기저기 노름판만 따라다녔다. 당연히 가정은 하루도 편할 날이 없었다.

권중호가 예닐곱 살 때인 해방되기 몇 해 전에 아버지는 노름빚에 쫓겨 아내와 딸은 서울에 남겨둔 채 아들만 데리고 이북으로 넘어갔다. 어린 중호와 함께 북한 땅 이곳저곳을 전전하다가 역시 남한에서 넘어온 사업가가 운영하는 평양 근처의 목재소에서 인부로 일을 했다. 그러나 그곳에서 또 동료들을 꼬여 노름판을 벌이다가 목재소 사장에게 걸려 월급도 제대로 못 받고 벌로 일만 죽어라고 했다.

어느 비오는 날 밤에 권중호의 아버지는 목재소 사무실을 털어 약간의 금품을 훔쳐가지고는 아들은 목재소에 남겨둔 채 도망갔다. 어린 권중호는 홀로 남겨져 이 사람 저 사람의 눈치를 보며 목재소에서 잔심부름을 하며 살아갔다.

　해방이 되고 남과 북이 갈라지자 목재소 사장을 비롯한 대부분의 남한 사람들은 서둘러 남으로 내려갔다. 그러나 갈 데가 없고, 아는 사람도 없는 권중호는 혹시나 아버지가 돌아올까 해서 목재소를 떠나지 못 하고 있었다. 그러나 아버지는 돌아오지 않았다.

　목재소 사람들도 다 흩어졌다. 6·25가 터지고 인민군이 낙동강까지 내려갔으나 국군이 반격 북진하여 평양을 점령하였다가 중공군의 개입으로 다시 후퇴할 때 많은 사람들이 남한으로 피난을 떠났다. 권중호도 서울로 가기로 했다. 서울로 가서 어머니와 누나라도 찾아야 했다.

　12월이었다. 날씨는 매섭게 찼다. 대동강을 건너야 했다. 그러나 대동강 철교는 이미 폭파된 후였다. 짐보따리를 등에 지고 머리에 이고 부서진 다리의 구조물을 아슬아슬하게 타고 넘어가는 피난민들과 아차 잘못하여 우수수 다리에서 떨어져 시퍼런 대동강물에 빠져 죽는 사람들을 그는 두 눈으로 똑똑히 보았다. 그래도 다리 앞에는 부서진 다리를 건너가려고 수천수만 명의 피난민 행렬이 기다리고 있었다.

　그는 대동강 철교로의 피난을 포기했다. 그처럼 포기한 사람들이 강을 따라 어디론가 가고 있었다. 권중호도 그들을 따라갔다. 반나절 정도 강 상류 쪽으로 올라갔다. 강을 건너는 사람들의 무리가 보였다. 그곳은 강물이 얕은 대신 물살이 빠른 곳 같았다. 사람들은 그곳을 택해 목숨을 걸고 강을 건너고 있었다.

　권중호는 강가로 다가가 보았다. 얇은 얼음, 두꺼운 얼음이 둥둥 떠내려가고 있었다. 손을 물에 담가보니 손가락 마디가 끊어지는 것 같이 찼다. 이 물을 건넌단 말인가.

사람들은 말없이 두 줄 세 줄로 서서 조심조심하며 한 발 한 발 건너가고 있었다. 대부분이 머리 위에 짐을 이거나 아이들을 어깨 위에 태우고 있었다. 큰 함지박 같은 것에 물건을 싣고 살살 밀고 가는 사람도 있었다. 누구도 말을 하는 사람이 없었다.

저쪽에서 어푸어푸 소리가 나더니 사람 머리 하나가 물속에 들락날락 하고 있었다. 발이 미끄러지거나 웅덩이에 빠진 것 같았다. 사람들은 눈길 한 번 주지 않고 그 곁을 지나가고 있었다. 이쪽에서도 물속 웅덩이에 두세 사람 빠졌다. 팔을 휘저으며 살려달라고 애원하는 소리가 절박했으나 그것도 잠시뿐, 곧 대동강 물줄기는 다시 침묵에 쌓였다.

강 건너에는 무사히 건넌 사람들이 얼른 옷을 벗어 물을 쥐어 짜고 탁탁 털고 있었다. 추위보다는 목숨이 훨씬 중요한 것이었다. 아이들도 상당히 있었으나 울음소리 하나 없었다.

권중호는 여기서 강을 건너기로 마음을 먹었다. 짐보따리를 다시 한 번 단단히 묶어 머리위로 올렸다. 한 발 강물에 담갔다. 또 한 발 담갔다. 사람들의 줄을 따라 그렇게 한 발 한 발 내디뎠다. 물이 발목에서 종아리로 다시 무릎으로 올라왔다. 다리의 감각은 이미 마비된 듯했다.

떠내려가던 얼음 조각 하나가 무릎을 쳤다. 차디찬 물속에서 살갗이 잔뜩 얼어 있는데 거기를 얇은 얼음이 치고 지나가니 그것은 칼로 베는 것이나 다름없었다. '윽!' 소리가 절로 나왔다. 다리가 끊어지는 것 같았다.

그 자리에 그대로 섰다. 그러나 서 있다고 추위가 가시거나 아품이 덜해지는 것도 아니었다. 오만상을 찡그리고 아픔을 참으며 또 한 발 앞으로 옮겼다. 물은 허리를 지나 가슴까지 올라오고 있었다.

바로 옆에 어떤 아줌마가 애기 하나는 안고 하나는 어깨에 올리고 건너고 있었다. 그 아줌마는 키가 작았다. 권중호보다 작았다. 어깨 위의 작은애도 아슬아슬, 안고 있는 큰애도 위태로워 보였다.

'음마아!' 아줌마의 낮은 비명이 깔렸다. 아마도 얼음조각이 아줌마의 몸 어딘가를 때린 모양이었다. 다음 순간 권중호는 못 볼 것을 보고 말았다. 아줌마는 목에 매달려 있던 아이를 잡아떼어 버리고 어깨에 올린 아이만 움켜쥐는 것이었다.

물에 빠진 큰애는 제대로 비명소리 한 번 못 내고 두꺼운 솜옷이 물에 젖어 그대로 물속으로 가라앉고 말았다. 권중호의 눈에 비친 아줌마의 얼굴은 아무렇지도, 아무 일도 없었다는 무표정이었다.

꽤 많은 사람들이 물속으로 사라졌지만 훨씬 더 많은 사람들이 대동강을 건넜다. 그들은 무작정 남쪽으로 내려갔다. 가다가 얼어죽는 사람, 굶어죽는 사람, 아파죽는 사람도 많았다.

죽는 사람은 그렇게 죽고 산 사람은 말없이 걸음만 옮기고 있었다. 먹을 것은 구걸과 강도질과 도둑질로 해결했다. 때때로 그들의 머리 위로 미군 전투기들이 날아갔다. 그러나 그들을 기총소사로 갈겨대지는 않았다.

사람들은 모였다 흩어졌다 했다. 중간에 그대로 주저앉는 사람도 있었고 무리에 새롭게 끼어드는 사람도 있었다. 숫자가 수백 명에 이르기도 했고 수십 명으로 줄기도 했다. 산을 넘고 내를 건너고 마을을 지나고 들판을 지나고 그렇게 갔다. 38선을 지나고 서울에 이르렀다.

권중호는 사람들에게 묻고 물어 자기가 살던 용두동 집을 겨우 찾아가 보았다. 집은 이미 자기 집이 아닌 채 비어 있었고 동네도 황폐해져 있었다. 어머니와 누이는 찾을 길이 막막했다. 사람들을 따라 서울을 지나 또 남쪽으로 피난을 갔다.

권중호는 굶주림과 추위와 외로움과 싸우며 한 살 더 나이를 먹었다. 도저히 혼자 살아갈 방도가 없었던 그는 군에 지원했다. 하사로 입대하여 8개월만에 중사로 승진했다. 우선 군대에서 사람들과 더불어 살며 먹고 자는 것이 해결되었고, 곁에 아무도 없다는 소외감에서 벗어날 수 있었다. 죽고 사는 것이 중요했지만 먹고 자는 것도 중요했다.

권중호는 통신병이었다. 자고 깨면 사병 하나둘 데리고 전화선만 끌고 다녔다. 전투가 한창 격렬할 때에도 그는 전화선을 끌고 다니며 자기 임무를 실수 없이 해냈다. 군대 생활 1년 반 중에서 9사단에서만 1년 이상을 근무한 그는 큰 사고나 부상 없이 견디었고, 백마고지에서도 중요한 임무를 차질 없이 잘 해내고 있었다.

백마고지 전투도 이제 끝날 때가 되었다. 중공군은 손실이 막심해 더 이상 공세를 취할 수 없는 지경에 이르렀다. 공세를 취할 수 없다는 것은 곧 패배와 퇴각을 의미했다.

아군의 피해도 심각했다. 특히 소대장들의 희생이 컸다. 앞장서서 돌격하여 소대원들의 사기를 올리는 의무를 다하고, 결국 온몸으로 총알과 수류탄을 받아들인 많은 젊은 소대장들은 이미 이 세상 사람들이 아니었다.

고급 장교들은 은근히 부사관 중에서라도 웬만하면 소대장으로 임명하고 싶은 마음이 있었다. 그러나 그것은 입 밖으로 함부로 낼 수 있는 말이 아니었다. 부사관과 장교는 엄연히 역할이 다르고 신분이 다르기 때문이고, 소대장이 되라는 것은 곧 죽으라는 말과 같은 뜻이기 때문이었다.

고지에서 치열한 전투가 있던 날 밤이었다. 그날도 소대장이 한 명 죽었다. 중대장이 권중호를 불렀다. 중대장과 직접 면대한 적이 없던 그로서는 무슨 일인지 긴장했지만, 혹시 소대장 얘기는 아닐까 하는 추측을 해볼 수 있었다.

중대장은 전부터 권중사를 눈여겨보고 있었다. 권중호는 말이 없고 나이에 비해 신중했고, 세상의 이치를 아는 것 같았다. 중대장에게 권중호는 한 마디로 믿을 만한 친구였던 것이다.

"권중사, 자네 소대장 한 번 해 보지 않겠나?"

권중호는 즉각 대답이 나오지 않았다. 막연하게 소대장이라는 지위에 대해 상상은 해 보았지만 막상 중대장의 입을 통해 직접 듣고 보니 어떻게 하는 것이 옳은지 알 수가 없었다.

"생각해 보고 대답해. 내일 취침 전까지야."

"알겠습니다. 중사 권중호 물러가겠습니다."

잠자리에 누워 뒤척거리며 이 궁리 저 궁리해 보았다.

"소대장이란 나를 위해서나 나라를 위해 한 번 해볼 만한 일이다. 그런데 죽으면 소대장이 무슨 소용이냐 말이다. 소대장은 되고 죽지 않을 수는 없을까? 그래! 소대장은 되고 죽지 않으면 되는 거야."

의외로 쉽게 답이 나왔다. 싸우기는 싸우되 죽지 않는다는 것이 권중호의 해답이었던 것이다. 그리고 그렇게 할 수 있을 것 같았다.

그는 지금까지 수없이 많은 죽는 사람들을 보았지만 그보다 훨씬 더 많은 살아남는 사람들을 보았기 때문이었다.

"다음 전투만 무사히 넘기면 된다. 하루가 될지 이틀이 될지 모르지만 전투를 한 번만 치르면 된다. 그 고비만 넘기면 나는 소대장으로서 살아남는 것이다."

권중호는 그날 밤 편안한 마음으로 잠이 들 수 있었다.

다음 날 저녁 식사 후 중대장을 찾아갔다. 그리고 소대장을 맡겨 주시면 이 한 몸 다 바쳐 조국과 전우를 위해 싸우겠다고 굳게 맹세했다. 다음날 소정의 절차를 밟아 대대장으로부터 소대장으로 임명 받았다.

다음 날 그는 전투에 투입되었다. 소대원들은 신참내기 어린 소대장 권중호를 신기하다는 듯, 딱하다는 듯, 불신 반, 동정 반의 표정으로 힐끗거렸다.

전투가 시작되었다. 언제나와 마찬가지로 소대장들은 맨 앞에서 고지를 향해 나아갔다. 권중호도 맨 앞에 서서 고지를 향했다. 적당한 지점에 이르러 자세를 낮추고 기기 시작했다.

적의 사정거리 안으로 들어섰다. 총알들이 수도 없이 머리 위로 나르고 땅바닥에서 튀었다. 권중사는 엄폐물 뒤에서 꼼짝 안했다. 소대원들도 소대장을 따라 모두 엄폐물 뒤에서 꼼짝 안했다.

소대에 대한 총격이 뜸해졌다. 권중사가 배를 땅바닥에 깔고 살살 기면서 앞으로 조금씩 전진했다. 소대원들이 그 뒤를 따랐다. 좌우를 살펴보니 권중사의 소대가 가장 처져 있는 것 같았다. 2분 대장이 다가왔다.

"소대장님, 진격 안 합니까?"

"진격을 안 하다니, 진격은 신중해야 하는 거야. 미련하게 나가다가 죽어 자빠지면 뭐하냐."

2분대장은 대꾸를 못 했다.

"2분대가 선두다. 1, 3분대가 뒤따른다. 신중하라!"

권소대장은 조용하게 명령을 내리고 신중 또 신중하게 고지를 향해 올라갔다. 2분대도 적의 저항을 받지 않았다. 권중사의 소대는 그럭저럭 다른 소대보다 크게 뒤떨어지지 않고 진격을 계속하고 있었다.

오늘따라 의외로 적의 응사가 그다지 심하지 않았다. 오전에 있었던 아군의 포격에 적이 타격이 컸기 때문인 것 같았다. 위로 올라갈수록 유난히 더 많은 중공군의 시체가 곳곳에 널려 있었다. 권중사는 다시 엄폐물 뒤에 멈추어 몸을 기대었다.

소대원들이 다 올라가고 난 다음에야 그는 올라갔다. 소대원들은 그가 맨 뒤에 올라오는 것도 몰랐다. 당연히 소대장은 맨 앞에 있을 것으로 생각했기 때문이다. 고지의 7부 정도 올라갔다. 오늘은 너무 쉽게 올라왔다.

그때였다. 정상 부분의 참호에 죽은 듯이 숨어 있던 중공군이 일제히 격렬하게 총격을 퍼부었다. 다른 날보다 훨씬 강력했다. 아주 밀집해서 응집력 있게 공격을 퍼붓고 있었다. 국군의 전 부대는 진격을 멈출 수밖에 없었다. 적과 아군이 서로 마주보며 총격전만 해대고 있었으나 위쪽에 있는 중공군이 훨씬 유리했다.

시간이 지날수록 국군은 더욱 불리해져 밀리기 시작했다. 그때 중공군이 일제히 참호를 박차고 나와 무차별 난사를 시작했다. 월등히 유리한 중공군의 지형적 우위에 의한 공세였다.

국군이 맞서 싸워 보았지만 중과부적이었다. 상대가 안 되었다. 대항해 보아야 헛일이었다. 그래도 돌파를 시도해 보는 병사가 있었지만 그의 몸에는 총탄만 더 박혔다.

소대, 분대 별로 극심한 혼란 속에 우왕좌왕했다. 각자 살기 위해 몸을 감추기에 급급했다. 급기야 국군은 후퇴명령을 내리고 퇴각하기 시작했다. 처음에는 응사를 하면서 후퇴를 시도했으나 중공군이 워낙 거세게 밀고 내려오자 완전히 대오가 무너진 상태로 비탈길을 다급하게 허둥대며 도망쳐 내려가기 시작했다.

권중사는 엄폐물 뒤에 착 달라붙어 있었다. 그의 주변에는 아무도 없었다. 소대원들은 이미 다 위쪽으로 올라갔던 것이다. 그때 후다닥 누군가 그의 옆을 지나 아래로 뛰었다. 소대원이었다. 소대장이 없는 그들은 고지의 적들이 무자비한 공격을 가해오자 가장 먼저 후퇴를 시도한 것이었다.

앞에서 비탈길을 뛰어 내려가던 병사들이 하나둘씩 고꾸라지기 시작했다. 위에서 내려오는 중공군에게 맞은 것이 아니고 앞쪽인 아래에서부터 총탄을 맞는 것이었다. 후퇴하던 병사들은 어안이 벙벙해진 채 서 있다가 계속 총탄을 맞으며 쓰러졌다.

아까 올라오는 도중에 널려 있던 중공군의 시체 중에는 죽은 척하고 엎드려 있던 위장 저격수들이 있었던 것이다. 그들은 후퇴해 내려오는 국군 병사들을 하나씩 정확하게 저격하고 있었다.

적에게 앞뒤로 포위당한 것이다. 위에서는 적군의 무섭게 쏟아져 내려오고 있었고, 아래에서는 시체 사이에 몸을 숨긴 저격병들이 후퇴하는 국군 사병들을 요절내고 있었다.

저격병들은 가만히 엎드려 총을 겨누고 있다가 목표물을 정확히 타격했다. 그러다가 위치가 드러날 것 같으면 다시 죽은 척하고 엎어졌다. 허겁지겁 도망쳐 뛰어내려오는 국군 병사들 눈에 그렇게 위장한 저격병이 보일 리 만무했다.

권중호는 사태를 재빨리 파악했다. 쏟아져 내려오는 무더기 적병을 피하기 위해서는 무조건 아래로 뛰어야 했다. 빨리 뛰고 잘만 숨으면 저격병은 피할 수 있다고 권중호는 판단했다. '하필 오늘!' 이라고 중얼거렸다.

위쪽의 아군은 적의 총공격에 박살나고, 아래쪽 아군들은 저격병에 쓰러지고 있었다. 권중호는 재빨리 일어나 아래를 향해 달렸다. 뒤에서는 엄청난 양의 총알이 쏟아지고 있었고 앞에서도 몇 방 날아왔다. 서너 바퀴 구르며 겨우 엄폐물 뒤로 몸을 숨기고 가쁜 숨을 몰아쉬었다.

"소대장님, 살려주세요!"

어디서 다 죽어가는 소리가 들렸다.

"소대장님, 살려주세요!"

7~8보쯤 옆에 소대원 하나가 심한 부상을 당했는지 움직이지 못 하고 있었다. 뒤를 돌아 위를 올려다보았다. 중공군들이 산사태처럼 무서운 기세로 쏟아져 내려오고 있었다. 아래를 보았다. 국군들이 지원을 하기 위해 개미떼처럼 달려오고 있었다.

권중호가 부상당한 소대원 쪽으로 기어서 다가가 보았다. 허벅지에 총알이 하나 박혀 있는 것 같았다. 우선 옷을 찢어 허벅지를 꽉 묶어 출혈을 막았다. 일어서려는 순간 그 병사가 권중사의 다리를 움켜잡았다.

"절 데려가세요."

업고라도 내려가라는 얘기다. 권중사는 그럴 수 없었다. 이 부상병을 업고 내려가다가는 앞이든 뒤든 중공군의 총에 맞아 죽을 일밖에 없다. 그는 부상병을 뿌리쳤다. 그러나 부상병은 필사적으로 권중사의 다리를 붙잡고 놓지 않았다.

"저도 데려가세요."

"놔, 이 새끼야!"

"소대장님, 제발요."

"놓으라니까. 이 새끼가 정말!"

"소대장님, 저 좀 살려주세요."

중공군은 이제 사정거리 안까지 다가오고 있었다.

"놔, 이 새끼야! 안 놓으면 쏜다."

"소대장님, 소대장님!"

권중사는 권총을 뽑아들었다. 망설임 없이 애걸하는 사병의 관자노리를 향해 방아쇠를 당겼다. 그리고 국군이 올라오는 쪽을 향해 달렸다. 그는 적에게 완전히 등을 보인 것이다. 총알 하나가 그의 등을 쳤다.

"아이쿠!"

철모를 움켜쥐고 몇 바퀴 구른 다음 비스듬히 누워 등의 상태가 어느 정도인지 만져보았다. 등에서 옆구리로 비스듬히 총알이 스쳐 지나갔고 허리로 피가 흐르기는 했지만 출혈이 심한 편은 아니었다. 죽을 정도는 아니었다. 권중사는 안도의 한숨을 내쉬었다.

그 상태로 가만히 있었다. 지금의 자기 위치는 내려오는 중공군과 올라오는 국군과의 중간쯤 되는 위치다. 양군은 서로 대치한 채 총격만 해대고 있었다. 조금만 더 기다리면 국군이 올라올 것

이다. 그러면 나는 사는 것이다. 영광스러운 대한민국 육군 소대장
으로 백마고지에서 살아남은 역전의 용사가 되는 것이다.

뒤에서 중공군의 고함소리는 들리지 않았다. 저격병들은 어느
사이에 내려오는 본대에 합류한 것 같았다. 국군들은 눈에 확실히
들어올 정도로 가까이 다가오고 있었다. 중공군은 돌격을 멈추고
총격전만 벌이고 있었다.

권중호는 살살 기어 조금 더 아래로 내려왔다. 적의 사정권에서
확실하게 벗어나야 했기 때문이었다. 이제는 몸을 일으켜도 될 듯
싶어 머리를 살짝 들었다. 아래에서 올라오는 아군들이 많이 보
였다.

그의 얼굴에는 미소가 번졌다. 어깨까지 위로 들었다. 그 순간
아군이 쏜 총알 하나가 그의 얼굴 한복판에 박히며 얼굴은 대여
섯 개 뼛조각으로 쪼개졌다.

권중사 모르게 권중사 위쪽에서 권중사의 등을 겨누고 있던 중
공군 하나를 아래의 아군 하나가 겨누고 있어, 국군 사병과 권중
사와 중공군 하나가 일직선상에 있었던 것이다. 국군 사병이 권중
사를 노리는 중공군을 향해 방아쇠를 당기는 순간 권중사가 얼굴
을 들어 적에게 갈 총탄이 권중사의 얼굴을 때린 것이었다.

그날의 전투는 국군의 처참한 패배였다. 권중사의 소대는 반 이
상 전사했고, 다른 소대와 중대도 사정이 조금 낫기는 했지만 참담
했다. 적의 얄팍한 속임수 작전에 아군이 속수무책으로 당한 것
이었다. 주의력이 부족했던 현장 초급 장교들의 책임이 컸다.

살아남은 권중사의 소대원들은 소대장 때문에 소대가 다 죽었
다고 중대장에게 악을 박박 쓰며 울고불고 대들었다. 신중하지

못한 처사로 아까운 소대원들을 다 죽인 책임은 중대장과 대대장에게 있었다. 중대장과 대대장은 그날 밤 뒤척거리기만 하고 잠을 이루지 못했다.

34

10월 10일 00시 30분, 29연대가 마침내 고지를 재탈환하므로 6차 전투는 종결되었다. 9일 00시 20분부터 시작되어 24시간 10분 동안, 3시간에 한 번꼴로 무려 여덟 차례의 돌격과 방어를 반복한 혈전이었다.

피아간 장병들에게 이 사투는 상상을 극하는 처절함의 연속이었다. 어찌 사람으로서 이런 전투를 치를 수 있는지 가늠이 되지 않을 정도였다. 이러한 전투에서는 명령이나 지휘 체계도 없다. 소부대 단위로, 각자 알아서 죽지 않기 위해 싸우는 길밖에 없다.

포병대 또한 절박하기는 마찬가지다. 적진을 향해 포탄을 발사하는 포병들은 자기 몸이 대포알이 되어 날아가는 심정으로 포탄을 장전하고 발사한다. 1개 포병 대대에는 3개 포병 중대가 있다. A, B, C를 첫 글자로 하는 알파, 브라보, 찰리 3개 중대다. 1개 중대에는 6문의 야포가 있고, 6문의 야포가 차례로 포를 발사한다.

포병대는 대개 전투 현장에서 4~6킬로미터 떨어진 곳에 위치해 있다. 따라서 포병들은 거리상 포탄이 떨어지는 것을 보지 못한다. 포탄이 정확한 위치에 떨어지는가를 확인하고, 그것을 포대에 알려주어 좌표를 잡아주는 역할을 하는 것이 관측장교 또는 관측병이다.

포병들은 적들과 마주보며 싸우는 보병들의 고통을 잘 알고 있다. 그래서 신속히 움직여야 한다. 자신들이 한 발이라도 더 쏘아야만 아군 보병 한 명이라도 더 살기 때문이다.

포병들은 화약 연기와 발사 폭음에 후각과 청각은 마비된 지 오래고 무거운 포탄을 나르느라 어깨쭉지가 빠지고 다리가 후들거린다. 그래도 직접 생명의 위협은 받지 않으므로 쓰러지는 보병들을 상기하며 죽어라 하고 포를 쏘아댄다. 10월 9일 하루에 아군이 퍼부은 포탄은 무려 33,000발이었다.

10월 10일 01시 30분, 6차 전투가 끝난 지 1시간 후, 적은 다시 밀려들었다. 제 7차 전투가 시작된 것이다. 고지에는 짙은 안개가 끼어 있었다. 안개 속에서 서로를 알아보지도 못 하므로 총격전이 생략되고 곧바로 육탄전으로 맞붙었다.

2시간 후인 03시 30분 중공군의 고지 정상에 대한 집중 공격으로 29연대는 고지를 상실하고 정상에서 200미터 아래로 후퇴했다. 그러나 고지 탈환을 위해 혼신의 힘을 다해 다시 기어 올라간 29연대는 3시간 10분간의 사투를 벌인 끝에 06시 40분에 고지를 다시 탈환했다. 제 7차 전투가 마무리 된 것이다.

이때쯤에 쌍방의 포격으로 인해 고지의 표고가 1미터 정도 낮아졌고, 정상 부근은 무릎까지 빠지는 모래밭이 되어 철모로도 참호를 팔 수 있었다. 그 모래흙은 병사들이 쏟아놓은 피와 같기갈기 찢어진 살 조각으로 군데군데 흙반죽이 되어 있었다.

1시간 20분 후인 08시에 중공군 342연대는 다시 공격을 개시했다. 제 8차 전투가 시작된 것이다. 아직도 짙은 안개가 깔려 있어 피아간에 무작정의 백병전이 벌어졌다.

날이 밝고 안개가 걷히자 아군 포병이 29연대를 지원하기 위해 적을 향해 포격을 개시했다. 그러나 이것이 오폭이었다. 아군의 오폭에 전열이 무너진 29연대는 혼란 속에서 고지를 적에게 빼앗기고 말았다. 오전 11시였다.

29연대 장병들은 오폭을 원망하며 사기가 꺾였으나, 다시 분발하여 역습을 감행했다. 고지 정상으로부터 30여 미터 거리를 두고 치열한 총격전과 수류탄 투척전을 벌이며 일진일퇴를 거듭했다.

고지 탈환이 지지부진하자 국군은 10명씩 5개조의 수류탄 특공대를 조직했다. 특공대는 기민하고 과감한 돌파로 마침내 적의 기관총 진지를 파괴하여 고지를 탈환했다. 이때가 10일 오후 01시 20분으로 5시간 20분에 걸친 제 8차 전투도 끝이 났다.

오후 6시, 중공군은 112사단의 335연대를 새로이 투입하여 공격을 개시했다. 제 9차 전투가 시작된 것이다. 335연대는 뛰어난 전투 능력과 활약으로 영웅 칭호를 받은 부대였다.

중공군 335연대는 파상 공격으로 밀고 들어왔다. 29연대는 영웅 부대의 거침없는 공격에 각 전면이 연쇄적으로 분쇄되어 불과 45분만인 오후 6시 45분에 고지를 상실하였다. 국군은 고지를 상실한 채 10일 밤을 넘겨야 했다.

35

29연대 6대대 3중대 1소대 소대장 이인철 소위는 벌교 출신이다. 그의 아버지는 말수가 적고 얌전한 농사꾼이었다. 그의 작은 아버지는 일대에서 이름난 건달이었고, 여순사건 때에는 빨갱이깨나 잡아 족친 위인이었다.

이인철이 열네 살 때 해방이 되었고 고향 일대가 좌우로 갈려 극렬히 투쟁을 벌이는 것을 소년 시절에 다 목격하였다. 작은 아버지로부터 빨갱이는 모두 쳐죽일 놈들이라고 어려서부터 귀에 못이 박히게 들었다. 그러나 그의 아버지는 정치에는 무관심했고, 이인철도 아버지를 닮아 그런 사상 투쟁에는 전혀 관심이 없었다.

6·25가 터지자 그는 군대에 가기 싫어 도망을 다녔다. 용케도 잘 빠져 다녔으나 작은 아버지의 친구 하나가 그의 싸움 솜씨를 군대에서 발휘해야 한다고 그가 숨은 곳을 국군 장교에게 알려주어 붙잡혀 강제로 입대하게 되었다. 다른 전선에서 4개월을 싸우다가 9사단으로 전입하여 백마고지에 투입되었다.

이인철 소위는 타고난 싸움꾼이었다. 그는 체구가 작았다. 키도 작고 어깨도 구부정한 편이어서 처음에 보면 그가 싸움에 귀신이라고는 도저히 상상할 수도 없었다. 그러나 부근에서 그를 당할 사람은 없었다.

이인철과 맞붙어 본 사람들은 자기가 저 조그만 이인철이한테 어디를 어떻게 맞아 땅바닥에 쓰러졌는지조차 잘 몰랐다. 그만큼 손이고 발이고 그의 한 방은 빠르고 정확했다.

이인철의 싸움 솜씨는 과연 군대에서도 빛났다. 백마고지에 오기 전 신참 소대장임에도 불구하고 여러 번 전투에 참가하여 언제나 부상 한 군데 안 당하였다. 그렇다고 그가 전투를 피하거나 도망 다닌 것도 아니었다. 언제나 앞장서서 적을 물리쳤으나 항상 적병과 총알은 그를 피해 다녔다.

그의 소대는 감히 대적할 자가 없을 정도로 막강한 실력을 보였다. 이귀신이라는 별명이 붙은 이인철 소위였다. 특히 야간 백병전에서 그의 전과는 눈부신 것이었다.

백마고지의 고급 지휘관들도 그러한 이소위의 실력을 아껴 전투에는 그를 참가시키지 않았다. 대신 신병들에 대한 전투 교육을 담당시켰다. 신병이나 보충병들은 무조건 이인철 소위의 교육을 받은 다음에 전투, 특히 백병전에 참가하도록 했다.

이인철 소위는 이렇게 교육시켰다.

"아그들아, 잘 들어라야. 여그는 죽느냐 죽이느냐 밖에 읍서라. 나가 지금 느덜헌티 가르치는 건 육박전 요령이어라. 육박전이란 말이지라 총 하나, 칼 하나, 내 몸으로 싸우는 거여라. 총으로 후두러 패든지 칼로 비든지 찌르는 거여이. 더 급하면 대갈통 박치기어라. 우물거릴 시간이 읍서라. 아차 허는 순간 기회를 놓치면 느덜이 죽는 거여라. 알 것 능가!"

이미 이 백마고지 전투의 참혹함을 익히 들어 겁에 질린 사병들이다. 대답이 나올 수가 없다.

"이 시키들 대답 보여이. 나 말 알 것 능가!"

그래도 대답이 시원치 않다.

이소위가 교육을 계속한다.

"육박전 헐 띠 기본은 말이지라, 적이 눈치 못 채고롬 살살 기어댕기는 거여라. 그러다가이 어리버리한 놈을 찾아서 단 두 동작으로 끝내 부리는 거여라. 하나에 개머리판으로 대갈통을 까고, 둘에 자빠진 놈 등판때기나이 가슴팍에 총검을 꽂는 거여라. 그럴 형편이 안 됨시롱 그런 놈이 보일 때까장 자세 낮추고 살살 기어댕겨라이. 알 것 능가이!"

"예!"

이번에는 대답이 좀 커졌다.

"적과 마짱 뜨게 마주치고롬 눈 똑바로 노려보고이 총검 끝을 놈의 모가지에 정확하고롬 겨눠라이. 그라문 적은 겁을 먹고 기가 죽는거여이. 기가 죽은 놈은 잡을 수 있서라. 알 것 능가!"

"예!"

대답이 좀 그럴 듯해졌다.

"느그들은 신병이라 느들보다 센 적이 많어라. 그럴 띠는 요령껏 피하고라고라. 그란디 몸을 피하는 것 하고롬 도망가는 것 하고롬 다른 거여라. 등때기 보이고 도망가는 놈은 나가 그 자리서 즉결 처분할 것이어라. 알 것 능가!"

"예!"

"질로 중요한 것은 질대로 허둥디지 말고이 침착해야 하는 거여이. 지 놈들도 겁나고 당황하기는 마찬가지여라. 정신 배짝 차리고 침착한 놈이 사는 거여이. 알 것 능가!"

"예!"

"큰 소리로 따라 허여이. 침착!"

"침착!"

"이 시키들 소리보소. 크게 허라이. 침착!"

"침착!"

"거시기, 쩌그 땅바닥에 대가리 처박고 있는 싸가지 읍는 노무 시키야. 너 시방 머하고 있다냐?"

일병 하나가 고개를 처박고 훌쩍거리고 있었다. 나이가 어렸다.

"싸게 이리 나와라이. 그 옆에 놈도 나와라이."

사병 둘이 어기적거리며 앞으로 나왔다. 다짜고짜로 두 놈 귀싸대기를 한 대씩 올렸다.

"이 썩을 놈들아이! 지금이 어느 땐디 질질 짬시롱 지랄허고 자빠졌나이. 지금부터 느덜 둘이 나가 교육한 거 그대로 싸게 해보라이. 한 놈 뒤질 때까장 총검술로 허벌지게 실전 대련이어라. 시작!"

이인철 소위는 이렇게 보충병들을 교육시켰다. 그의 교육 덕분에 백병전에서 아군의 허망한 죽음은 상당히 줄일 수 있었다.

아군이 고지를 상실하고 다시 탈환하지 못 한 채 밤이 되었다. 아군은 소규모 야간 기습공격을 시도했다. 적 진영의 한쪽 귀퉁이를 기습적으로 공격하여 반응을 살펴보고 심리적 타격을 주어 적의 전의를 꺾어버리는 것이 목적이었다. 내일은 대대적인 공격이 예정되어 있었다.

이소위는 특공대를 이끌고 살살 기어 소리 없이 적의 턱밑에까지 이르렀다. 곧바로 백병전을 벌였다. 구름이 달을 가리고 조명탄도 없어 시야는 거의 보이지 않았다. 눈으로 식별이 가능하면 싸울 상대를 잡아채고, 식별이 가능하지 않으면 얼른 머리를 잡아 머리카락이 길면 국군이고, 박박 밀었으면 중공군이라는 단순한 공식을 적용했다.

이소위의 특공대원들은 잘 싸웠다. 이소위가 가르쳐 준 대로 침착하게, 몸을 웅크리고 최소한의 동작으로 적을 하나하나 쓰러뜨렸다. 오늘 야간 전투의 목적은 달성하였다. 전투를 끝내고 철수할 시간이 되었다. 특공대원들은 고지 아래의 지정된 지점에 모이기로 되어 있었다.

땅바닥을 낮게 살살 기어 철수하고 있는 이소위 앞으로 사람 형체가 하나 나타났다. 동작이 아군 같다. 그래도 모른다. 풀쩍 뛰어 왼손으로 머리통을 잡아보니 철모 아래 긴 머리가 잡혔다. 동시에 상대방의 손도 이소위의 머리카락을 잡았다.

"이 잡노무 시키야, 아군이어라!"

천려일실, 천 번 잘 하다가 한 번의 실수로 일을 그르치는 경우가 있다. 아군이라고 생각한 이소위가 방심한 찰라에 상대방의 칼날이 이소위의 목을 그었다.

"아니, 이 시키가 돌았능가이!"

상대방은 국군 보충병이었다. 얼떨결에 특공대에 편입되어 기습 작전 내내 땅바닥에 엎드려 있다가 귀대할 시간이 되었을 것 같아

주섬주섬 일어나 헤매고 있었던 것이다. 그 순간에 이소위가 머리를 쑤셔대자 자신도 엉겁결에 교육받은 대로 머리카락을 잡아는 보았으나 적인지 아군인지도 모르고 무조건 칼로 상대방의 목을 그은 것이었다.

이소위는 다시 엎드렸다. 목 왼쪽이 서늘했다. 숨줄이 아주 끊어진 것은 아닌데 위험했다. 손바닥으로 우선 막아보았지만 출혈이 심해 오래 견디지 못 할 것 같았다. 그는 쪼그려 걸었다. 본대로 돌아가야 한다. 여기서 어물거리다가는 피 다 쏟고 죽는다.

아까 자기를 그은 놈이 저쪽에서 어른거렸다. 그 놈은 그 자리에 아직도 그대로 멍청하게 서 있었다. 희미하게 적 두 놈이 나타나더니 그를 푹 찌르는 것 같았다. 그는 맥없이 쓰러지고 적은 다시 자세를 낮추고 저쪽으로 사라졌다.

이소위는 서둘렀다. 왼손으로 피 흐르는 목덜미를 꽉 막아쥐고 낮은 자세로 고지 아래로 내려가기 위해 기를 썼다. 그러나 서서히 기운이 빠지기 시작했다. 머리가 어질어질해졌다. 일단 누웠다. 여기서 누워서는 안 되지만 그는 누울 수밖에 없었다. 피는 조금 덜 흐르는 것 같았다.

갑자기 아버지 생각이 났다. 평소에 거의 말도 안 하고 지내는 부자 사이였다. 그런데 지금 이 자리에서 아버지 생각이 간절히 나는 것이었다. 착한 농사꾼인 아버지, 그 순한 웃는 모습이 어른거렸다.

"아부지!"

자기도 모르게 아버지를 불렀다. 아버지의 걱정스런 목소리가 들렸다.

"인철아, 아프냐?"

"여이, 아부지. 아프고라."

아버지의 목소리는 다시 들리지 않았다. 사방은 고요하고 칠흑같이 어두워 아무 것도 들리지도 보이지도 않았다. 이인철은 무서웠다. 지금까지 무서움이 무엇인지 모르고 살아온 그였지만 무서움과 추위에 온몸이 부들부들 떨렸다.

"아부지!"

있는 힘을 다해 아버지를 불렀다. 그의 처참한 절규는 고요한 백마고지 계곡에 메아리치며 퍼져나갔다.

"아부지, 살려주쇼이! 참말이요이, 아부지!"

정신이 가물거리기 시작했다. 다시 일어나 휘청휘청 걸었다. 몇 걸음 걸었을까. 희미한 사람 형체 하나가 그의 등위에서 살그머니 나타나 철모를 밀어내고는 대검으로 등을 깊이 쑤셨다.

이인철 소위는 앞으로 푹 고꾸라졌다. 눈을 몇 번 껌벅거렸으나 점차 그럴 기운도 없었다. 그의 귀에 여기저기서 '아버지!' 아니면 '어머니!' 하고 흐느끼는 소리가 아득하게 들렸다. 움직일 수 없도록 중상을 당한 병사들이 죽음을 기다리며 부모님을 부르는 것이었다.

아부지의 목소리라도 한 번 더 듣고 싶었던 이인철 소위는 '아부지!' 하고 또 불렀다. 그러나 그는 아부지의 목소리를 다시 듣지 못 했다. 그의 몸에서는 피가 다 빠져나가 마침내 피의 순환이 멈추었다.

36

10월 11일 아침이 되었다. 이 날도 짙은 안개가 깔려 있었다. 날씨도 차가웠다. 아침부터 아군의 포격이 시작되었다. 수십 문의 대포들이 일제히 포문을 열고 최대 10분에 4천 발이라는 세계 전투사상 전무후무한 기록적 포격을 가했다.

포격에 이어 29연대 장병들은 '피 묻은 태극기'를 총검에 매달고 공격을 감행했다. 중공군은 저항을 계속했으나 마침내 탄약과 수류탄이 다 떨어져 탄피와 돌멩이로 저항하다가 국군에 의해 격파되어 퇴각했다. 12시 04분, 국군은 9차 전투를 승리로 이끌며 고지를 다시 탈환했다.

오후 3시 30분, 적은 또 다시 포격을 퍼붓고 공격을 감행했다. 10차 전투가 시작된 것이다. 전투 개시 1시간 30분만인 오후 5시에 국군은 밀려오는 적에게 고지를 내주고 말았다. 11일 밤에 29연대는 역습을 시도했으나 성공하지 못 했다. 그날 밤에도 고지는 적의 수중에 있었다.

37

10월 12일이 되었다. 이른 아침부터 아군 포대에서 발사한 수천 발의 포탄이 고지를 때렸다. 08시, 29연대와 교대한 30연대가 고지 탈환을 위해 진격을 시작했다.

30연대 7대대 3중대 2소대 소대장 김창휘 소위는 소대를 이끌고 한 발 한 발 말없이 앞으로 나아갔다. 평지를 지나 비탈길에 이르렀다. 화약 냄새가 코를 찌르고 흙먼지가 자욱했다.

낮은 자세로 6부쯤 올라가자 옆 소대에서 먼저 교전이 시작되었다. 김소위는 엎드려 전방을 살펴보았다. 아직 적은 보이지 않았다. 쪼그려 걷기로 한참 더 올라가자 '드르륵 드르륵!' '딱콩 딱콩!' 하며 적의 총격이 시작되었다.

아군도 응사를 시작했다. 고지 쟁탈전에서는 고지를 올라가는 쪽이 사격 위치나 수류탄 투척 등 모든 면에서 고지를 지키는 쪽보다 몇 배나 더 힘들다. 앉아 쏴, 엎드려 쏴를 반복적으로 시도해 보지만 아무래도 시원치 않다.

적의 총탄은 머리 위로 빗발치듯 흘러가고 아군은 머리조차 들수가 없었다. 그래도 대부분은 비탈길을 기어 올라가고 있었다. 적이 빈틈을 보이는 지점을 찾아내 살금살금 집요하게 다가가는 용감한 국군 병사들이 있었다.

중공군 참호로 수류탄을 까 넣는 국군 병사, 참호에 총구를 들이밀고 무차별 사격을 가하는 병사, 참호에서 튀어나오는 중공군, 엉켜 싸우는 국군과 중공군이었다. 육박전이 시작된 것이다. 포성은 멈추고, 총소리도 간간이 들렸다. 침묵 속에서 서로 사력을 다해 치고 받았다.

착검총을 마구 휘두르는 자, 옆으로 살살 돌아 뒤에서 덮치는 자, 넘어진 적을 올라타고 목 조르는 자, 적의 목을 옆구리에 끼고 어쩔 줄 몰라 하는 자, 핏덩어리가 엉킨 돌멩이를 들고 닥치는 대로 짓이기는 자, 급하게 흙이라도 뿌리는 자, 손에 잡힌 적의 눈알을 손가락으로 후벼 파는 자, 자빠진 채로 서있는 적의 불알을 움켜쥐는 자, 그 사이에 살려달라고 애원하는 자도 있었다.

머리가 깨져 골이 사방으로 튀고, 몸통이 찢겨 내장이 쏟아져 나오고, 뼈가 부러져 팔다리가 덜렁거리고, 살은 덩어리째 떨어져 나가고, 찢긴 몸통에서 솟구치는 핏줄기는 이리 저리 흩날렸다.

"푹, 퍽, 허걱, 윽, 으헉!"

김창휘 소위는 용감하게 싸웠다. 소대원들도 용감하게 싸웠다. 적에게 포위되었다가 어느새 포위가 풀리고, 국군들이 적을 포위했다가 또 풀어지고, 적과 아군이 뒤섞여 도대체 어디에 어떻게 되어 있는지조차 알 수가 없었다.

피와 땀과 흙먼지를 뒤집어 쓴 국군 병사들은 이를 악문 채,

오직 눈앞에 있는 적을 죽여야 한다는 일념으로 싸웠다. 드디어 적의 1차 방어선을 격파했다. 그러나 아직 2차 3차 방어선이 있고, 고지 정상은 그 위다.

김소위가 눈앞에 보이는 마지막 적을 권총으로 쏴 죽이고 엄폐물 뒤에 자리잡자 소대원들도 각자 전투를 마무리 짓고 김소위 주변으로 몰려들었다. 전체 병력의 반이 조금 넘었다. 나머지는 죽었는지, 부상을 당했는지 알 수가 없다.

"1분대 어때?"

"아직 괜찮습니다."

"2분대?"

"부분대장님이 안 보입니다."

"그래!"

한숨을 한 번 내쉬었다.

"3분대는?"

"괜찮습니다."

"1분간 숨 고르고 공격한다."

"알겠습니다."

"분대 간 간격은 없다. 곧장 올라간다."

1분이 지났다. 김창휘 소위의 3소대는 다시 살살 기기 시작했다. 김소위가 맨 앞장을 섰다. 그의 머리 위로 무수한 총탄이 지나가고 있었다. 시체 사이로 눈만 빠끔히 내밀고 위를 올려다보며 튀어나갈 기회를 노렸다.

1분대, 2분대, 3분대가 번갈아가며 돌격하기로 했다. 김소위는 1분대로 붙었다. 2, 3분대에게 엄호하라는 신호를 보내고 김소위와

1분대는 곧바로 낮은 자세로 위로 돌진했다. 서너 걸음 달렸을까. 오른쪽 어깨가 뜨끔하며 김창휘의 몸이 굴렀다.

"소대장님!"

김소위가 다시 엄폐물 뒤로 일단 몸을 감추었다. 오른쪽 어깨에서 피가 철철 흘렀다. 김하사와 의무병이 기어왔다. 위생병이 붕대를 감는 동안 김하사가 말했다.

"소대장님, 여기 계십시오. 우리들이 올라갑니다."

"안 돼!"

김소위가 단호하게 일갈했다.

"피가 많이 납니다. 무리입니다."

"괜찮아! 엄호해라! 내가 나간다!"

1, 2, 3분대 병사들이 모두 소대장을 바라보고 있었다.

"엄호 사격!"

김소위는 크게 외치고 전진을 감행했다. 이쪽에서 치열하게 엄호하고 적의 사격이 잠시 주춤한 가운데 김소위는 10보쯤 전진했다. 그때 총탄 하나가 그의 철모를 때렸다. 철모가 옆으로 돌아가고 오른쪽 귀 위에서 또 피가 철철 흘렀다. 3개 분대가 서로 엄호하며 다시 김소위 옆으로 집결했다.

"소대장님, 여기 계십시오. 우리가 고지 점령하겠습니다."

김창휘의 귀에는 아무 소리도 들리지 않았다. 김하사가 김소위를 편안한 자세로 쉬게 하고 소대를 지휘하며 공격을 계속했다.

김창휘는 작은 바위에 기대어 어깨를 들썩이며 가쁜 숨만 몰아쉬었다. 눈도 반쯤 풀려 있었다. 가물가물 하는 정신 속에 저 아래 넓게 펼쳐진 들판이 보였다. 자꾸 눈꺼풀이 무거워지며 고개가 숙여졌다. 잠깐 눈을 감았다.

갑자기 엄청나게 환한 빛이 눈으로 쏟아져 들어오더니 온 시야에 가득 차게 밝은 세상이 펼쳐졌다. 눈이 부셨다. 잠시 후 그 빛 속에서 무엇인가 형체가 나타나는 듯하더니 점차 모양이 분명해졌다.

아! 지희가 그 환한 빛 한복판에서 아름다운 곱슬머리를 어깨까지 넓게 늘어뜨리고 살포시 웃고 있었다. 김소위의 입가에 미소가 감돌았다.

"그래, 이럴 때 네가 나타나야지!"

청년 김창휘와 소녀 지희는 서울 효창동 작은 동산 밑의 같은 동네에 살았다. 남향인 그 동네에는 20여 채의 집이 있었다. 김창휘의 집은 왼쪽 거의 끝에 있었고, 지희의 집은 오른쪽 끝에 있었다. 김창휘는 그 동네에서 오래 살았지만 지희는 이사 온 지 몇 달 되지 않았다.

김창휘는 지희를 처음 본 순간 어디서 본 듯했다. 어디서 보았는지 기억해 내려고 애를 썼지만 기억이 나지 않았다.

어느 날, 저녁을 먹고 김창휘는 화집을 뒤적이고 있었다. 그는 화집 보기를 좋아했다. 집안 형편도 그렇고 소질도 별로 없는 것 같아 화가의 길로 들어설 생각은 없었지만 틈이 나면 유명 화가들의 화집을 들여다보는 것이 취미였다.

며칠 전부터 보던 동양화집을 몇 장 넘기다가 마침내 기억해 냈다. 그 소녀는 르누아르의 그림 속에 있는 소녀였다. 얼른 르누아르의 화집을 찾아서 펼쳐보았다. 과연 똑 같았다. 허리까지 내려오는 긴 머리카락에 두 손을 가지런히 앞에 모으고 앉아 있는, 옆모습이 청순한 르누아르의 그림 속의 소녀가 바로 지희였다.

김창휘는 긴 머리의 그 소녀와 어떻게든 사귀고 싶었다. 처음 그녀를 보았을 때부터 마음을 온통 빼앗겼던 것이다. 스무 살 청년의 불타는 마음을 그녀에게 전하고, 르누아르 작품의 명예를 걸고, 그녀와 장래를 약속하고 싶었다.

김창휘는 옆 동네에 사는 사촌형을 찾아가 다리를 놓아줄 것을 애타게 부탁했다. 사촌형은 서른이 다 된 나이에 몇 년 전에 겨우 장가를 간 사람이었다. 그는 등이 약간 튀어나온 꼽추였다. 사람 좋은 꼽추 사촌형은 동생의 소원을 풀어주기 위해 양쪽 집 문턱이 닳도록 드나들었다.

지희집 어른들은 별로 거부감이 없었으나 김창휘의 부모는 한사코 반대했다. 표면적 이유는 여자가 너무 어리다는 것이었지만, 실은 곧 군대에 입대해 죽을지도 모르는 놈이 공연히 남의 집 처녀에게 상처나 주지 않을까 하는 걱정 때문이었다.

꼽추 사촌형이 작은 아버지를 따라다니며 애걸했지만 쓸데없는 짓 그만 하고 다니라고 야단만 맞았다. 그러나 창휘의 등쌀에 못 견딘 사촌형은 끝내 작은 어머니의 허락과 작은 아버지의 묵인을 받아낼 수 있었다. 그런 우여곡절 끝에 김창휘가 입대하기 보름쯤 전에 두 청춘 남녀는 동네 뒷동산에서 처음 만날 수 있었다.

김창휘는 감격 어린 심정으로 지희와 나란히 통나무의자에 앉았다. 본래 말이 없는 창휘는 이 순간에 입이 떨어지지 않았다. 지희는 말이 없는 창휘가 싫지 않았다. 그녀로서는 가족과 친척 이외에는 생전 처음으로 단 둘이 만나는 남자였다. 어찌할 바를 몰라 두 손만 힘주어 마주잡고 있었다. 하늘에는 별도 많았다. 지희가 먼저 말을 건넸다.

"별이 참 많네요."

창휘는 대답이 없었다.

"별이 정말 많네요."

"그래, 많구나."

"별들이 참 아름답네요."

"아름답구나."

그날 이후 둘이는 매일 밤 그 시간이면 그 동산, 그 통나무의자에서 만났다. 항상 지희가 먼저 말을 꺼냈고, 창휘는 퉁명스러운 말투로 대꾸만 하는 형태였다.

입대하기 전날도 둘이는 동산에서 만났다. 말없이 별만 바라보던 지희가 살며시 머리를 기대왔다. 김창휘는 가슴이 떨려 어찌할 바를 몰랐다. 지희의 손을 잡았다. 창휘의 손과 온몸이 이내 불덩어리처럼 뜨거워지며 피가 펄펄 끓었다. 김창휘는 끓는 피를 어찌해야 할지 몰랐다.

자기 입술을 지희의 입술에 갖다 댔다. 둘 다 바들바들 떨었다. 지희가 얕은 신음소리를 내며 얼굴을 김창휘의 가슴에 파묻었다. 지희를 감싸 안은 김창휘의 손이 풍성한 머리카락 속에 묻혔다. 한참을 머리카락을 쓰다듬던 김창휘의 오른손이 지희의 옷 속으로 스며들었다. 매끄럽고도 푸석푸석한 지희의 등과 허리가 만져졌다. 지희는 바르르 떨고 있었다.

김창휘는 정신을 잃을 것 같았다. 펄펄 끓는 자신의 피를 감당할 수가 없었다. 온몸이 흥분이 되어 마비상태가 되어갔다. 창휘가 흥분 속에 부들부들 떠는 것이 지희에게도 전달되었다. 지희도 덩달아 덜덜 떨며 어찌할 바를 몰랐다.

창휘는 마침내 이성을 잃었다. 제어할 수 없는 흥분 속에 빠진 창휘는 지희의 손을 잡아 자기 바지 속으로 우겨넣어 자기의 남성을 잡게 하였다. 지희가 깜짝 놀라 손을 뺐다. 그러나 도망치지도 소리치지도 못했다. 오히려 몸의 힘이 다 빠져 흐느적거렸다.

김창휘는 또 어찌할 바를 몰라 하다가 '이왕에 내친 걸음, 나도 모르겠다.' 하는 심정으로 다시 지희의 손을 잡아 자기 바지 속으로 우겨넣었다. 이번에는 지희도 가만히 있었다. 한참을 그렇게 있었다.

너무 오래 가만히 있기도 어색했던지 지희가 손을 꼼지락거리며 김창휘의 남성을 살짝 주물렀다. 다음 순간에 김창휘의 남성은 폭발하고 말았다. 그의 정액이 지희의 손가락 사이로 뿜어져 나온 것이었다. 김창휘도 놀라고 지희도 놀랐다. 둘 다 어찌할 바를 몰라 그 상태로 꼼짝할 수가 없었다.

김창휘는 부끄럽기도 하고 한편으로는 안심이 되기도 했다. 지희가 완전히 자기의 여자가 된 듯한 안도감이 마음 밑바닥으로부터 솟아났고, 두 사람은 이미 장래를 약속한 사이가 된 것 같았다. 막연한 적막이 한없이 흘렀다. 지희가 물었다.

"이게 뭐에요?"

김창휘는 말이 막혔다. 뭐라고 대답할 말이 없었다. 정신만 아득했다. 한참만에 지희가 수줍게 말했다.

"벗으세요."

"뭐라고?"

"바지를 벗으세요. 닦아드릴게요."

지희는 김창휘가 바지를 벗을 때까지 기다렸다. 하는 수 없이 김창휘는 주섬주섬 바지를 벗었다. 지희는 손수건을 꺼내 창휘

앞에 쪼그린 채 속옷 안쪽과 사타구니를 정성스레 닦아주었다.

귀여운 지희가 눈 아래에서 자기 몸의 중심에서 흘러나온 자신의 생산물을 닦고 있는 것을 보며 김창휘는 뭐라고 표현할 수 없는 묘한 기분에 빠져 들었다. 김창휘는 언젠가 어디에선가 읽었던 시의 한 구절이 떠올랐다.

"그것이 사랑이었노라."

그 순간 김창휘의 남성이 또 다시 있는 힘껏 부풀어 올랐다. 김창휘도 놀라고 지희도 또 놀랐다. 지희가 손을 뗐다. 둘이 다 막막한 기분으로 언제까지나 그렇게 있었다. 김창휘의 남성은 좀처럼 수그러들 것 같지가 않았다. 지희가 마침내 김창휘의 남성을 어린 동생 볼을 보듬어 주듯 살살 만지며 달래기 시작했다. 김창휘가 다시 몸서리를 치며 두 번째 사정을 했다.

이번에는 뿜겨져 나오는 정액을 자기 손바닥으로 막았다. 지희는 김창휘의 손바닥도 닦아주었다. 손수건 하나 가지고 다 닦기에는 좀 모자랐지만 대충 닦았다. 김창휘가 다시 바지를 챙겨 입고 흥분이 많이 가라앉은 듯하자 지희는 그때서야 긴장이 풀리는 듯 깊은 한숨을 내쉬었다.

입대하기 전날 밤에 있었던 지희와의 일을 비몽사몽 간에 다시 회상하던 김창휘 소위의 온몸에 피가 다시 끓었다. 피라는 피는 모두 맹렬한 기세로 그의 몸을 빠르게 구석구석까지 돌고 있었다. 어깨와 귓가에 통증은 없었다. 출혈도 멈추었다. 그는 분연히 일어서 끓는 피로 외쳤다.

"소대! 공격!"

김창휘는 혼자서 곧장 정상을 향해 달렸다. 계속해서 '소대! 공격!'을 외치며 앞으로 달렸다. 시체를 엄폐물 삼아 엎드려 있는 소대원들 사이를 지나 미친 듯이 달려 나갔다. 미처 엄호 사격을 할 틈도 없었다.

"돌격! 앞으로!"

완전히 드러난 그의 몸은 적의 확실한 목표물이 되었다. 이곳저 곳에 몸을 감추고 있던 적들이 정조준한 총탄을 그를 향해 발사했 다. 총알들은 '쏘위~쏘위~쏘위~쏘위~' 하며 그의 몸으로 날아 들었다. 그의 몸은 젖은 손수건처럼 맥없이 처져 내리며 엎어졌다. 그리고 꼼짝도 하지 않았다. 펄펄 끓던 그의 피는 서서히 식어갔다.

그날 밤도 지희는 뒷동산에 올랐다. 두 손만 꼼지락거리며 별을 바라보고 있었다. 아직도 손에는 그 끈적끈적한 감촉이 남아 있는 것 같았다. 그때, 별똥별 하나가 긴 꼬리를 그리며 떨어졌다. 지희 는 흠칫 놀랐다. 그리고 가냘픈 어깨를 흔들며 울음을 터뜨렸다.

38

10월 12일, 오전 내내 30연대가 강공을 펼쳤으나 적은 완강하게 저항했다. 피아간에 치열한 수류탄 투척전과 총격전이 벌어졌다. 마침내 국군이 조금씩 밀고 올라가 정상을 눈앞에 두었으나 적의 기관총 공격에 더 이상 전진이 불가능했다.

오후 1시 경, 강승우 소위, 오귀봉 하사, 안영권 하사 3인이 수류탄을 들고 돌격을 감행하여 적의 기관총 진지를 폭파하고 장렬하게 전사했다. 3용사의 희생을 보고 감동과 격분에 넘친 국군이 20분 후에는 기어코 고지를 탈환하였다. 10차 전투도 국군의 승리로 막을 내린 것이다. 3인의 용사는 <백마고지 3군신軍神>으로 호국의 별이 되었다.

10차 전투가 끝난 지 1시간 20분 후인 오후 2시 40분, 중공군이 역습을 감행했다. 11차 전투가 시작된 것이다. 2시간 10분에 걸친 지옥에서의 광란의 잔치는 오후 4시 50분에 끝났다. 11차 전투는 아군의 승리로 끝났고 국군은 고지를 지켰다.

이 날부터 395고지는 세계적 관심을 모았다. 서방측 내외신 기자들이 운집하여 시시각각 벌어지는 전투 현황을 각국에 전송하였다. 일찍이 볼 수 없었던 엄청난 포격전과 백병전과 사상자의 발생을 취재하는 종군기자들에게 이 전투는 흥미나 단순한 보도 차원을 훨씬 넘어선 전쟁과 생사의 본질을 보여주는 일대 사건이었다.

쌍방의 포격으로 고지의 하얀 속살이 드러나 마치 한 마리 흰 말이 누워있는 것 같다 하여 이때부터 이 395고지는 백마고지白馬高地라고 불리기 시작했다. 백마고지 전투는 대한민국 국군의 명예를 건 일전이 되었으며, 전 국민의 호국감정까지 불러 일으켰다.

39

최후 결전의 순간이 다가오고 있다는 것은 전투 현장의 모든 장병들이 직감하고 있었다. 이미 3분의 1 가까이 전력의 손실을 입은 적들은 총력을 다해 고지를 점령하거나, 실패하여 퇴각하거나, 둘 중의 하나였다. 적들은 마침내 최후의 공격을 선택했다.

백마고지의 마지막 전투인 12차 전투는 11차 전투가 끝난 지 2시간 40분 후인 10월 12일 저녁 7시 30분부터 시작되었다. 고지에는 국군 30연대가 포진하고 있었으며 28연대의 5대대가 추가로 보강되어 있었다.

중공군은 남아 있는 포탄을 다 소진이라도 하려는 듯이 고지를 향해 포격을 퍼부었다. 포격 후 공격해 들어온 적은 순식간에 아군의 소총 사정권까지 밀려왔다. 아군도 일제히 총격전에 대비한 응전 태세를 갖추었다.

상대는 중공군 335연대였다. 그들은 과연 영웅이라는 칭호를 들을 만했다. 그렇게 타격을 받았음에도 불구하고 침착하고 강력했다. 서두르지 않았으며 필승의 의지를 보였다.

적은 주력을 둘로 나누어 쳐들어왔다. 제 1주력은 고지의 정면으로 밀고 들어오고, 제 2주력은 측면에서부터 칼끝을 꼽듯이 날카롭게 진입해 들어오는 작전이었다.

적의 제 2주력이 노리는 지점이 28연대 5대대가 지키는 우익이었다. 그 중에서도 김일도의 3중대가 지키는 최우익이 최초의 공격 지점이었다. 김일도 중대는 3선의 방어선을 구축하고 있었다. 1차 방어선이 2소대, 2차 방어선이 3소대, 마지막 3차 방어선이 1소대였다. 2소대는 별명이 <주여 소대>였다.

적의 공격이 시작되자 1차 방어선인 <주여 소대>는 사력을 다해 막았다. 격렬한 적의 포격에 이미 상당한 전력 손실을 입은 가운데 적의 주력과 맞닥뜨렸다. 치열한 총격전이 전개되었다. 믿는 자든 믿지 않는 자든 '주여!'를 웅얼거렸다. 그러나 2소대는 힘과 경력과 숫자에서 중공군의 영웅 부대에게 밀리기 시작했다.

총격전이 끝나고 백병전이 전개되면서 <주여 소대>의 병사들은 혼신의 힘을 다해 밀려오는 적을 막아냈으나 곧 하나둘씩 쓰러지기 시작했다. 소대장 대리를 맡은 임하사의 몸에 적의 칼날이 서너 번 들락거렸다. 임하사 역시 '오, 주여!'를 토하며 먼저 간 소대장을 따라 하늘의 별이 되었다.

2소대의 병사들은 칼과 총을 맞고 하늘을 우러러 보며 쓰러진 전우 위에 하나하나 포개졌다. 적의 포격에 부상을 입고 일찌감치 정신을 잃은 보충 신병 하나만 가장 밑바닥에 깔려 전우들이 자신의 몸을 덮고 덮어줌으로 간신히 숨만 쉬면서 생존하였다.

중대장 김일도는 <주여 소대>가 무참하게 부서지는 것을 보고 있었다. 그렇다고 2차 방어선인 3소대를 지원군으로 보낼 수도 없었다. 자칫 3소대마저 무너지면 고지의 우익이 무너지며 전 전선이 위험해질 수 있기 때문이었다.

중대장이 지원병을 보내지 못 하고 있는 사이에 2소대인 <주여소대>는 소멸되었다. 마사다의 순교처럼 한 사람만 남기고 나머지는 모두 이 세상과 작별하였다.

적들은 1차 저지선인 2소대를 격파하고 곧바로 2차 저지선인 3소대로 향했다. 중대장 김일도는 최후 저지선인 1소대와 함께 3소대에 합류했다. 여기서 무너지면 안 되기 때문이었다. 적의 진격을 막기 위해 중대장을 비롯한 3소대와 1소대의 전 중대원은 결연히 전투 자세를 갖추었다.

적이 육박전 거리까지 올라오는 것을 절대로 허용해서는 안 되는 상황이었다. 총격전에서 막아야 했다. 김일도 중대장은 자신의 전투 철학 '일발필살!'의 의지를 전 중대원에게 전파시켰다. 총알과 수류탄이 난무하는 사이를 오가며 '일발필살'을 외쳤다. 중대원들은 누구나 '천천히 정확하게! 일발필살!'을 실천했다.

적의 공세가 갑자기 멈추었다. 적도 어지간히 타격을 입어 전열을 가다듬을 시간이 필요했던 것이다. 김일도는 즉시 인원을 확인하고 위치를 재정비했다. 박격포대에게 지원을 요청할까 했으나 시간과 거리상 불가했다.

하늘에는 조명탄이 끝도 없이 흐드러지게 꽃피고 있었다. 오전에 잠깐 내린 비로 맑아진 하늘에 걸린 반달은 구름 몇 조각을 거느리고 하염없이 흘러가고 있었다. 조명탄과 반달과 구름, 그 선명한 조화가 그날 밤의 풍경이었다.

어느 사병 하나가 '어머니!' 하고 울먹였다. 울먹임은 작은 파도가 되어 장병들 사이에 번져나갔다. 몇몇 사병이 손가락으로 코끝을 비볐다.

중대장 김일도가 나서서 큰 소리로 외쳤다.

"어머니가 보고 싶으면 어떻게 해야 하나?"

아무런 대답이 없었다.

"어떻게 해야 어머니를 다시 볼 수 있나?"

큰 소리로 다시 다그치듯 물었다.

역시 아무런 대답이 없었다. 저쪽 구석에서 누가 외쳤다.

"일발필살!"

그때야 모두 답을 알았다는 듯이 '일발필살!'을 합창했다.

"일발필살!"

"일발필살!"

"일발필살!"

잠시 쉬던 적들이 다시 공격을 개시했다. 치열한 총격전이었다. 영웅 대 도깨비의 대결이었다. 이쪽도 정확한 사격술을 보여주고 있었지만 저쪽도 만만치 않은 명중률을 보였다. 아군의 병사들도 하나둘 쓰러지고 엎어지고 있었다.

"어이, 김상병! 왜 이래! 정신 차려! 왜 이래!"

김일도가 옆을 돌아다보았다. 사병 하나가 가슴에서 피를 철철 흘리고 있었고 동료가 그 병사의 어깨를 흔들며 소리치고 있었다. 김일도는 얼른 고개를 돌렸다.

"정확하게 쏴라! 정확하게!"

몇십 분 째 총격전을 계속하고 있었다. 전투 위치는 전혀 움직이지 않고 있었다. 그러나 그것은 김일도의 희망사항이었다. 적들은 1분에 1미터라도 전진하고 있었다. 어느 순간에 김일도도 그것을 깨달았다. 그러나 지금으로서는 아무런 다른 대책이 없다.

이 위치를 사수해야만 했다. 총격전이 안 되면 육박전을 해서라도 이 선을 지켜야 했다. 올라오는 적들을 다 죽이고 우리가 다 죽더라도 이 선을 지켜야 했다. 이 선을 지켜야 전 전선이 안정되고 고지도 지킬 수 있다.

김일도는 쏘았다. 정확하게 쏘았다. 한 명이라도 더 죽이는 길밖에 없었다. 그러나 쏘아 쓰러뜨릴 적들이 모습을 쉽게 드러내지 않았다. 적들도 엎드려 있어 목표물을 찾기가 쉽지 않았다. 그러다가 갑자기 튀는 적이 있었다. 어둠 속에서 그림자처럼 튀는 순간, 그 짧은 순간을 노려 적을 쓰러 뜨려야 했다.

김일도는 눈을 부릅뜨고 적들을 노려보고 있었다. 그런데 갑자기, 느닷없이 눈물이 한 덩어리 쏟아져 나왔다. 왜, 이 순간에 갑자기 눈물이 쏟아져 나오는지 알 수 없었다. 눈물이 두어 덩어리 더 쏟아져 나왔다. 일도는 눈물을 닦지도 않고 앞만 노려보고 있었다.

콩 볶듯 하던 총소리가 뜸해지기 시작했다. 김일도는 불안해졌다. 총소리가 뜸해진다는 것은 적들이 잘 보이지 않는다는 것이고, 거의 다 다가왔다는 것이기 때문이었다.

아군의 수류탄이 하나 날아가 터졌다. 이어 수많은 수류탄이 날아가고 있었다. 적들의 수류탄도 날아오고 있었다. 드디어 수류탄 투척전이 시작된 것이었다. 아군이 더 높은 위치에 있기 때문에 아군의 수류탄이 적의 수류탄보다 훨씬 멀리 갈 수 있었다. 아직은 그만큼 유리했다.

적들은 끊임없이 튀어나오며 아군과의 거리를 좁혀갔다. 이제는 적들의 수류탄도 아군 진영으로 날아들어 오는 거리가 되었다. 갑자기 적들이 조용해졌다. '하나, 둘, 셋, 넷, 다섯!'을 세는 동안 적들이 일제히 총을 쏘고 수류탄을 던지며 괴성을 내지르며 돌격해 들어왔다. 최후의 백병전이 전개되는 순간이었다.

달과 별도 백마고지 최우익에서 벌어지는 처참한 살육 현장을 보고 싶지 않았는지 구름 뒤로 숨어 버렸다. 중공군의 영웅부대와 국군의 도깨비부대는 백마고지 9부 능선 비탈진 오른쪽 끝에서 냉혹하고 무자비한 살인 경연을 벌였다. 백병전은 몇 시간 동안 계속되었다. 팔 하나 들어올릴 기운이 없을 때까지, 마지막 정신줄 한 가닥을 놓을 때까지 싸웠다.

김일도는 싸웠다. 그가 싸우는 것은 자신의 의지와 사고와는 전혀 상관없는 동작이었다. 몸이 저절로 움직이며 싸우고 있었다. 김일도의 육체는 오직 내면의 가장 깊은 바닥에 깔려 있던 영혼에 의해 조종되고 있었다.

싸우는 적과 아군의 숫자가 점점 줄어들고 있었다. 쌍방 모두 전멸 상태로 들어간 것이다. 김일도는 잠시 몸을 낮추면서 전황을 살펴보았다. 아무리 조명탄이 많이 떠올랐다 하더라도 이 시각에 적과 아군의 전체적 정황을 파악하기는 어려웠다. 김일도는 전황 파악을 포기했다. 어차피 육박전일 바에야 하나라도 더 죽이는 것이 최상의 길이라고 생각했다.

김일도는 자꾸 정신이 가물거렸다. 온몸 여기저기를 적의 칼날이 스치고 지나갔고, 개머리판으로 얻어맞고, 총알과 수류탄 파편도 몇 개 박힌 것 같았다.

"싸워야 한다, 죽여야 한다!"

마음을 굳게 먹고 있지만 몸이 제대로 움직여 주지 않았다. 무릎이 제멋대로 꺾어지고 어깨는 헛돌았다. 온몸의 물기는 다 빠져나가고 입안에는 침도 말라 있었다. 목구멍에서 '으어, 으어!' 하는 깊고 낮은 신음만 흘러나왔다. 고통과 의식도 없는 무감각과 몰자아의 상태였다. 몇 번을 쓰러지고 일어나기를 반복했다.

누군가 머리카락을 움켜쥐자 어깨로 밀고 팔꿈치로 칼날을 막아냈다. 자꾸 달라붙는 적을 발로 걷어차 떨어냈다. 김일도는 뒤뚱거리는 적병 하나를 움켜쥐고 칼로 배를 쑤시고는 발을 헛디디어 교통호 속으로 굴러 떨어졌다. 다음에는 아무 소리도 들리지 않았고, 아무 것도 보이지 않았다.

김일도의 3중대는 완전히 무너졌다. 중대장은 생사불명이고 나머지 장병들도 모두 전사 또는 실종, 아니면 중상이었다. 3중대와 맞붙은 중공군도 마찬가지로 전부 죽거나 중상이었다. 다른 전투 현장의 총소리와 수류탄 소리만 아련히 들리는 가운데 음산한 적막이 백마고지의 최우익을 감싸고 있었다.

최우익이 빈 것을 안 적들이 무수한 포탄을 최우익에 날렸다. 적이든 아군이든 누가 남아 있든 상관없이 최우익을 깨끗이 쓸어버린 다음에 장악하겠다는 의도였다.

28연대 5대대장도 이 상황을 파악했다. 고지 정면으로 올라오는 적들을 막고 있던 대대장이 직접 1중대의 2개 소대를 이끌고 황급히 최우익으로 달려갔다. 최우익에 거의 다다른 순간, 포탄 두 세 개가 동시에 소리 없이 날아들며 대대장과 1소대 소대장을 한꺼번에 하늘 높이 날려 버렸다.

"대대장님!"

"소대장님!"

하늘 같은 대대장과 친형 같은 소대장의 폭사 장면을 눈앞에서 생생히 목격한 소대원들은 머리꼭지가 확 돌아버렸다. 다친 짐승의 포효 같은 '크아!' 소리를 뱉어내며 곧바로 최우익으로 달려갔다. 참호를 장악한 5대대의 병사들은 피눈물을 쏟으며 밀려오는 적들을 단 한 명도 살려 보내지 않고 모두 가차 없이 쏴 죽이고 쳐 죽여 버렸다.

"이 개새끼들이!"

10월 12일 저녁 7시 30분부터 시작된 12차 전투는 13일 새벽 03시 35분까지 8시간 5분 동안 계속되었다. 적은 3차례에 걸쳐 대대적인 포격과 돌격으로 밀려왔고, 그때마다 아군은 필사적으로 막았다. 승패의 구분조차 애매한 전투의 연속이었다. 마치 밀물이 밀려왔다가 썰물이 빠져나가는 것 같은 형상의 반복이었다.

12차 전투를 한 치의 축소도 과장도 없이 말하면, 완벽하게 순수하고 단순했던 8시간이었다. 오로지 생生과 사死만 있었던 것이다. 백마고지 12차 전투의 마지막 승리자는 국군이었으며, 백마고지 전투는 그렇게 끝이 났다.

12차 전투 패배 이후 중공군은 병력 손실과 보급 부족 등으로 더 이상 공격할 힘이 없었고, 전의도 상실해 버렸다. 백마고지 점령이 그들에게는 불가능한 목표였다는 사실이 결국 증명된 것이었다. 중공군은 마침내 백마고지에서 물러났다.

서방의 노 종군기자 한사람이 전투가 끝난 백마고지를 바라보며 눈에 눈물이 그렁그렁한 채 손뼉을 천천히 몇 번 치면서 감탄과 탄식이 어우러진 한 마디를 토해냈다.

"브라보!!"

중공군은 후에, 이 날 밤의 전투를 글이나 말로서 도저히 표현할 수 없는 격전이었다고 회고하며 이렇게 말했다.

"9사단 장병들은 죽음으로 싸워 물러나지 않았고 한 치의 땅이라도 빼앗으려 했다[死戰不退 寸土必爭]."

40

연대장은 백마고지 최우익에서 휘하 5대대의 생존자 수색 작업을
직접 지휘하고 있었다. 불과 몇 시간 전만해도 그들은 같은 부대원
으로 싸웠으나 누구는 죽어서 누워 있고, 나머지는 생존 전우를 찾
고 있는 것이다. 연대장은 생사가 확인되지 않은 김일도 대위를 찾
아야 했다.

몇몇 부상자를 발견하여 급히 내려 보냈다. 그때였다. 한 가닥
희미한 빛이 연대장의 오른쪽 앞 다섯 시 방향에서부터 하늘로 비
스듬히 스쳐 지나가 올라갔다. 금속이 햇빛에 반사된 것은 분명 아
니었다. 섬광처럼, 그러나 아주 희미하고 짧게. 연대장은 그 자리에
섰다.

'뭐지?' 사방을 두리번 거려보았으나 그것이 무엇인지 알 수가
없었다. 다시 보이지도 않았다. 무엇을 잘못 보았나, 착각인가. 그러
나 그는 그 처절한 전투 중에도 시를 남기는 사람이었고, 영감靈感
이 있는 사람이었다. 큰 소리로 호령했다.

"전 중대 3렬 횡대로. 앞뒤 간격 5보, 좌우 간격 3보. 생존자 철저히 수색한다. 아군이든 적이든 생존자는 전원 후송한다. 정상까지 올라갔다가 다시 내려온다. 실시!"

연대장은 자기의 명령을 부하 장병들이 복창하는 소리를 들으며 부하들이 수색하는 상황을 지켜보고 서 있었다. '아까 그 빛은 뭐지?' 그 생각은 그의 머리를 떠나지 않았다.

"연대장님, 3중대장님이 여기 계십니다."

병사 하나가 큰 소리로 외쳤다. 연대장이 달려갔다. 아까 알 수 없는 빛이 올라갔던 자리였다. 사병 둘과 의무병 하나가 교통호 속에 처박혀 있던 김일도를 위로 끌어 올려놓고 의무병이 김대위를 이리저리 살펴보고 있었다.

"죽었나? 살았나?"

"살아계시지만, 위급합니다."

연대장은 쩔쩔매는 의무병 옆으로 바싹 다가갔다. 이건 사람의 몰골이 아니었다. 철모는 없고 군복은 너덜거렸다. 얼굴이고 팔이고 몸통이고 다리고 여기저기 찔리고 찢어져 피는 말라붙어 있었고 성한 구석이 없어 보였다. 계급장 아니면 누구인지 알아볼 도리도 없었다.

연대장은 흙모래와 피로 범벅이 된 김일도의 얼굴에 그래도 뚫려 있는 눈을 들여다보았다. 눈이 아직 살아 있었다. 그 눈은 자기를 물끄러미 쳐다보고 있었다. 조금 전에 연대장 눈앞을 스쳐간 한 줄기 빛은 김대위의 눈길이었다.

어떻게 이 산 송장의 눈에서, 벌써 한 나절 이상이 지났는데, 이 눈빛이 허공을 가로질러 갈 수 있다는 말인가. 그렇게 살고 싶다고, 빨리 살려 달라고 나에게 신호를 보냈단 말인가. 이 눈에서 그런 빛을 쏘았단 말인가.

"살려주세요! 연대장님, 살고 싶습니다!"

김대위의 동공조차 흐릿한 두 눈은 그렇게 말하고 있었다.

"연대장님, 빨리 후송하셔야죠!"

연대장은 정신이 퍼뜩 들었다.

"들것 가져와!"

사병 넷이 들것을 들고 와 얼른 김대위를 올려놓고 달리기 시작했다. 연대장은 그 뒤를 따랐다. 그런데 들것을 들은 사병들이 뒤뚱뒤뚱 제대로 걷지를 못하고 속도도 느렸다.

"비켜라. 내가 업는다!"

연대장이 등을 대자 사병들이 김대위를 업혀 놓았다. 연대장은 달리기 시작했다. 묵직했다. 처음에는 발걸음이 느렸다. 그러나 몇 걸음 옮기자 연대장은 등에 업힌 김대위의 무게를 느끼지 못 했다.

연대장은 달렸다. 아니 날았다고 하는 편이 옳을 것이다. 빈 몸으로 그를 따르는 의무병이 그의 속도를 따르지 못했다. 연대장은 죽을힘을 다하여 달렸다. 중간 중간에 몇 번 시체를 밟아 물컹 하는 바람에 중심을 잃을 뻔했지만 그는 달렸다.

등에 업은 김대위의 몸이 점점 늘어지며 연대장의 등에 더욱 밀착되었다. 연대장의 온몸은 땀에 젖었다. 철모 쓴 머리에서도 땀이 쏟아져 내려 눈으로 흘러 들어가 자꾸 시야가 흐려졌다. 연대장은 걸음을 멈추었다.

"철모 좀 벗겨라."

의무병이 얼른 다가와 연대장의 철모를 벗겼다. 연대장은 또 달렸다. 비탈길을 거의 다 내려와 곧 평지다. 그런데 계속 머리에서 땀이 흘러 눈으로 흘러들어가 앞이 뿌옇게 흐려졌다. 또 걸음을 멈추었다.

"내 얼굴 땀 좀 닦아라."

의무병이 얼른 다가와 옷소매로 연대장의 얼굴을 닦아주었다. 그런데 바로 또 시야가 흐려졌다. 그것은 땀이 아니라 하염없이 흘러내리는 연대장의 눈물이었던 것이다.

"아, 김대위. 제발 살아만 다오! 제발, 제발, 제발!"

의무대 막사에 도착했다. 연대장은 병사 몇이 달려들어 김대위를 받아 수술침대 위에 올려놓는 것을 보았다. 군의관 오공준 대위가 달려와 경례를 했다.

"연대장님, 수고 하셨습니다. 제가 할 수 있는 데까지 하겠습니다."

"군의관! 너 그걸 말이라고 하나! 할 수 있는 데까지 해? 살려! 무조건 살려! 저거 죽으면 너도 죽는다. 저거 살려야 너도 산다. 알겠나!"

오대위는 한 순간 멍청히 서 있다가 곧 소리쳤다.

"김대위가 살면 저도 살고, 김대위가 죽으면 저도 죽습니다. 실시!"

연대장은 그대로 돌아섰다. 뒤에서는 가위로 옷을 찢는 소리와 오대위가 다급하게 뭐라고 지시하는 소리가 아련하게 들려 왔다. 연대장은 의무대 막사 밖으로 나왔다. 따라 나온 의무병이 그에게 철모를 주고 옆에 부동자세로 섰다.

대한민국 육군의 살아있는 전설이요, 위대한 전사의 상징이요,

그 유명한 도깨비 부대의 우두머리 도깨비인 연대장이, 그의 생애에 처음으로 온몸에 힘이 쫙 빠짐을 느꼈다. 땅바닥에 털썩 주저앉아 무릎을 세우고 머리를 파묻고 있었다. 얼마나 그러고 있었을까.

"이보시오, 연대장이 그러고 있으면 어떻게 하오."

희미하게 누군가의 목소리가 들렸다. 천천히 고개를 들었다. 사단장이었다. 연대장은 벌떡 일어났다.

"멸공!"

"가서 좀 쉬시오."

사단장은 연대가 생존자 수색을 시작할 때부터 줄곧 현장을 지켜보고 있었다. 쌍안경으로 수색 작업을 보고 있었고, 누군가 부상자를 등에 업고 무서운 속도로 의무대로 달려 내려오는 것도 보았다.

사단장은 쌍안경을 내려놓고 오른손에 들은 지휘봉으로 왼손 손바닥을 탁탁 치면서 그들의 행동을 지켜보고 있었다. 업고 뛰는 사람이 연대장인 것을 안 다음부터 동작은 멈추어졌고, 그들이 의무대 막사에 도착할 때쯤에는 차렷 자세로 꼼짝 않고 서 있었다. 지휘봉을 잡은 오른손과 주먹을 꽉 쥔 왼손 모두 손바닥에 땀만 축축하게 배어 나오고 있었다.

지금 김일도를 살리기 위해 가지고 있는 능력을 총동원하고 정성을 다하고 있는 오공준 대위는 그 동안 계속 김일도의 이동 현황을 파악하고 있었다. 그러다가 김일도가 9사단에 배치되어 백마고지에 있다는 소식을 듣고는 자원하여 9사단 의무대의 책임자로와 있었던 것이다.

고등학교에 다닐 때와 졸업 후에도 오공준과 김일도는 친한 사이기는 했지만 아주 절친한 단짝은 아니었다. 그러나 대구 야전병원에서 죽다 살아난 일도를 보면서 공준은 일도는 죽어서는 안 될 사람이고, 자기가 일도를 지켜야 한다는 인식을 지울 수가 없었다.

이곳에서 발생하는 부상자들은 대부분 의무대에서 응급조치만 하고 바로 인근의 야전병원으로 분산 후송되었다. 그러나 오공준은 김일도를 후송하지 않았다. 자기 손에서 죽든 살든 결판을 낼 작정이었다.

오공준은 이런 일이 있을 것 같아 여기에 자원해 오기는 했지만 막상 일도가 의식을 잃고 생사를 헤매는 상태가 되자 안절부절 어쩔 줄 몰라 했다. 죽지 않은 것만 다행이라고 스스로 위로하는 수밖에 없었다.

오공준이 9사단 의무대로 전입 와서 김일도를 다시 만났을 때 두 사람이 나눈 첫 대화는 참으로 비장하고 삭막했다.

"오공준, 너는 왜 나만 따라다니냐!"

오공준은 목이 메어 대답이 나오지 않았다.

"네 수술 솜씨 자랑하려고 여기 온 건 아니겠지?"

"아니야. 그냥 왔어. 나야 어디 근무하나 마찬가지잖아."

"그런데 공준아. 걱정 마라. 난 부상은 모르지만, 죽지는 않는다. 이래 봬도 난 살아서 할 일이 많은 사람이야."

할 일이 많다는 것은 진심이었다. 일도는 왜 세상이 이렇게 이해할 수 없게 돌아가는지 그 원인을 캐고 싶었다. 그리고 무엇이 잘못된 것이 있다면 그것을 바로 잡는데 작은 힘이라도 보태고 싶었다.

"그럼, 그럼. 물론이지!"

41

침대 위에 죽은 듯이 누워있는 김일도의 의식 속에 어린 시절의
한 장면이 떠오르고 있었다. 일곱 살 때 여름이었다. 식구들과 이
웃집 사람들이 어울려 해변으로 놀러 나갔다. 남자들은 모래사장과
물속에서 놀고, 여자들은 점심식사 준비에 분주했다. 점심을 먹기
위해 왁자지껄하며 모두 모래사장 뒤 솔밭에 모여들었다.

"일도가 안 보이네. 일도야! 일도야!"

일도가 없었다. 아무리 둘러보아도 일도가 없었다. 마음이 불안
해진 사람들이 모두 바닷가로 달려가 바다를 살펴보기 시작했다.
낮은 파도가 흰 띠를 이루며 일정한 간격을 두고 해안으로 밀려
오고 있었다. 누군가 소리쳤다.

"저기 있다!"

저 멀리 물결 서너 개쯤 뒤에 사람 머리 하나가 보였다 사라졌다
하고 있었다. 어른들이 일제히 빠르게 헤엄쳐 나갔다. 맨 앞에는
일도의 아버지가 있었다.

일도는 혼자 헤엄을 치며 놀다가 식구들이 안 보이자 바닷가로 나가려고 했다. 그러나 너무 멀리 나와 있었다. 오히려 물결에 밀려 점점 더 먼 바다 쪽으로 떠내려가고 있었다.

어린 일도는 당황하고 무서워지기 시작했다. 짠 바닷물도 몇 모금 들이켰다. 모래사장 쪽에서 사람들이 자기를 향해 헤엄쳐 오는 것이 보이자 안심이 되었다. 그러나 몸의 기운이 빠지고 바닷물이 차갑게 느껴졌다. 헤엄도 못 치고 사지만 버둥거리며 겨우 물에 떠 있었다. 머리가 한두 번 물속에 들어갔다 나왔다 했다.

그때 누군가 일도의 몸을 덥석 안아들었다. 아버지였다.

"일도야, 꽉 잡아라!"

"아버지!"

일도는 아버지를 꽉 껴안았다. 아버지는 일도를 한 팔에 끼고 헤엄을 치기 시작했다. 그러나 일곱 살 짜리를 한 팔로 안고 헤엄치기란 쉬운 일이 아니었다. 아버지마저 버둥거리며 부자가 함께 짠 바닷물을 몇 모금 더 삼켰다.

그 순간에 사람들이 달려들어 사방에서 일도의 몸을 받쳐 들고 서둘러 바닷가를 향해 헤엄쳐 나아갔다. 누군가 밀고 나온 나무판자에 일도를 올려놓았다. 정신이 가물가물하는 일도의 입속으로 자꾸 짠 바닷물이 들어왔다.

김일도 대위가 감고 있던 눈을 번쩍 떴다. 가까스로 몸을 일으켜 허리를 구부리고 앉더니 다급한 숨을 이리저리 꺽꺽거리며 몰아쉬었다. 곧 가슴이 무너지는 듯한 기침을 몇 번 하며, 짠 바닷물을 토해내듯, 목구멍 깊숙이 끼어 있던 핏덩어리를 토해냈다.

핏방울이 튀면서 앞가슴에 뿌려졌다. 숨소리가 한결 작아지며 규칙적이 되더니 그대로 다시 모로 쓰러졌다. 하루를 더 죽은 듯이 잠을 잔 김일도는 웬만큼 정신이 돌아왔다. 온몸이 멍멍하고 아무 감각이 없었다.

오대위가 황급히 달려왔다.

"일도야. 난 네가 죽는 줄 알았다. 정말! 살아서 고맙다!"

김일도가 힘들게 토막토막 한 마디씩 끊어서 말했다.

"대 대 장 님 께 보 고 드 려 야 지."

오대위가 얼른 말을 받았다.

"대대장님께 보고는 이따가 해. 그리고 전투는 끝났어. 우리가 이겼다."

"그 랬 구 나."

초점 잃은 눈으로 허공을 바라보던 일도는 잠시 후 다시 잠에 빠졌다. 일도가 깨어 난 것은 다음날 초저녁이었다. 천정만 맥없이 바라보고 있던 일도가, 오공준이 상처를 살펴보는 동안 작은 소리로 속삭였다.

"공준아, 우리 애들 얼마나 죽었니. 많이 죽었겠지."

서글픈 목소리로 체념하는 일도의 말에 공준은 대답을 못 했다. 잠시 침묵이 흘렀다.

"공준아, 대대장님께 보고하러 가자."

오공준 대위는 목이 콱 메어오는 것을 일도가 눈치 채지 못 하게 가까스로 넘기며 차분하게 말했다.

"대대장님이 이리로 오실거야. 좀 기다려 보자."

오대위는 우선 거짓말이라도 해서 이 순간을 넘겨야 했다. 오대위는 바쁜 일이 있다고 하고 밖으로 나갔다. 대대장의 당번병인 양병장이 대신 침대 옆에서 일도를 지켜보고 있었다. 일도는 양병장을 뚫어지게 바라보았다. 양병장은 일도의 눈길이 너무 가슴에 찔려 눈길을 피했다. 일도가 양병장을 불렀다.

"양병장, 너 왜 여기 있어? 대대장님 옆에 있지 않고."

양병장이 대답을 못 하고 우물쭈물 했다. 일도가 다시 거역 못할 말투로 물었다.

"대답해! 왜 여기 있어?"

양병장은 김일도의 물음에 대답을 못 하고 밖으로 뛰쳐나갔다. 양병장은 뒷짐을 쥐고 먼 산만 바라보고 있는 오공준 대위를 붙들고 눈물을 쏟았다.

"오대위님! 우리 중대장님 좀 어떻게 살려주세요! 네?"

오대위는 결단을 내려야 했다. 대대장의 전사 사실을 알리고, 그래도 일도가 견디면 일도는 살 수도 있다. 그러나 만일 대대장의 전사를 알고 더 악화되면 그때는 어떻게 한단 말인가. 그렇다고 말을 안 하고 있으면 일도의 의혹만 커지고, 몸에 좋을 것도 없었다.

오공준이 다시 일도에게로 다가갔다. 침대 옆의 의자에 앉아 눈을 감고 있는 일도를 바라보았다. 일도가 눈을 떴다. 오공준이 말을 꺼내려는 순간 일도가 먼저 물었다.

"대대장님이 어떻게 되셨니?"

김일도의 추측은 간단했다. 자기가 이렇게 죽다가 살아났으면 가장 먼저 달려올 사람이 대대장이다. 그런데 아직도 대대장이 나타나지 않는 것은 분명 무슨 일이 있기 때문이다. 출장을 가거나 부상으로 후송되었다면 그렇다고 말이라도 해 줄 텐데 말이다.

"전사하셨니?"

오공준은 통곡이 터져 나오려는 것을 참으려고 얼굴이 새빨개졌다. 일도는 오공준의 얼굴을 보고 모든 사태를 다 알 수 있었다. 일도의 얼굴에 일체의 체념이 스쳐 지나갔다.

"참 힘들구나. 정말 좋은 분이었는데."

일도가 깊은 탄식을 내뿜으며 몸을 일으키려고 했다.

"진정해! 가만히 누워 있어!"

"모두 떠나는구나!"

"그만 해, 일도야! 넌 지금 쉬어야 해!"

긴 침묵이 이어졌다. 일도는 지난 시간들을 돌이켜 보고 있었다. 일도의 두 눈에서 눈물이 주르르 흘렀다. 오공준은 어찌 할 바를 모르고 덩달아 눈물만 글썽거리고 있었다.

"난 기다렸어. 지금까지 시간은 나한테 가혹했지만, 난 그때마다 기다렸어. 내가 이해하고 수긍할 수 있는 세상이 오고, 내 의지로 무엇인가 할 수 있을 때가 오리라고 믿고 기다렸어. 무작정 기다리는 거였지. 그런데 이게 뭐니."

다시 무거운 침묵이 오랫동안 흘렀다.

"공준아, 나중에 우리집에 한 번 같이 가자."

"그럼, 그럼, 물론 가야지. 그러니까 빨리 낫기나 해!"

일도가 말하는 우리집은 원효로 집이 아니고 청진에 있는, 양복점이 있고, 대추나무가 있고, 부모님의 사랑이 넘쳐나던, 폭격 맞아 부서지기 전의 그 집이었다.

일도의 얼굴이 창백해지고, 온몸에 경련이 일어나더니 다시 정신을 잃었다. 오대위는 자신도 정신을 잃을 것만 같았다. 정신 바짝 차려야 한다고 스스로 마음을 다부지게 먹고 급히 일도의 눈을 뒤집어 보았다. 병사들에게 서둘러 이것저것 지시하고 팔에 주사를 하나 놓으려고 했다. 그러나 오대위는 손이 떨리고 눈이 흐려져 주사를 놓을 수가 없었다.

"유상사, 여기 주사 좀 놓으시오."

오대위는 유상사가 일도의 팔에 주사 놓는 것을 확인한 다음, 여기 저기 붕대를 들쳐보고 다시 한 번 눈을 뒤집어 보고 청진기를 들이댔다. 한숨을 몇 번이나 푹푹 내쉬고 몸을 푸득푸득 떨며 한참 동안 넋을 잃고 서 있었다.

김일도가 중상을 당하고 연대장 등에 업혀 의무대로 들어왔을 때 오공준은 일도가 살아날 가망성이 없다고 판단했다. 그러나 일도는 의식을 또렷이 회복했고, 몸을 움직이기도 했다. 오공준은 기적이 있다는 기대를 버릴 수가 없었다.

"이대로 죽일 순 없어! 저렇게 보낼 순 없어! 살아날 수도 있어!"

오공준 대위는 중얼거리더니 곧바로 밖으로 나와 사단 본부로 달려갔다. 사단장님을 당장 만나게 해달라고 경비 장교에게 부탁했으나 지금 중요한 작전회의 때문에 들어갈 수 없다고 제지했다. 경비 장교는 아무리 군의관이기는 하지만, 일개 대위가 감히 사단장님을 무조건 만나게 해달라는 태도가 아주 건방져 보였다.

경비 장교가 뭐라고 하든 오대위는 급히 사단장을 만나 통사정을 해야 했다. 오대위는 경비 장교와 실랑이를 하다가 그래도 안 들여 보내니까 마구 소리를 질러댔다.

사단장은 안에서 참모들, 미군 장교들과 작전회의를 하고 있었다. 밖이 소란해지자 비서실장이 밖으로 나와 보았다.

"무슨 일이야. 회의 중인데 웬 소란이야."

오대위가 김실장의 팔을 붙잡고 사정했다.

"실장님, 사단장님께 급히 드릴 말씀이 있습니다."

"오대위, 지금 정신 있나? 회의 중이라잖아. 미군 애들도 와 있다. 이따 말씀드려라."

"안 됩니다. 급합니다."

"왜 그래? 돌았나?"

"실장님. 제발, 제발이요."

"무슨 일인데, 글쎄 안 된대두."

"실장님, 실장님!"

"……"

이때 사단장이 안에서 한 마디 던졌다.

"들여보내."

오대위가 성큼성큼 들어섰다. 사단장은 십여 명의 참모, 미군 장교들과 앞에 놓인 작전지도를 들여다보고 있다가 오대위를 한 번 힐끗 보고는 다시 지도를 들여다보았다.

"무슨 일인가?"

오대위는 경례만 하고 사단장 앞에 부동자세로 서 있었다. 말이 없었다. 사단장 옆의 참모들이 모두 비켜섰다.

사단장이 천천히 머리를 들어 얼룩이 점점이 찍힌 흰 가운을 입고 있는 군의관 오공준 대위를 찬찬히 바라보았다. 오대위는 시뻘겋게 충혈된 눈으로 사단장을 마주보고 있었다. 이내 눈의 초점이 흐려졌다.

"무슨 일이냐니까?"

사단장이 다그쳐 물었다. 그래도 대답이 없다. 갑자기 오대위의 무릎이 폭 꺾였다. 무릎을 꿇은 채 사단장을 올려다보았다.

"사단장님, 김대위 좀 살려주십시오!"

사단장도 당황했다. 김대위가 누군지 모르겠지만 오죽하면 군의관이 이렇게 달려와 절차와 경우를 무시하고 나에게 사정을 하겠는가.

"군의관, 일어나라. 보고하는 자세가 그게 뭔가."

오대위는 일어나지를 못 했다. 무릎을 꿇은 채 허리만 펴고 경례를 다시 붙이며 울부짖었다.

"김일도 대위를 살려주십시오!"

"김일도가 누구고 어떻게 됐다는 말인가? 부상병이면 군의관인 자네가 살려야지, 내가 어떻게 살리나."

"지금까지는 제가 살려냈습니다. 그런데, 그런데."

"그런데, 뭔가."

"이번에는 사단장님이 살려내셔야 합니다."

"내가?"

"예!"

"내가 어떻게 살리란 말인가."

"그건 저도 모릅니다. 하지만, 사단장님이 꼭 살려내셔야 합니다."

사단장은 이 막무가내 군의관이 못마땅하기도 하고 딱하기도 했다. 오대위 고개가 다시 아래로 폭 떨어졌다. 방안에 있던 모든 장병들이 일제히 차렷으로 자세를 바꾸었다. 분위기가 도대체 사단 본부 같지 않고 무슨 연극 무대 같았다.

"김일도? 김일도가 누군데?"

사단장이 혼잣말 하듯 물었다. 연대장이 한 발 앞으로 나섰다.

"제가 데리고 있는 중대장입니다. 부상으로 죽다 겨우 살아났는데 다시 위급한 모양입니다."

사단장은 연대장을 바라보았다. 연대장도 사단장의 눈길을 마주 보았다. 연대장의 눈길은 제발 김대위를 어떻게 좀 해봐 달라는 애원을 담고 있었다. 지금 김대위의 목숨을 부탁할 곳이라고는 최고 지휘관인 사단장 밖에 없었다.

사단장이 갑자기 기억이 난 듯 물었다.

"연대장이 업고 뛴 그 사람이요?"

"그렇습니다!"

사단장이 소리를 낮추어 말했다.

"위급하다는 것은 나도 알겠는데, 어떻게 중대장 하나를 위해 내가 움직인단 말이요. 더구나 군의관도 어쩌지 못하는 중상자를 말이요. 다른 장병들도 모두 그렇게 해야 한단 말이요? 형평에 맞지 않소."

연대장도 지지 않고 떼쓰듯 말했다.

"죽은 애들은 죽었어도 살릴 수만 있다면 어떻게든 해 봐야 하는 거 아닙니까?"

"죽는 애들이 어디 하나둘이요?"

"그러니까 이제는 하나라도 더 살려야 하지 않겠습니까."

사단장은 말없이 허리를 숙여 다시 작전지도를 들여다보기 시작했다. 연대장이 두어 걸음 앞으로 나와 사단장 옆에 섰다. 사단장은 모르는 체하고 지도만 들여다보다가 한참 만에 고개를 들어 연대장을 바라보며 말했다.

"자, 회의 계속합시다."

연대장이 나직하게 목소리에 힘을 주어 말했다.

"현리 철수 때에도 김일도는 사단장님과 생사를 같이 했습니다."

순간, 사단장의 눈에서 불길이 일었다. '현리 철수'라니. 전 군에 치명적인 패배를 안기고, 나에게 씻을 수 없는 치욕을 남긴 그 과거를 지금 이 자리에서 들추어내다니.

5척 단구의 사단장과 6척 장신 연대장의 기싸움은 험악했다. 연대장은 항명이라도 할 듯한 기세였고, 사단장은 주먹이라도 날릴 자세였다. 그러나 잠시 후 사단장은 눈의 힘을 풀었다. 오죽하면, 오죽 답답했으면, 연대장이 이렇게까지 나오겠는가. 어떻게든 살려 보겠다고 그 중상자를 업고 나는 듯이 의무대로 달려 내려온 연대장 아닌가. 그리고 지금 나 아니면 어디에다가 그 심정을 호소라도 해 보겠는가.

마침내 사단장이 졌다. 질 수밖에 없었다. 사단장은 김대위가 누구인지, 또 지금 어떤 상태인지 모르겠지만 자기가 움직여 무엇인가를 해야만 할 상황으로 최종 판단했다.

"군의관, 가자. 이대령, 갑시다. 그리고 김대령, 나 돌아올 때까지 회의 좀 맡아주시오."

"다녀오십시오. 멸공!"

사단 본부를 나온 사단장은 오대위를 앞세우고 연대장과 함께 의무대 막사로 들어섰다. 군목 남소위와 의무병 하나가 김대위 침대 앞에 서 있었다. 곧 죽을 사람을 마지막으로 보내는 임종 자리 같았다.

의무대에 사단장과 연대장이 동시에 떴다는 사실에 막사에 있던 모든 사람들이 아연 긴장하고 놀랄 수밖에 없었다. 특히 군목 남소위는 너무 놀라 자세를 어떻게 잡아야 할지 모르고 허둥댔다.

사단장은 누워 있는 김대위를 바라보았다. 종잇장처럼 하얀 김대위의 얼굴은 산 사람의 얼굴이 아니었다.

"죽었나?"

"아직 돌아가시지는 않았습니다."

"살았나?"

"사신 것도 아닙니다."

남소위의 대답이 애매했다. 사단장은 침대 앞에 놓인 의자에 앉아 김대위의 손을 잡아 보았다. 아직 따뜻했다.

"이 친구를 어떻게 살린단 말인가?"

김대위의 손을 잡고 한참 동안 상념에 잠겨 있던 사단장이 명령했다.

"담요를 치워라."

김대위의 몸은 처참했다. 붕대를 감고 약을 바르고 군데군데 핏물이 배어 있었고 진물이 말라붙어 있었다. 사단장은 지휘봉을 내려놓고 모자를 벗고 상의를 벗었다. 다음에 천천히, 부드럽게, 그러나 힘 있게, 입을 굳게 다물고, 김대위의 몸을 주무르기 시작했다.

사단장은 상처 부위를 조심조심 피해가며 그의 어깨, 양팔, 가슴, 허리, 다리, 발을 주물렀다. 가끔 이마와 머리를 쓰다듬어 주었다. 침대를 빙빙 돌며 뒤집어 놓고 한참 주무르고 다시 바로 뉘어놓고 주물렀다. 김대위는 무의식적으로 움찔움찔 하며 끙 하고 얕은 신음소리를 몇 번 냈지만 의식이 돌아올 것 같지는 않았다.

얼마나 시간이 흘렀는가. 사단장의 온몸은 땀으로 젖었다. 그래도 일정한 힘과 속도로 김대위의 온몸을 주물렀다. 이 전쟁이 시작된 이래, 수천 수만 명의 부하를 죽음으로 내몬 지휘관으로서 속죄하는 마음으로, 이제는 살릴 수 있다면 단 한 사람이라도 살리겠다는 일념으로, 김대위의 생명을 갈구하고 있었다.

사단장의 뇌리 속에 지난 2년간의 전쟁 장면들이 하나씩 떠올랐다. 전쟁 초기 춘천 지구에서의 그 막막했던 전투 상황, 퇴각에 퇴각을 거듭하여 낙동강까지 밀려가던 시간들, 반격을 거듭하여 마침내 압록강에 도달하여 압록강물을 수통에 담던 감격, 이어 또다시 정신없는 후퇴와 그 악몽 같던 '현리 철수'.

사단장은 마음속으로 외쳤다.

'살아나라! 김대위! 살아나란 말이다. 사단장 명령이 안 들리나! 당장 눈을 뜨고 일어나라!'

한쪽 구석에서 누군가 울음을 삼켰다. 병실 안의 십여 명의 부상자들도 모두 숨을 죽이고 이 광경을 보고 느끼고 있었다. 막사 안에는 점점 커지는 사단장의 숨소리만 들렸다. 사단장은 포기하지 않았다. 김대위가 살아날 때까지, 아니면 죽을 때까지 주무를 작정이었다.

김대위의 얼굴에 약간의 핏기가 돌기 시작했다. 주변에서 보고 있던 사람들이 각자 마른침을 삼켰다. 사단장은 한 순간도 쉬지 않고 무아지경에서 김대위를 주무르고 문지르고 쓰다듬었다.

신이라도 끼어들 수 없는 엄숙한 순간이었다. 사단장의 이마에 맺혀 있던 굵은 땀방울이 김일도의 몸 이곳저곳으로 뚝뚝 떨어졌다. 떨어진 땀방울은 김대위 몸으로 스며들었다.

사단장이 이번에는 큰 소리로 외쳤다.

"김대위! 눈을 떠라! 사단장 명령이다! 안 들리나, 내 명령이!"

사단장의 명령을 들었는지 김일도의 눈가가 두어 번 움찔움찔했다.

"사단장님, 이제 그만 하셔도 되겠습니다. 김대위는 살아났습니다."

오대위가 떨리는 목소리로 말했다.

"그런가."

사단장은 천천히 몸을 일으켰다. 허리, 다리가 뻐근하여 잠시 의자에 앉았다가 상의를 입고, 군모를 쓰고, 지휘봉을 들었다. 사단장이 두세 걸음을 떼었을 때였다. 오대위가 구령을 붙였다.

"전체 차려~엇!"

의무대 막사의 전 장병과 부상자 중 일어설 수 있는 자는 일어서고, 앉아 있을 자는 앉은 채로, 누운 자는 누운 채로 차렷 자세를 취했다. 사단장이 장병들을 향해 돌아섰다.

"사단장님께 대하여 경례~엣."

오대위와 전원이 거수경례를 올렸다.

"멸 공 !"

힘차고 감격에 어린 구호였다.

사단장이 오른손의 지휘봉을 들어 경례를 받았다.

"편히 쉬어!"

사단장은 의무대를 떠났다. 본부로 돌아가는 동안 따라가던 연대장이 사단장에게 한 마디 했다.

"죄송합니다!"

"아니요. 나라도 그렇게 했을 거요!"

사단장이 떠나자마자 오대위는 즉시 김일도에게 돌아와 세심하게 살펴보았다. 조금 전에 분명히 일도의 얼굴에 핏기가 조금 돌았고 눈가가 움찔했다. 그렇다고 완전히 살아났다고는 할 수 없었다. 오대위는 사단장을 언제까지 붙들어 놓을 수는 없었던 것이다.

오공준은 김일도를 내려다보며 일도가 살아나기를 간절히 빌고 또 빌었다. 그렇지만 김일도의 목숨은 이미 인간이 다룰 수 있는 범주를 떠나 있었다. 오직 하늘만이 그의 생사여탈권을 쥐고 있었다.

42

하루가 더 지나고 다음날 오후 다섯 시 경이었다.

김일도는 저 멀리서부터 밀려오는 검푸른 거대한 파도를 바라보고 있었다. 파도는 점점 가까이 다가오고 있었다. 그것은 파도가 아니라 밀려오는 중공군의 무리였다.

파도를 뚫어지게 바라보던 일도는 두 팔을 높이 들어 옆으로 좍 펼쳤다. 일도의 앞에 투명한 거대한 벽이 펼쳐졌다. 벽은 밀려오는 적의 물결을 차단했다. 달려오던 적의 얼굴들이 벽에 부딪쳐 일그러지고 찌그러졌다. 적의 물결은 점점 더 높아지고, 차단벽도 따라서 높아졌다.

일도는 그 넓고 높은 벽을 혼자 막고 있었다. 힘에 부쳤다. 안간힘을 쓰고 있는데 언제 어디에서 나타났는지 소위 계급장을 단 소대장들이 일도의 양 옆에서 벽을 밀기 시작했다. 처음 보는 소대장들이었다. 소대장들 사이사이에 사병들이 끼어들어 두 팔과 등과 어깨로 함께 벽을 밀고 있었다.

투명벽에 막힌 적의 물결은 하늘까지 높이 올라가고, 지평선까지 멀어졌다. 벽에 부딪친 얼굴들은 더 기괴하게 일그러졌다. 어느 사이에 수가 엄청나게 늘어난 아군 장병들이 필사적으로 벽을 밀고 있었다. 김일도 대위는 부하들에게 추상같은 명령을 내렸다.

"막아! 막아! 막아라!"

오공준은 눈을 감은 채로 두 팔을 높이 들고 손바닥을 활짝 펼치고 있는 일도를 충격과 감동 속에서 바라보고 있었다. 일도가 무어라고 웅얼거리자 오공준은 일도의 입가에 귀를 바싹 대고 들어보았다. 낮고 약한 목소리였지만 분명히 알아들을 수 있었다.

"막아! 막아! 막아라!"

오공준은 지금 일도가 무엇을 하고 있는지 알 수 있었다. 일도는 중대장으로서 부하들을 독려하며 적을 막고 있는 것이었다. 생사와 시공을 초월하여 자기의 맡은 바 임무를 다하고 있는 것이었다.

"이런 사람은 살아야 한다. 내 친구가 아닌 어떤 사람이라도 이런 사람은 반드시 살아야 한다. 그리고 여기서 일도가 적을 막아내면 일도는 살 수 있다."

공준이 일도의 두 손을 움켜쥐며 힘주어 외쳤다.

"일도야! 힘내라! 힘내! 일도야! 힘내! 막아! 막아야 한다!"

의무대 막사의 모든 장병들도 군의관 오공준의 뜻을 알고 각자 힘껏 소리쳤다.

"중대장님! 힘내세요! 힘내세요! 중대장님!"

그 응원의 함성을 들었는지 중대장 김일도와 소대장들, 사병들은 있는 힘을 다해 벽을 밀어 적을 막아내고 있었다. 벽에 막힌 적의 얼굴들이 부서져 물방울이 되었다. 그 뒤에 있던 적들이 또 벽에 얼굴을 부딪치며 거품이 되었다.

　벽이 이쪽저쪽으로 조금씩 흔들거리고 있었다. 벽이 저쪽으로 넘어가면 우리가 이기는 것이고, 이쪽으로 넘어오면 우리가 지는 것이다. 일도와 공준이 동시에 외쳤다.

　"힘내라, 힘내! 조금만 더, 조금만 더!"

　젖 먹던 힘까지 다하고 있는 일도의 등 뒤에서 부드러운 바닷바람이 불어오고 대추향기가 풍겨오고 있었다. 일도가 뒤를 돌아다보았다. 뜻밖에도 아버지와 어머니가 거기 서 계셨다. 그 뒤로는 고향의 풍경이 펼쳐져 있었다.

　아, 얼마나 보고 싶던 부모님인가. 아, 얼마나 그리웠던 고향의 풍경과 냄새란 말인가. 일도의 가슴은 뜨거운 감격으로 한 없이 부풀어 올랐다. 힘이 마구 솟구치는 것 같았다.

　"아버지! 어머니!"

　"그래 일도야, 우리 아들아! 고생이 많구나!"

　"네!"

　어머니 옆에 처음 보는 어르신이 한 분 서 계셨다. 길고 흰 수염에 갓을 쓰고 두루마기를 입고 계셨다. 일도는 경이로운 눈길로 세 분을 번갈아 바라보았다. 세 분 모두 이루 말할 수 없는 처연한 눈길로 일도를 바라보고 계셨다. 일도가 소리쳤다.

　"아! 저 분은, 외할아버지다!"

　그 순간, 일도와 장병들이 막고 있던 벽이 무너졌다. 순식간에 거대한 파도가 그들을 덮쳤다. 일도와 장병들이 모두 물결에 휩쓸려 사라져 버렸다. 잠시 후, 그들을 덮쳤던 거친 파도는 가을 하늘 아래 펼쳐진 청진 앞바다의 푸른 물결처럼 찰랑거리고 있었다.

김일도의 높이 들어 올렸던 두 팔이 툭 떨어지고, 오공준이 움켜쥐고 있던 김일도의 손가락도 하나씩 펴지기 시작했다.

　김일도는 마침내 숨을 거두었다. 스물셋의 나이에 온몸 안팎에 상처를 안고, 이 전쟁에서 죽은 수많은 장병들처럼 그렇게 짧은 생을 마감했다. 전투 현장에서 흙 속에 파묻혀 죽지 않고, 포탄에 갈기갈기 찢어지지 않고, 죽었는지 살았는지 모르는 실종자가 되지 않고, 다행히 친구의 애원과 오열 속에서 저 세상으로 간 것이다.

　오공준은 일도의 어깨를 붙들고 한참 동안 흐르는 눈물을 주체하지 못 했다. 오공준은 일도의 고뇌와 비애를 알고 있었다. 일도는 이 시대의 의문을 풀어 보려고 노력했고, 그런 때가 오기를 기다렸으며, 죽는 순간까지 자기 할 일을 다 했지만, 애쓰고 기다린 보람도 없이 너무 일찍 세상을 떠난 것이었다.

　"일도야, 잘 가! 이제 편히 쉬어라! 너는 너 할 일은 다 했어. 그리고 기다릴 만큼 기다렸어. 그런데 운명이 너무 가혹하구나. 아, 불쌍한 김일도! 잘 가라, 일도야! 슬픈 일도야! 일도야! 일도야!"

43

백마고지 정상을 장악한 9사단은 북방의 4개 전초기지 A, B, C, D를 모두 장악하여 일대의 전투를 완전히 종결하고자 하였다. 백마고지 정상 전투가 끝난 거의 같은 시각인 13일 05시에 28연대의 나머지 2개 대대가 D고지를 탈환했다.

13일 오후에는 북진 통일의 꿈이 좌절되어 실의에 빠져 있던 대한민국 대통령이 미 8군 사령관과 함께 9사단을 방문하였다. 대통령은 눈물을 흘리며 장병들을 격려하였다.

15일 06시 20분에 29연대가 목표 A고지를 탈환했고, 10시 40분에는 목표 B고지, 11시에는 목표 C고지를 탈환함으로써 백마고지 일대의 그 격렬하고 처절하고 참혹했던 열흘간의 전투는 종결되었다.

백마고지 전투에서 국군은 전사·실종 895명, 부상 2,521명 모두 3,416명의 사상자가 발생했다. 중공군은 살상 8,234명, 추정 살상 6,098명, 포로 57명 모두 14,389명의 인명 손실이 있었다.

발사된 포탄 수는 국군과 미군 219,954발, 중공군 55,000발이었다. 국군의 실탄 소모량은 각종 소총 3,516,586발, 각종 기관총 1,325,688발로 모두 4, 842,274발이었다. 수류탄은 90,674발, 60밀리·81밀리 박격포는 37,643발이 소모되었다. 미 공군기의 출격 회수는 주간 669회 야간 76회, 모두 745회였다.

　국군 제 9사단은 이 전투 후 다시 인근 전투 지역에 투입되었고, 중공군 제 38군은 이 전투에서 결정적 타격을 받아 제 23군과 교대해 후방으로 물러나 부대 재건을 하다가 53년 7월말 본국으로 철수했다.

　백마고지 전투를 취재한 각국의 외신 기자들과 참전했던 유엔군 고위 장교들, 외국 군사전문가들은 이 전투는 제 2차 세계대전과 그 어느 전쟁에서도 볼 수 없었던 참혹하고도 장렬한 전투였다고 말하였다.

　"저 유명한 던커르크 전투는 백마산의 육탄전에 비하면 아무 것도 아니며, 세계 최대의 공방전이었던 스탈린그라드의 비극도 백마산의 전투에 비길 바가 못 된다."

44

휴전 회담이 시작된 1951년 7월 10일부터 휴전이 성립되는 1953
년 7월 27일까지 2년 17일 동안, 전투는 38선 약간 북방 일대의
능선이나 고지에서 벌어졌다. 서에서 동으로 길게 이어지고 남북
으로는 좁은 지점이었다.

　서쪽부터, 베를린 고지, 하이디 고지, 벙커 고지(122 고지), 카슨
고지, 엘코 고지, 르노 고지, 동 베를린 고지, 론손 고지, 후크 고지,
켈리 고지, 테시 고지, 베티 고지, 하나 고지, 박 고지, 큰 노리 고지,
퀸 고지, 소 노리 고지, 불모고지(266 고지), 포크 찹 고지(255
고지), 티본 고지(290 고지), 이리 고지(191 고지), 화살머리 고지
(281 고지), 백마고지(395 고지), 톰 고지(270 고지), 잭슨 하이츠
고지, 딕 고지, M-1 고지(528 고지), 별고지, 부메랑 고지, 파파산
고지, 파이크 피크 고지(454 고지), 삼각고지, 제인 러셀 고지, 샌
디 능선, 저격능선(598 고지), 지형능선, 수도고지, 호스 슈 능선,
와이어 능선, 크리스마스 고지(1090 고지), 피의 능선, 단장의 능

선(851 고지), 펀치 볼 고지(351 고지), 앵커 고지(351 고지)와 고왕산(355 고지), 마량산(317 고지), 나부리(97 고지), 스카치 고지(313 고지), 요크/엉클 고지 등 모두 49개의 고지와 능선이 었다.

이 기간에, 이 지역에서 벌어진 고지 쟁탈전에서 쌍방 합하여 약 50만~70만 명의 전사자가 발생했다. 6·25 전쟁 전체 군인 사망자의 대략 절반 수준이었다. 후방의 국민들은 전방 고지에서 벌어지는 이 극단적인 참상을 직접 목격할 수 없었다. 그러나 군인 들은 그곳에서 그렇게 많이 죽었다.

1953년 7월 27일 판문점에서 정전협정이 성립되었다. 3년 1개 월 2일간에 걸친 전쟁은 휴전이 되었다. 전선에서의 포성과 총성은 멈추고 공산군과 유엔군이라는 이름 아래 세계 각국의 군대가 동 원된 극동아시아 한반도에서의 국제전쟁은 중단되었다.

정전협정에 의해 248킬로미터(155마일)의 군사분계선(휴전선)이 설정되었다. 휴전선의 위치는 휴전회담이 진행되는 동안 벌어졌던 고지 쟁탈전의 전선과 거의 일치했다. 군사분계선 남북 양쪽으로 각 2킬로미터의 남방한계선과 북방한계선을 두어 폭 4킬로미터의 비무장지대가 설정되었다. 비무장지대에는 군대의 주둔이나 무기 배치가 금지되었다.

6·25 한국전쟁에서 한국군 14만 명, 유엔군 3만 8천 명, 북한 군 42만 명, 중공군 80만 명이 전사했다. 남한에서는 100만 명 이상의 민간인이 죽거나 다쳤고, 북한 주민 1,200만 명 중에서 300만 명 이상이 남한으로 넘어왔다.

전쟁은 휴전이 되었고 전투는 끝났다. 모든 사람들에게 슬픔과 두려움은 기억에 생생했고, 좌절과 절망은 눈앞을 가로 막았다. 그러나 인간에게는 망각이라는 것이 있으며, 좌절 다음에는 의욕이, 절망 다음에는 희망이 찾아오는 것이 인간사의 순리였다.

죽은 자는 흙으로 돌아갔으나, 살아남은 자는 각자 제 살 길을 찾아갔다. 그리고 죽은 자는 살아남은 자의 미래를 위해 죽었기 때문에 그들의 죽음은 희생이라고 불렀다. 김일도도 그런 희생자 중의 한 사람이었다.

45

시월의 철원평야는 아름다웠다. 포연과 총성이 가득했던 산야에
다시 가을이 왔다. 하늘은 맑고 푸르렀고 은빛 구름만 몇 조각
떠다녔다. 높은 산에는 단풍이 들기 시작했고, 낮은 산에는 아직
푸르름이 남아 있었다. 평야에는 누르스름한 곡식과 가을풀이 깔려
있었다.

전쟁의 흔적은 보이지 않았다. 그곳에서 사라진 생명들은 별이
되었다. 그리고 그날에 흘린 피와 찢어진 살은 돌과 흙 사이에서
나무가 되고 풀이 되어 되살아났다.

청명한 가을바람이 가냘픈 소리를 내며 나뭇잎과 풀잎을 흔들고
스쳐갔다. 큰 새, 작은 새, 누런 새, 까만 새들은 맑은 소리를 남
기며 이리저리 날았다. 바람소리와 새소리마저 그치면, 철원평야는
고요하고 적막했다.

백마고지와 주변의 산과 평야와 하늘 사이에 어디에선가 날아온
까마귀떼가 까맣게 날고 있었다.

"까악 까악 까악 까아악 까아악 까아아아악!" ■

지은이의 말

재작년이 6·25 한국전쟁 발발 60주년이라 새로운 자료들이 많이 나왔고, 관심도 높아졌다. 또한, 전쟁을 직접 겪은 세대가 거의 사라져 가고 있어, 지금이야말로 그 분들의 생생한 증언을 들을 수 있는 마지막 기회라고 생각했다.

6·25 한국전쟁은 참으로 비극적이고 처절한 전쟁이었다. 그러나 우리는 많은 부분 이 전쟁을 잊고 살아 왔다. 이 책 한 권이 6·25를 상기하는 데에 작은 역할이라도 하기를 희망한다. 왜냐하면 세상에는 잊어도 좋을 일이 있고, 잊어서는 안 될 일이 있으며, 6·25는 분명 잊어서는 안 될 우리의 과거이기 때문이다.

이 책을 쓰는 데에 도움을 주신 많은 분들에게 감사를 드린다. 특히 백마고지 참전 노병들에게 진심으로 경의와 감사를 드린다.

2012년 장마철에

<u>최종수</u>

서울에서 출생했고, 연세대학교 국문학과를 졸업했다.
저서로는 <가을빛에 지다>, <서울 역사 문화 탐방>,
<WQ EQ IQ 테스트> 등이 있다.

백마고지 브라보

발행일   2012년 10월 10일 초판 1쇄 인쇄
             2012년 10월 20일 초판 1쇄 발행

지은이   최종수
발행처   역민사
등록   1979. 2. 23. 서울 제 10-82호
주소   143-725 서울 광진구 구의3동 587-54
전화   02) 2274-9411
이메일   ymsbp@yahoo.co.kr
표지 디자인   태잠기획
인쇄 · 제책   영신사
copyright   ⓒ최종수

ISBN 978-89-85154-39-0 03810
값 12,000원